道林·格雷的画像

[英] 奥斯卡·王尔德 著
梁煜 译

江苏凤凰文艺出版社
JIANGSU PHOENIX LITERATURE AND ART PUBLISHING

图书在版编目（CIP）数据

道林·格雷的画像 /（英）奥斯卡·王尔德
(Oscar Wilde) 著；梁煜译 . -- 南京：江苏凤凰文艺
出版社，2023.7
ISBN 978-7-5594-7669-2

Ⅰ . ①道… Ⅱ . ①奥… ②梁… Ⅲ . ①长篇小说 - 英
国 - 近代 Ⅳ . ① I561.44

中国国家版本馆 CIP 数据核字 (2023) 第 082828 号

道林·格雷的画像

（英）奥斯卡·王尔德 著　梁煜 译

选题策划　栗子文化
策划编辑　钱　丽
责任编辑　白　涵
封面设计　刘　军
版式设计　段文婷
出版发行　江苏凤凰文艺出版社
　　　　　南京市中央路 165 号，邮编：210009
网　　址　http://www.jswenyi.com
印　　刷　北京中科印刷有限公司
开　　本　880mm × 1230mm 1/32
印　　张　7.5
字　　数　181 千字
版　　次　2023 年 7 月第 1 版
印　　次　2023 年 7 月第 1 次印刷
书　　号　ISBN 978 - 7 - 5594 - 7669 - 2
定　　价　49.80 元

目录

前言 001

第一章 003

第二章 017

第三章 033

第四章 047

第五章 064

第六章 077

第七章 086

第八章 099

第九章 114

第十章 125

第十一章 134

第十二章 156

第十三章 163

第十四章 170

第十五章 184

第十六章 194

第十七章 203

第十八章 211

第十九章 221

第二十章 231

前言

艺术家创造美的事物；展现艺术而隐藏艺术家，这就是艺术的使命。评论家则能够以另一种方式、另一种素材将自己对美的印象翻译出来。

最最低级的评论就是自传式的评论。那些在美的事物中寻找丑的意义的人是低劣而无趣的。此乃歧途。

而在美的事物中寻找美的意义的人则是有素养的。这些人能看到希望，他们是有福的，对他们而言，美的事物就只意味着美。

没有什么道德的书和不道德的书，只有写得好的书和写得不好的书，仅此而已。

十九世纪对现实主义的厌恶正如卡利班[①]在镜中见到自己模样时的愤怒。

而十九世纪对浪漫主义的厌恶恰如卡利班在镜中见不到自己那副尊容时的愤怒。

人的道德生活构成了艺术家探索主题的一部分，但艺术的道德在于完美地运用一个不完美的媒介。艺术家并不意欲证明什

① 莎士比亚戏剧《暴风雨》中的角色，半人半兽，非常丑陋。

么，即使真实的事情能被证明。艺术家没有出于道德的同情，艺术家出于道德的同情是一种不可原谅的风格。艺术家也从不是病态的，艺术家可以表达一切。思想和语言对艺术家而言是艺术的工具，善与恶对艺术家而言是艺术的素材。从形式的角度而言，所有的艺术形式都是音乐的艺术。从感受的角度而言，则都属于表演的技艺。

所有的艺术都同时具备表象和象征。深入表象之下的人要自担风险，阅读象征意义的人也该后果自负。

艺术真正映照的是观者，而非人生。

对一件艺术作品的观点有分歧，恰恰说明这件作品新颖、复杂，而且重要。评论家各执一词的时候，艺术家却能自洽。

我们可以原谅一个人创造了一个有用之物，只要他不崇拜它；而创造了无用之物，唯一的借口就是强烈地崇拜它。

所有艺术都是无用的。

奥斯卡·王尔德

第一章

画室里弥漫着玫瑰的气味，夏日的微风摇动花园里的树木，穿过敞开的房门送来浓郁的丁香的芬芳或是粉花荆棘那幽微的香气。

亨利·沃登勋爵躺在波斯马鞍垫做的长沙发上，像平时一样抽着数不清的香烟。从沙发的一角，他能捕捉到金链花蜜色的光芒和它那蜜一般的甜香，花枝颤动着，像是被自己这火热的美弄得不堪重负似的。巨大的窗户前拉着长长的丝绸窗帘，不时有飞鸟迷人的影子从布面上掠过，造成一种倏忽即逝的日本情调，让他联想到那些面色如玉的日本画家，他们总是追求用一种静止的艺术媒介来传递轻捷和运动的感觉。花园里的草没有打理，长得老高，蜜蜂低沉的嗡嗡声从里面勉强挤出来，或是单调而执着地萦绕在忍冬灰扑扑的金色花团上，使得这片沉寂更加压抑。伦敦模糊的轰响从远处传来，仿佛管风琴奏出的低音。

房间的中央，一个立式画架上夹着一幅全身肖像，画上是一个美貌非凡的年轻男子。肖像前，几步之外，坐着画家本人巴兹尔·霍沃德。他曾在几年前突然销声匿迹，惹得一时舆论哗然，引发了不少奇怪的猜想。

画家看着用自己高超的艺术映照出的优雅俊秀的形象，一丝愉快的笑意掠过脸庞，似乎正要停留。但是突然，他站起身来，闭上眼睛，手指覆上眼帘，就好像他害怕从某个奇异的梦中醒来，要将那梦锁在自己脑子里一样。

“这是你最好的作品，巴兹尔，是你有史以来最好的一幅。”亨利勋爵悠悠地说，“你明年一定要把它送到格罗夫纳家去。学院太大、太俗，我每次去，要么人多得让我看不到画，这真要命，要么就是画多得叫我看不到人，这更要命。格罗夫纳家真是仅剩的地方了。”

“我觉得我不该把它送到任何地方去。”画家回答，以一种怪异的方式猛地转过头来。以前在牛津的时候，朋友们总为这个动作笑话他。“不，我不会把它送去任何地方。”

亨利勋爵抬了抬眉毛，透过淡蓝色的袅袅烟雾惊讶地看着他。他的香烟味道很重，含了点鸦片。此刻烟气回旋，形成一个个梦幻的旋涡。“不送去任何地方？为什么？有什么原因吗？你们画家可真奇怪！费尽心机地挣取名声，一挣到却又忙不迭地扔掉。你真傻，要知道这世上只有一件事比被人议论更糟糕，那就是没人议论。这幅肖像肯定能让你一举远胜英格兰所有的年轻人，老家伙们则会嫉妒不已，如果老家伙们还能有任何情绪的话。”

“我知道你会笑话我，”巴兹尔回答道，“但我真的不能展出它。我在其中投入了太多自我。”

亨利勋爵在沙发上伸伸懒腰，笑了。

“是，我知道你会笑。但真的是这样，我还是得这么说。”

“太多的自我！听我的，巴兹尔，我还不知道你有这么自以为是呢；而且，我完全看不出你和这位年轻的美男子有任何相似之处。瞧瞧你这张粗犷刚硬的脸、黑煤一样的头发，而他简直像是象牙和玫瑰叶做成的。哎，我亲爱的巴兹尔啊，他是个纳西索斯[1]，而你呢——呃，当然了，你的脸上透着思想，诸如此类的吧，但是美，真正的美，在思想出现后就会消失。智力本身就是一种夸大的模式，会毁掉一张脸的和谐。一个人一旦坐下来开始思考，就会变得全是鼻子，全是额头，或是别的什么可怕的东西。看看任何学问里的成功人士，他们丑陋得多么完美！当然，除了宗教里的那些。但话说回来，宗教里的人并不思考。主教八十岁的时候还是说着他十八岁时听来的话，自然就看起来讨喜些。你这位神秘的年轻朋友——你还从未跟我说过他的名字，但他的画像叫我着迷——他是从来不思考的，我完全肯定这一点。他是个没有脑子的美人儿，冬天我们没花可看的时候就该让他待在这儿，夏天当我们想找点东西冷却我们的思想的时候也一定要让他来。你可别臭美了，巴兹尔：你一点都不像他。”

“你没明白我的意思，哈利。”画家回答道，“当然，我并不像他。我很清楚这一点。实际上，要是长得像他的话我就惨了。你耸耸肩膀不以为然吗？我说的是实话。一切外表和智力上的出众都有一种致命的危险，这种危险贯穿整个历史，紧随着帝王们如履薄冰的脚步。最好不要和你身边的人有何不同。丑人和蠢人才是世界上最幸福的。他们可以安然地坐着，瞪着眼看戏就好。如果他们不曾了解胜利，至少也就免除了对失败的感知。他们过着人们该有的生活——没有烦忧，没有独特，也没有不安。他们既不会给别人带来毁灭，也不会从他人那里遭受毁灭。哈利，你的地位和财富；我的头脑，就是这副头脑——我的艺术，不论它几斤几两；道林·格雷的美貌——我们都会因神明赐予我们的而受苦，受很多苦。”

---

① 希腊神话中著名的美男子。他爱上自己的影子，最终变成了水仙花。纳西索斯是“美男子”和“自恋者”的代名词。

“道林·格雷？他叫这个名字吗？”亨利勋爵问，一面横穿画室走向巴兹尔·霍沃德。

“是的，就叫这个名字。我本来没打算告诉你的。”

“但是为什么呢？”

“噢，我也说不清。当我非常喜欢某些人的时候，我就不会把他们的名字告诉任何人，好像这样就交出了他们的一部分似的。我开始喜欢秘密了。秘密似乎是唯一能让现代生活变得神秘而精彩的东西。只要你把它藏起来，最普通的事物也能富有趣味。我现在出城的时候从来不会告诉身边人我去哪里。要是说了，我就会失去所有的乐趣。我敢说这是个傻气的习惯，但不知为何却能给人们的生活带来很多浪漫色彩。我想你大概认为我傻得不行吧？”

“完全不会。”亨利勋爵答道，“完全不会，我亲爱的巴兹尔。你似乎忘了我是结了婚的，而婚姻唯一的魅力就是使得双方都必须过上一种欺骗的生活。我从不知道我太太在哪里，我太太也从不知道我在干什么。当我们碰面时——我们确实偶尔会碰下面，比如外出用餐或去公爵府上——我们会用最严肃的表情给对方讲最荒唐的故事。我太太很擅长这个——实际上，比我强多了。她从来不会弄混自己的约会对象，而我总是弄混。但她发现我露馅儿时从来不闹。我有时倒希望她能闹一闹，但她只是取笑我而已。”

“我讨厌你说起自己婚姻生活时的这种语气，哈利。”巴兹尔·霍沃德说着，慢步走向通往花园的门，“我相信你其实是一个非常好的丈夫，但你总是羞于谈起自己的美德。你是个了不起的人物，从来不说一句道德的话，却也从来不做一件错误的事。你的玩世不恭不过是个姿态。”

“直白自然也只不过是个姿态，而且是我所知道的最讨厌的姿态。”亨利勋爵笑着喊了一句。两个年轻人便一同走出去进了花园，坐到一条长竹椅上。竹椅旁是一株高高的月桂，投下一段荫凉。阳光从油亮的树叶上滑落下来。草丛里，白色的雏菊在颤动。

停了一会儿，亨利勋爵掏出表。“恐怕我得走了，巴兹尔。”他喃喃道，“我走之前，还是得让你回答一下我先前提出的那个问题。”

“什么？”画家问，两眼仍然盯着地面。

“你知道。”

“我不知道，哈利。”

“好吧，那我就告诉你。我想让你给我解释一下你为什么不肯展出道林·格雷的画像。我要真正的理由。”

“我说的就是真正的理由。”

“不，不是。你说这是因为画里有你太多的自我。别闹了，这太幼稚了。”

“哈利，”巴兹尔·霍沃德说，直直地看着他的脸，“每一幅投入了感情的肖像都是画家的自画像，而不是模特的像。模特只是一个意外，一个偶然，画家所揭示的并不是他；彩色的帆布上揭示的其实是画家自己。我不愿展出这幅画的原因就是，我害怕我在其中展现了太多自己灵魂中的秘密。”

亨利勋爵笑了。“什么秘密？”他问。

“我会告诉你的。”霍沃德说，但他脸上浮现出一种困惑的表情。

“我洗耳恭听，巴兹尔。”他的同伴接道，看着他。

“噢，其实也没什么好说的。”画家答道，“而且我怕你很难理解。或许，你很难相信。”

亨利勋爵微微一笑，俯下身从草丛里摘了一朵粉色花瓣的雏菊，端详着。“我敢肯定我会理解的。”他回应道，专注地盯着雏菊那小小的、带着白色绒毛的金色花心，“至于说相信嘛，凡是难以置信的事情，我都能相信。”

风从树枝上摇落下一些花朵，繁密的丁香花，像一簇簇星子，在慵懒的空气中来回荡漾。一只蚂蚱在墙边发出吱吱的声音，一只细长的蜻蜓扑着棕色的纱翼飞掠而过，像一条蓝色丝线般穿行在空气中。亨利勋爵感觉仿佛能听见巴兹尔的心跳，好奇他接下来要说什么。

“故事很简单。”画家过了一会儿开口道，“两个月前我去参加布兰登夫人家的一个聚会。你知道，我们这些穷画画的得时不时去社会上露个面，提醒公众我们不是野人。就像你以前跟我说的，只要一件晚礼服、一条领带，任何人，哪怕一个股票经纪人，都能获得一个文明开化的名声。总之，我进了房间大约十分钟后，正在跟盛装打扮的遗孀们和乏味的学究们聊天的时候，突然意识到有人在看我。我半转过身子，第一次见到了道林·格雷。当我们四目相遇时，我感觉自己在失去血色。一种奇怪的恐怖感油然而生。我知道自己遇见了一个魅力十足的人，如果我放任不管的话，这种魅力会吸取我全部的天性、全部的灵魂，甚至我的艺术本身。我之前从来不希望我的人生受到任何外界的影响。这一点你知道的，哈利，你知道我的性格多么独立。我一直都是自己的主人；至少之前一直是这样，直到我遇见了道林·格雷。接着——我不知道该怎么跟你解释：似乎有什么在告诉我，我正面临着我人生中一个巨大的危机。我有一种奇怪的感觉，命运已经给我准备了美妙的快乐和美妙的悲伤。我非常害怕，转身离开了那个房间。驱使我这么做的并不是良心，而是一种懦弱。我并不为自己企图逃避而骄傲。”

“良心和懦弱其实是同样的东西，巴兹尔。良心是市面上流传的通用商标罢了，仅此而已。”

“我可不信这套，哈利，我觉得你也不信。但是，不论我的动机是什么吧——或许是骄傲，因为我以前是很骄傲的——反正我挣扎着走向门口。当然，我在那里碰到了布兰登夫人。‘你该不会这么快就要溜吧，霍沃德先生？’她尖叫道。你知道她的声音特别尖细对吧？”

“是的，她样样都跟孔雀似的，只有美丽不似。”亨利勋爵说着，用自己纤长敏感的手指把那朵雏菊扯成了碎片。

“我摆脱不了她。她把我带去见那些贵族，还有一些戴着星和勋章的人，还有些顶着硕大的头冠和鹦鹉式鼻子的老妇人。她把我说得像她最亲密的朋友。我以前只见过她一次，但她铁了心要吹捧我。我估计是当时我的某幅画非常成功吧，至少是在那种一分钱的小报上受了鼓吹——这就够得上十九世纪‘永垂不朽’的标准了。突然我发现自己又对上了那个让我莫名不安的年轻人。我们距离很近，几乎身体能碰到。我们的眼睛再次相遇。我让布兰登夫人把我介绍给他，真是莽撞。或许也谈不上莽撞，就是命中注定吧。哪怕没人介绍我们也会彼此聊起来，我很肯定这一点。道林后面也这么跟我说。他也觉得我们注定会认识彼此。”

“那布兰登夫人是怎么介绍这位优秀的年轻人的呢？”他的同伴问道，“我知道她很热衷于给自己的客人们做文字速写。我还记得她把我带到一个满身勋章绶带、粗暴好斗的、暴脾气、红脸膛的老绅士面前，用悲剧化的语调在我耳边压着嗓子揭露各种令人震惊的细节，而实际上房间里的所有人都能听得一清二楚。我直接就跑了。我喜欢自己去了解别人。但布兰登夫人对待客人完全像拍卖师对待货物一样，要么一笔带过，要么就言无不尽说一大堆，却没有一件别人想知道的事。”

“可怜的布兰登夫人！你对她太刻薄了，哈利。”霍沃德淡淡地说。

“我亲爱的朋友，她想建立一个沙龙，结果只开成了一个餐馆。叫我怎么佩服她呢？不过告诉我吧，她是怎么说道林·格雷的？”

“噢，差不多就是‘惹人爱的孩子——他可怜的母亲简直和我形影不离。忘了他是干什么的了——恐怕他——什么都没干吧——哦，对了，是弹钢琴的——还是小提琴，亲爱的格雷先生？’。我们俩都忍不住笑了，于是马上成了朋友。”

“笑对友谊而言是一个不错的开始，但远不是最好的结局。”年轻的勋爵说着，又摘了一朵雏菊。

霍沃德摇摇头。“你根本不懂什么是友谊，哈利。”他喃喃道，“其实也不懂什么是敌人。你喜欢每一个人，这也就等于说，你对每个人都无所谓。”

“你这么说可就太过分了！”亨利勋爵叫着，把帽子转到脑后，抬头看着那些小小的云朵。它们像是一缕缕纠缠在一起的白色丝绸，飘过夏天那空荡荡的碧蓝色天空中。“是的，你这样说太过分了。我对人的讲究可大着呢。我因优良的外表选择朋友，因优良的性格选择相识，因优良的智力选择敌人。人一定要十分慎重地选择自己的敌人，我的敌人里没有一个傻子。他们都是具备相当智力的人，所以他们全都很欣赏我。我这样是不是太自以为是了？我认为这非常自以为是。”

“我也应该这么认为。但是按照你的分类，我一定只是个相识而已。”

“亲爱的巴兹尔，你可比相识强多了。”

“但又远远不如朋友。算是手足兄弟吧，我猜？”

“噢，手足兄弟！我可不喜欢手足兄弟。我的哥哥不肯死，我的弟弟们又似乎除了死别的都不干。”

“哈利！”霍沃德嗔叫一声，皱起眉头。

“我亲爱的朋友，我不是认真的，但我忍不住讨厌我的亲人们。我猜这是因为我们都受不了其他人身上有和我们同样的毛病。我很能体会英国民众对那些所谓上层阶级之罪恶所怀有的那种愤怒。大众觉得醉酒、愚蠢和无德应该是他们的专利，而如果我们之中有谁这么堕落，那就是在侵犯他们的保留地。可怜的索斯沃克进离婚法庭的时候，真是叫民众燃起了熊熊怒火。但依我看，那10%的无产阶级也不见得就活得多么正确。”

“你说的话我一个字也不赞同，而且我觉得你自己也不赞同。”

亨利勋爵捋了捋自己尖尖的棕色胡须，用装饰着流苏的乌木手杖点了点自己漆皮鞋的鞋尖。“你也太英国范儿了！这是你第二次这么说了。谁要是跟一个真正的英国人说了一个想法——这绝对是一个草率的行为——这个英国人绝不会去思考这个想法是对是错，他唯一觉得要紧的就是说话的人自己是否相信它。听着，一个想法的价值和表达这想法的人真不真诚完全没有一点关系。实际上，很有可能说话的人越不真诚，这个想法越有可能是纯粹的智力成果，因为这样它才不会被那个人的需求、欲望和偏见所侵染。不过，我不打算和你讨论政治、社会学或形而上学。我喜欢人胜过原则，而且我喜欢没有原则的人胜过这世上其他任何东西。接着说道林·格雷吧。你们多久见一次？”

“每天都见。如果不能每天都见到他的话我就没法儿高兴。他对我来说是必不可少的。”

“这可真是不一般！我以为你除了你的艺术什么都不在意呢。”

“他现在对我来说就等于艺术。”画家严肃地说，“哈利，我有时觉得世界历史上重要的时期只有两个，第一是新的艺术媒介出现的时候，第二就是新的艺术人格出现的时候。道林的脸对于我而言，有一天将会和油画的发明对于威尼斯人、安提诺乌斯[1]的面容对于晚期的希腊雕塑一样重要。这不仅仅是说我拿他画油画，打素描，做速写。当然，这些我都有做，但他对我来说远远不止是一个模特、一个绘画对象。我不能说我对自己已经画出来的他感到不满足，也不能说他的美艺术表达不出来。没有艺术表达不出来的东西，我也知道我创作的作品——自从遇到道林·格雷后的作品——都是好作品，是我这辈子最好的作品。但他的个性以某种奇特的方式——我不知道你是否能理解——为我暗示出一种全新的艺术形式，一种全新的风格。我现在看东西的眼光变了，思考它们的方式变了。我现在可以用一种以前不曾领悟到的方式来反映生活。'在思想的白日中做着形象的梦'——这是谁说的来着？我忘了，但这就是道林·格雷对我的意义。只要看到这个少年——他在我看来就还只是个少年，虽然他其实已经二十多了——只要能看到他——啊！我不知道你能否明白这些是什么意思。他在浑然不觉中为我厘清了一个新的流派，这个流派包含了所有浪漫精神的激情、所有希腊精神的完美。灵与肉的和谐——这是多么伟大啊！我们在疯狂之中将这两者分离，发明出一种粗俗的现实主义、一种空洞的理想主义。哈利！要是你能明白道林·格雷对我的意义就好了！你还记得我的那幅风景画吗，就是阿格纽出大价钱要买但我舍不得的那幅？这是我画过的最好的画之一。为什么呢？因为，我画的时候道林·格雷坐在我旁边，某种微妙的影响从他那里传给了我，于是，我这辈子第一

① Antinous，古希腊的一个美少年，相传是罗马皇帝哈德良的恋人。他死后，哈德良命人造了一座他的雕像，成为古希腊雕塑艺术的代表作品之一。

次，在那个平凡的树林里见到了我一直苦苦寻觅却每每错失的奇迹。”

“巴兹尔，这真是不一般！我非得见见这位道林·格雷不可！”

霍沃德从椅子上站起身，在花园里来回踱步。过了一会儿他回来了。“哈利，”他说，“道林·格雷对我来说只是一个艺术上的动机。你在他身上可能看不到任何特别之处，而我在他身上看到了一切。即使我的作品里没有他的形象，他也一分不减地存在于作品里。正如我所说，他暗示出一种新的艺术形式。存在于某些线条的弧度里，在某些微妙的色彩中，如此而已。”

“那你为什么不肯展出他的肖像？”亨利勋爵问。

“因为我在不知不觉中已经把这种奇怪的艺术崇拜融入了画里，而我从来没有跟他说过这种感觉。他对此一无所知。他绝不能知道这件事。但外界可能会猜到，我不想向他们那些浅薄的窥探的眼睛坦露我的灵魂，我的心灵绝不能被置于他们的显微镜下观察。这里面有太多的自我了，哈利——太多的自我！”

“诗人们就没你那么谨慎。他们知道激情对于出版有多重要。这年头，一颗破碎的心能出好多版书呢。”

“我为此憎恶他们。”霍沃德喊道，“艺术家应该创造美的东西，但不应该把自己的生命灌注进去。在我们这时代，人们总把艺术当成某种形式的自传，已经丢失了艺术的抽象之美。总有一天我会向世人展现这抽象之美，为此世人绝不能看到我为道林·格雷画的画像。”

“我认为你说的不对，巴兹尔，但我不想和你争论，只有智力上迷失的人才会争论。告诉我，道林·格雷很喜欢你吗？”

画家考虑了一会儿。“他喜欢我。”他停了一下然后说，“我知道他喜欢我。当然我总是使劲夸他捧他。我发现我给他说一些我明知自己不该说的东西时有一种奇怪的快感。毋庸置疑，他对我来说充满魅力，我们会坐在画室里谈天说地，但他有时候无知得可怕，而且他似乎真的会以我的痛苦为乐。于是我感觉自己把整个灵魂献给了他，他却拿它当成衣服上的插花，一种装饰虚荣的玩意儿，一个夏日里的点缀。”

“巴兹尔，夏日是很悠长的。”亨利勋爵喃喃道，“或许你会比他先厌倦呢。这想起来有些悲哀，但是毫无疑问，天才要比美貌更持久。这就是为什么我们千辛万苦地接受过度的教育。在为生存疯狂挣扎的过程中，我们想获得一些能持久的东西，于是给自己的头脑里塞满垃圾和事实，愚蠢地希望这样就能保留我们的一席之地。知识渊博的人——这就是现代社会的理想，而知识渊博的头脑实在是很可怕的东西。就像一个古玩店，里面全是怪物和灰尘，每样东西的定价都远超实际的价值。我认为你还是会先厌倦的。有一天你会看着你这位朋友，觉得有点不大上相了，或者他的色调你不喜欢，诸如此类。你会在心里恨恨地责怪他，认真地感到他对你很差劲。下次他再联系，你就变成了彻底的冷淡和漠然。这很遗憾，因为这会改变你。你刚刚跟我说了一段了不起的罗曼史，或者可以称之为与艺术的罗曼史，而无论任何形式的罗曼史都有一个最糟糕的地方，就是会让人完全罗曼蒂克不起来了。”

“哈利，别这么说。只要我还活着，道林·格雷的形象就将主宰我。你无法感受到我的感受。你太善变了。”

“啊，我亲爱的巴兹尔，这正是我为什么能感受到你的感受。那些忠诚的人只能了解爱琐碎的一面，只有不忠诚的人才能了解爱的悲剧。”亨利勋爵在一个小巧的银色烟盒上划亮一根火柴，自鸣得意地抽起一根烟，仿佛他刚刚在一句话说透了全世界。麻雀的啾鸣在漆绿色的常青藤树叶里掀起一阵涟漪，蓝色的云影像燕子般追逐着彼此跑过草地。花园里多么怡人啊！他人的情感又是多么令人愉快！——在他看来，要比他们的思想令人愉快得多。一个人本身的灵魂，还有他朋友的激情——这些都是令他着迷的东西。他开心地暗自想象着那场因为在巴兹尔·霍沃德身边流连这么久而错过的无聊的午宴。他要是去了姨妈家，一准儿会在那里碰到古德波蒂勋爵，然后聊的全是给穷人发粮食、规范出租屋的必要性。每个阶层都喜欢大谈特谈那些自己生活中完全用不上的美德有多么重要。富人们谈论节俭的价值，闲人们就劳动的尊严滔滔不绝。能躲过这些可真是太妙了！想到姨妈，他突然有了一个想法。他转向霍沃德说："我亲爱的朋友，我刚想起来。"

"想起什么？"

"想起在哪儿听过道林·格雷这名字。"

"在哪儿听过？"霍沃德问，微微皱眉。

"别那么生气嘛，巴兹尔。是在我姨妈，阿加莎夫人家。她跟我说她发现了一个很优秀的年轻人，要去东区①给她帮忙，名字就叫道林·格雷。我必须得说，她从没告诉我他长得好看。女人们不懂得欣赏好看的外表；至少好女人不懂。她说他为人真诚，品性良好，我还以为是个戴着眼镜、头发稀疏、满脸雀斑，一双人脚步履沉重的那种呢。我要知道他是你的朋友就好了。"

"我很高兴你不知道。"

"为什么？"

"我不想让你见他。"

"你不想让我见他？"

"不想。"

① The East End，伦敦东区，著名的贫民区。

“道林·格雷先生到画室里了，先生。”管家说着进了花园。

“你现在必须给我做介绍了。”亨利勋爵喊道，大笑起来。

画家转向自己的仆人，后者正站在阳光下眨着眼睛。“让格雷先生稍等一下，帕克。我一会儿就到。”管家鞠了一躬，沿着走道过去了。

接着，巴兹尔看着亨利勋爵。“道林·格雷是我最宝贵的朋友。”他说，“他为人单纯善良，你姨妈说得很对。可别毁了他。不要试图影响他。你会带坏他的。世界很大，有很多出色的人，不要从我身边夺走这唯一一个给我的艺术赋予魅力的人：我作为艺术家的生命都系于他身上。记着我的话，哈利，我信任你。”他说得很慢很慢，仿佛这些话是他违抗自己的意志强行挤出来的。

“你胡说些什么呀！”亨利勋爵说着，微微一笑，挽起巴兹尔的胳膊，几乎是拉着他进了屋内。

第二章

他们进屋后就看到了道林·格雷。他正坐在钢琴边，背对着他们，翻看着舒曼《森林情景》的一册乐谱。“你一定得把这借给我。”他喊着，“我想学。这真是太迷人了。”

“那就要看你今天当模特当得怎么样了，道林。”

“噢，我当腻了，我不想要我的等身像了。”少年答道，把琴凳转过来，一副闹脾气的样子。当他看到亨利勋爵时，一抹微微的红晕染上他的脸颊。他站起身，“真对不起，巴兹尔，我不知道你有客人在。”

“道林，这是亨利·沃登勋爵，是我牛津时候的老朋友。我正在跟他说你当模特当得特别好呢，现在都被你搅黄了。”

“你并没有搅黄我见到你的喜悦，格雷先生。”亨利勋爵说着，走上前伸出一只手，“我姨妈经常跟我说起你。你是最得她青睐的人物之一，恐怕也受了她不少折磨。”

“我现在上了阿加莎夫人的黑名单了。”道林回应道，做了一个忏悔状的鬼脸，“我答应她上周二要和她一起去白教堂的一个俱乐部，结果彻底忘了这回事。我们本来说要一起演一段二重奏的——好像是三段二重奏。我都不知道她回头会怎么说我，我都怕得不敢联系她。”

“哦，我会帮你跟她和好的。她可喜欢你了。而且我估计你没去其实也没什么影响，观众们八成以为那就是二重奏，阿加莎姨妈一坐到钢琴前，发出的噪声跟两个人也差不多了。”

“这么说对她太过分了，对我不算什么好话。”道林笑着回应。

亨利勋爵看着他。是的，他无疑非常英俊，红色的嘴唇线条精致，蓝色的眼睛透着真诚，金色的头发卷曲浓密。他的脸上有某种东西，会让人立刻对他感到信任，充满了青春的直率，还有热情洋溢的纯洁，让人觉得他好像不曾沾染凡尘。难怪巴兹尔会对他五体投地。

“你太迷人了，不该去做慈善，格雷先生——实在是太迷人了。”亨利勋爵往沙发上一躺，打开了香烟盒。

画家已经在忙着调色，准备画笔了。他面露忧色，听到亨利勋爵最后这句断言，他瞟了他一眼，犹豫了一会儿，然后说：“哈利，我想今天画完这幅画，要是我现在请你先走一步，你不会觉得太失礼吧？”

亨利勋爵微微一笑，看着道林·格雷。“要我走吗，格雷先生？”他问。

“噢，别走，亨利勋爵！我看巴兹尔又陷入他的阴郁情绪里了，我可受不了阴郁的巴兹尔。而且，我想听你说说我为什么不该去做慈善。”

“我不知道该不该跟你说这个。这话题太枯燥了，一聊起来就会很严肃。但既然你让我留下来，我肯定就不能逃跑。你不是真的介意吧，巴兹尔？你经常跟我说你希望你的模特能有人聊聊天。”

巴兹尔咬了咬嘴唇。“如果道林愿意这样，那你自然该留下来。道林的一时戏语，就是所有人的金科玉律，独独不约束他自己。”

亨利勋爵拿起他的帽子和手套。“看来你真是要逼我走啊，巴兹尔，不过我恐怕也是得走了。我答应要去奥尔良见一个人，格雷先生。你哪天下午来寇松街找我吧，我五点基本都在家。来之前给我写信说一声，我要是和你错过了就可惜了。”

“巴兹尔！”道林·格雷叫道，“如果亨利勋爵走了，那我也走。你画画的时候一句话都不说，站在台子上还要努力摆得好看真是无聊死了。你让他留下来，我坚持这一点。”

“留下吧，哈利，为了道林，也为了我。”霍沃德说着，专注地盯着自己的画，“确实，我工作的时候从来不说话，也听不见别人说什么，对我这些倒霉的模特来说一定无聊极了。我请求你留下来。”

“但我要去奥尔良见的那个人怎么办？”

画家笑了。“我看这完全不成问题。坐下吧，哈利。道林，现在站到台上去，不要乱动，也不要理会亨利勋爵说什么。他对他所有的朋友都有很不好的影响，唯一的例外就是我。”

道林·格雷走上高台，架势像一个年轻的希腊时期的殉道士。他对着亨利勋爵不满地撇了撇嘴。他莫名地喜欢亨利勋爵。他和巴兹尔真是太不一样了，两者构成了一个愉快的对比。他的声音也非常动听。过了一会儿他对亨利说：“你真的会对别人产生不好的影响吗，亨利勋爵？像巴兹尔说的那样？”

“压根就不存在什么好的影响，格雷。所有的影响都是不道德的——从科学的角度来说不道德。”

“为什么？”

“因为影响别人就是给他灌注自己的灵魂，他就不会有自己自然的思想，也不会因自己自然而生的热情而燃烧。他的美德不真正属于他；他的罪恶——如果真有罪恶这东西的话——也都是借来的。他就此成为他人乐曲的回声，扮演起不属于自己剧本里的角色。生命的目的是自我发展，是完整地实现自己的天性——这是我们每一个人存在的意义。现在的人们都害怕自我。他们已经忘记了最高的职责，忘记了每个人对自己所负有的天职。当然了，他们很有善心，会给吃不饱的人食物，给穿不暖的人衣服，却任由自己的灵魂忍饥挨饿、衣不蔽体。我们这个民族已经失去了勇气，或许我们本来就没拥有过。对社会的恐惧，这是道德的根基；对上帝的恐惧，这是宗教的秘诀——正是这两样东西统治着我们。然而——”

“再把你的头往右边转一点，道林，乖孩子。”画家说。他完全沉浸在自己的工作中，只留意到少年的脸上浮现出一种之前从未有过的神色。

“然而……”亨利勋爵接着说。他低沉的声音有如音乐。他优雅地挥舞着手，这是他从伊顿时代就开始有的一个特色。“我相信一个人若要完全、充分地度过一生，就必须给每一种感觉赋予形式，让每一种思想得到表达，把每一个梦变成现实。我相信只有这样，世界才会获得一种新鲜的喜悦的脉搏，让我们忘却中世纪的种种沉疴，回归希腊时代的理想——甚至可能比希腊时代的理想还要美好，还要丰富。但我们中最勇敢的人也害怕自我。野蛮时代的肢体残害依然悲剧性地留存至今，那就是自我否决带来的对生命的摧残。我们因为这种否决而受到惩罚。每一个我们努力遏制的冲动都在我们的头脑中发酵，毒害着我们。肉体只要罪恶过一次便能消停，因为行动是一种净化的方式，之后就什么也不会留下，只有快乐的回忆或者奢侈的遗憾。摆脱诱惑的唯一办法就是向它屈服。抵抗诱惑，你的灵魂只会愈发渴求它自我禁断的事物，愈发肖想那被非人的律令斥为兽行与悖逆的东西，最终积欲成疾。有人说这世上最伟大的故事都发生在头脑中，其实世上最伟大的罪恶也是发生在头脑中，也只能在头脑中。你，格雷，你自己，因着你红玫瑰般的青春、你白玫瑰般的少年时代，也有过让你自己害怕的激情，让你充满恐惧的思想，一想到便让你羞得满面通红的白日梦和睡梦——”

“停！”道林·格雷颤声道，“停！你把我脑子弄乱了，我不知道该说什么。是有办法回答你的，但我不知道是什么。别说话，让我想想。或者说，让我努力不去想。”

几乎有十分钟，他站在那里一动不动，双唇微张，眼睛出奇地亮。他隐隐约约意识到有一些全新的影响正作用于他，但它们似乎又都来自他自身。巴兹尔的朋友跟他说的这短短几句话无疑只是随意说来，而且有意弄得似是而非，但这些话拨动了某条隐秘的、此前从未被拨动过的心弦，他能感觉到这心弦正随着一种奇异的脉搏震动、跳跃。

音乐也曾给过他这样的震动，音乐曾很多次让他心绪不宁。但是音乐并不是语言，它在我们心中创造的并不是一个新的世界，而只是另一片混沌。语言！只有语言，是多么可怕啊！是多么清晰、生动，而又残忍！语言让人无法逃避。但语言之中又蕴含着多么精妙的魔力！它似乎能给无形的东西赋予形式，它有着自己的音乐，和维奥尔琴或琉特琴一样的甜美。只有语言！还有什么能如语言一般真实？

是的，他在少年时代确实有过一些他自己也不明白的东西，他现在明白了。生活突然变成了火红色。他觉得自己一直就行走在烈火中。他之前怎么不知道？

亨利勋爵带着淡淡的微笑，观察着他。他精准地知道什么时候是应该保持沉默的心理时刻。他饶有兴趣地看着，惊异于自己的话语所产生的突然的顿悟。他想起十六岁时读过的一本书，那本书向他揭示了很多之前不知道的事。他不知道道林·格雷是否也正经历着类似的体验。他只是向空中射了一支箭，是否正中靶心呢？这个少年是多么令人着迷呀！

霍沃德还在画着，他的笔触粗犷令人赞叹，却蕴含着真正的精巧、完美的细腻，这在艺术中无论如何只能来自强大的力量。他完全没有意识到此刻的沉默。

“巴兹尔，我站累了。”道林·格雷突然喊道，“我得到外面的花园里坐坐。这儿的空气闷死人了。”

“我亲爱的朋友，真是对不起。我画画的时候完全没法想别的东西。你今天当模特当得特别好，完全一动不动，我也捕捉到了我想要的效果——半张的嘴唇、眼睛里的亮光。我不知道哈利跟你说了些什么，但他绝对是让你做出了最棒的表情。我猜他是在恭维你，他说的你可一个字都别信。”

“他绝对没有在恭维我，或许正因如此，他说的我才一个字都不信。”

“你知道你全都相信。”亨利勋爵说着，迷蒙慵懒的眼睛看着他，“我跟你一起去花园。这画室里简直热得要死。巴兹尔，给我们来点冰饮喝吧，要带草莓的。”

“没问题，哈利。按下铃，帕克过来我就跟他说。我得把这个背景弄一下，我稍后再过去找你们。别拘着道林太久了，我从来没有过像今天这么好的画画状态。这将会是我的杰作，现在画架上的就已经是一幅杰作了。”

亨利勋爵走进花园，发现道林·格雷正把脸埋在大丛清凉的丁香花里，贪婪地畅饮它们的香气，仿佛那是美酒一样。他走近道林，把手放在他肩上。“你这样做很对。”他喃喃道，“除了感官没有什么能治愈灵魂，正如除了灵魂没有什么能治愈感官。”

少年一惊，往后一退。他没戴帽子，树叶弄乱了他桀骜不驯的卷发，头上的金丝纠缠到一起。他眼中有一种恐惧的神色，像是被突然惊醒的人。他那雕琢般精致的鼻孔翕张颤动，某个看不见的神经牵动他红润的嘴唇，让它发着抖。

“不错。”亨利勋爵继续说，“这就是生命最伟大的秘密之一——通过感官治愈灵魂，通过灵魂治愈感官。你是造物主一个了不起的创造。你知道的比你以为自己知道得多，正如你知道的比你想要知道的少。”

道林·格雷皱起眉，转过脑袋。他不由自主地喜欢身旁这个高大、优雅的年轻人。他那浪漫的、橄榄色的脸和倦怠的神情吸引着他，他低沉慵懒的嗓音中有某种十分迷人的东西，甚至他那冰凉白皙的、花一样的手，也有一种奇怪的魅力。他说话的时候，这双手挥动着，好像音乐一样，似乎也有一套它们自己的语言。但他也害怕他，并因这害怕而羞耻。怎么会轮到一个陌生人来向他揭示他自己？他认识巴兹尔·霍沃德已经好几个月了，但他们之间的友谊从来没有改变过他。突然一个人闯入他的生活，似乎为他揭开了人生的奥秘。但是，这又有什么好怕的？他又不是什么无知学童，这样害怕真是荒唐。

“我们去树荫里坐吧。”亨利勋爵说，“帕克已经把喝的拿来了，再说继续待在这日头下你会被晒坏的，那样巴兹尔就再不会给你画画了。你可千万别把自己晒伤了，那样就不好看了。”

“那有什么要紧？”道林·格雷叫道，笑着在花园尽头的椅子上坐下。

“这对你可是第一要紧的事，格雷。”

“为什么？”

“因为你有着最精彩的青春，而青春是唯一值得拥有的东西。”

“我可没感觉到，亨利勋爵。”

“不，你现在感觉不到。有一天，当你又老又丑全是皱纹的时候，当你的额头被思想灼满纹路的时候，当激情用它可怕的烈火在你的嘴唇上烙上印痕的时候，你会感觉到的，会狠狠地感觉到。现在，无论你走到哪里，都能让世界为你倾倒。会永远这样吗？……你有一张无比美丽的脸，格雷。别皱眉，你确实有。而美丽是天才的一种——实际上，要比天才更高一档，因为它无须解释。它是这世上一种伟大的事实，就像阳光，就像春日，就像我们称之为月亮的那轮银盘落在黑暗的水面上的倒影。它是无可置疑的，有着自己神圣的主权。拥有它的人就能成为王子。你在笑吗？啊！等你失去它的时候你就不会笑了。人们有时说美是肤浅的，或许是这样，但它至少没有思想那么肤浅。对我来说，美就是奇迹中的奇迹。只有浅薄的人才不会以貌取人。这世界真正的奥秘都在于那些看得见的东西，而不是看不见的……不错，格雷，神明待你不薄，但是神明赐予的东西也会很快被拿走。你只有几年时间可以真正地、完美地、充分地活着。当你的青春逝去时，你的美也会随之而去，那时你就会发现再也没有胜利，或者只能满足于一些可怜的胜利，并且被你过去的记忆纠缠着，变得比失败更加苦涩。青春月复一月地逐渐消逝，带着你一点点走近某个可怕的东西。时间嫉妒你，它会摧残你的百合和玫瑰，你会变得脸色灰黄、脸颊凹陷、双目呆滞。你会痛苦不堪……啊！在你还拥有青春的时候好好把握吧！不要浪掷黄金般的年华，不要听那些无聊的话，试图去改善无望的失败，也不要把你的人生奉献给那些无知、平凡、庸俗的人。这些都是我们这时代的病态的追求、谬误的理想。生活！好好地活出你体内蕴藏的美丽人生！不要错过任何东西，永远追寻新的感觉，不要害怕任何东西……一种新的享乐主义——这正是我们这个世纪所需要的。你可能会成为它的一个视觉符号，凭你的形象你将无所不能。你将在一段时间里拥有整个世界……我见到你的那一刻，我就看出来你完全没有意识到你是什么样的人，你其实可以成为什么样的人。你身上有那么多令我着迷的东西，让我感觉必须告诉你一些关于你自己的事。我想到你要是被白白浪费那该是怎样的悲剧，因为你的青春只会停留那么一点时间——那么一点点时间。那些随处可见的野花会枯萎，但它们还会再开。金链花明年六月还会跟此刻一样澄黄灿烂，再过一个月铁线莲上又会有点点紫星，年复一年盛放在它用绿叶织成的夜空里。但我们再也无法重获青春。二十岁时在我们胸中跳动的喜悦会迟缓下来，我们的四肢会衰败，我们的感官会腐朽。我们会堕落成丑陋的木偶，曾经害怕触碰的激情，当初没有勇气向它屈服的美妙诱惑，都会在回忆里将我们折磨。青春！青春！这世上除了青春没有任何东西！”

道林·格雷目瞪口呆地听着。丁香花枝从他手中落下，落到石子地面上，一只毛茸茸的蜜蜂飞来围着它嗡嗡打转了一会儿，接着开始在那些繁密而细小的卵形花球上翻山越岭。他怀着一种奇怪的兴趣观察着它。当重要的事情让我们害怕时，或者当我们被某种无法言说的新的情绪困扰时，或者当某种令我们恐惧的思绪突然围攻大脑、叫我们投降时，我们就会对一些琐碎的事物产生类似的兴趣。过了一会儿，蜜蜂飞走了。他看着它爬进一朵牵牛花带着斑点的喇叭里，花朵似乎颤动了一下，然后轻轻地来回摇摆。

突然，画家出现在画室的门边，敲出一段节奏指示他们进屋。他们转头看向彼此，微微一笑。

“我等着呢。”画家喊道，“快进来吧，光线很完美，可以把喝的拿进来。”

他们站起身，一起沿着走道漫步过去。两只白绿相间的蝴蝶从他们身旁翩翩飞过，花园一角的梨树上，一只画眉唱起歌。

“你很高兴遇见我，格雷先生？”亨利勋爵看着他说。

“是的，我现在很高兴。我不知道我是否该一直高兴？”

“一直！这是个糟糕的词，我听到就浑身一颤。女人们爱用这个词，她们总试图让爱情永远持续，因此毁掉了每一段爱情。这也是个毫无意义的词。反复无常和终生热爱的唯一区别就是反复无常持续得更久一点。”

当他们走进画室时，道林·格雷把手搭在亨利勋爵的胳膊上。“要是那样的话，就让我们的友谊成为一种反复无常吧。”他喃喃说完，为自己的大胆红了脸，接着走回高台上，恢复了之前的姿势。

亨利勋爵躺倒在一个大大的柳条扶手椅上，凝望着他。除了霍沃德时不时退后从远处查看自己的作品外，一片寂静，只能听见笔刷在画布上扫过的声音。光线从敞开的门口斜照进来，灰尘在其中飞舞，是金色的。浓郁的玫瑰香气似乎萦绕着一切。

过了大约一刻钟，霍沃德停下画笔，久久凝视着道林·格雷，然后又久久凝视着画像，咬着一只巨大的画笔尾部，皱着眉头。“彻底完成了。”终于，他喊道，弯腰在画布的左下角用长长的朱红色字母写下自己的名字。

亨利勋爵走过来检视。这确实是一件精美的作品，而且十分逼真。

“我亲爱的伙伴，我衷心地祝贺你。”他说，“这是现代最优秀的画像。格雷，过来看看你自己。”

少年一惊，仿佛被从某个梦境中唤醒。

“真的画完了？”他喃喃着，从高台上走下来。

“彻底完成了。”画家说，“而且你今天模特当得特别好，我要多谢你。”

“这都是我的功劳。”亨利勋爵插口道，“是不是，格雷？”

格雷没有回答，而是无精打采地从自己的画像前走过，然后转身来看。当看到画时他后退一步，脸颊浮起片刻欢快的红晕。他的双眼里泛出喜悦的神色，仿佛他是第一次认识自己。他一动不动地站在那里，沉浸在惊奇之中，只隐约意识到霍沃德在跟自己说话，但并不明白他话里的意思。他感受到自己的美，这仿佛是一种启示，是他以前从未感受过的。以前巴兹尔·霍沃德的恭维对他而言不过是出于友谊的溢美之词，他听过了笑笑便忘，并没有影响他的天性。不想却遇上了亨利·沃登勋爵，听了他一通奇怪的青春颂歌，还有对青春短暂的可怕警告。当时就让他大为震动，而此刻，当他站在这里，盯着自身美貌的投影，那些描述仿佛活生生的现实一样从他脑海中闪过。是的，有一天，他的脸会起皱干瘪，眼睛会黯淡无神，优雅的身姿残破走形，红润的双唇失去色彩，金黄的头发变得斑白。岁月铸就他灵魂的同时也会损毁他的身体，他会变得可怕、丑陋、粗鄙。

想到这里，一阵尖锐的痛苦像一把刀一样扎穿他的身体，让他性灵中每一根精细的纤维都震颤起来。他的眼眸暗下去，化为紫水晶的颜色，上面氤起泪水。他感觉仿佛有一只冰冷的手放在他的心脏上。

“你不喜欢吗？”终于，霍沃德喊道，有些被少年的沉默刺痛了，不明白这是什么意思。

“他当然喜欢。”亨利勋爵说，“谁会不喜欢呢？这是现代艺术中最伟大的东西之一。你要什么我都愿意给，我必须拥有它。”

“这不属于我，哈利。”

“那属于谁？”

“当然是属于道林了。”画家答道。

“他可真是太幸运了。”

“这是多么悲哀啊！”道林·格雷眼睛仍然盯着自己的画像，喃喃着，“多么悲哀！我会变老、变丑、变得可怕，而这幅画却会永葆青春，永远不会比六月的此时此刻老去一分……要是反过来该多好！要是永葆青春的是我而老去的是这幅画该多好！为了这个，为了这个，要什么我都愿意给！不错，整个世上没有什么是我不愿献出的，为此我愿意献出我的灵魂！”

“你可不会喜欢这样的交换，巴兹尔。”亨利勋爵大笑道，“会在你的作品上出现相当难看的线条哦。”

“我强烈反对，哈利。”霍沃德说。

道林·格雷转身看着他。“我相信你会反对的，巴兹尔。你喜欢你的艺术胜过你的朋友。我敢说，我对你来说不比一尊青铜像强多少，只怕还比不上青铜像呢。”

画家惊讶地看着他。这话说得可真不像道林。发生了什么？他似乎非常生气，他满脸通红，双颊火烧一般。

“是的，”他继续说，“我对你来说还比不上你那尊象牙的赫尔墨斯[①]或那尊银法翁[②]。你会一直喜欢它们，但喜欢我能有多久呢？我猜也就喜欢到我长出第一条皱纹为止。我现在知道了，无论如何美貌，一旦失去就失去了一切。你的画教会了我这一点。亨利·沃登勋爵说的一点没错，青春是唯一值得拥有的东西。当我发现自己变老的时候，我就自杀。”

霍沃德面色发白，抓着他的手。“道林！道林！”他喊道，“别这么说话。我从来没有过像你这样的朋友，也永远不会再有另一个。你不会嫉妒这些物质的东西吧，会吗？——你可比它们任何一件都要精美得多！”

“我嫉妒任何能永葆美丽的东西，我嫉妒你给我画的这幅像。为什么它能保有我必将失去的东西？流逝的每一刻时光都从我身上夺走一些东西，赋予它一些东西。噢，如果能反过来就好

① Hermes，希腊神话中众神的信使，也是旅人、小偷、商人、演说家的保护神。

② Faun，古罗马神话中主管畜牧的神，半人半羊，生活在树林里。罗马人将其与希腊神话中的萨堤尔（satyr）联结对应。

了！如果改变的是画像，而我能永远是现在这样就好了！你为什么要画这幅画？将来有一天它会来嘲笑我——狠狠地嘲笑我！”热泪涌上他的眼眶，他抽出自己的手，扑到沙发上，把脸埋在软垫里，仿佛在祈祷。

“都是你干的好事，哈利。”画家苦涩地说。

亨利勋爵耸耸肩。“这就是真实的道林·格雷——如此而已。”

“才不是。”

“如果不是，和我又有什么关系呢？”

“我让你走的时候你就该走的。”画家怨怼地说。

“你让我留下的时候我就留下了。”亨利勋爵这般回答。

“哈利，我不能同时跟两个最好的朋友吵架，但你们都叫我讨厌起自己创作的最优秀的作品，我要毁掉它。画布和颜料算什么？我不会让它干扰破坏我们三个的生活。”

道林·格雷从抱枕上抬起金色的脑袋，顶着苍白的脸庞和迷蒙的泪眼看画家走到窗帘紧闭的窗户旁画画的木板桌边。他在那儿干吗？他的手指在一堆颜料锡管和干掉的笔刷间摸索着，在寻找什么。没错，是在找那把调色刮刀，软钢做成的刀刃又长又薄。终于他找着了。他要划烂画布。

少年忍住抽泣，从沙发上跳起来，冲到霍沃德身边从他手里夺过刀，一把扔到画室另一头。“别，巴兹尔，别！”他喊道，“这是谋杀。”

“我很高兴你终于肯欣赏我的作品了，道林。”画家从惊讶中缓过神，冷冷说道，“我完全没想到。”

“欣赏？我爱上了它，巴兹尔。它是我的一部分。我有这种感觉。”

“好吧，等一干就给你上光油，然后裱框，再送到家。然后你想怎么处理你自己都随你意。”接着他走过房间，按铃叫茶。“你肯定是喝茶吧，道林？你也是，哈利？还是说你们反对这样简单的享受？”

“我热爱简单的享受。”亨利勋爵说，“它们是复杂的人最后的避难所。但我不喜欢看戏，除了在舞台上。你们可真是些荒唐的家伙，你们俩都是！也不知是谁把人定义成理性的动物，这可真是有史以来最不成熟的一个定义。人的特点很多，但没有理性。话说回来，我很高兴是这样——可我不希望你们俩为了一幅画起争执。最好还是把这幅画给我吧，巴兹尔，这个傻小子不是真的想要，我可是真想要。”

“巴兹尔，你要是把它给了我以外的任何人，我绝不原谅你！”道林·格雷叫道，“我也不允许别人叫我傻小子。”

“你知道这幅画是属于你的，道林。我在它存在之前就已经把它送给你了。”

“你知道你确实犯了傻，格雷，而且你并不真的反对别人提醒你你非常年轻。”

“我今天早上本该强烈反对的，亨利勋爵。”

“啊，今天早上！那是你生命开始的时候。”

这时传来一声敲门声，管家端着一个满满的茶盘走进来，把它放在一张日式小桌上。杯碟碰出一阵叮当，一只乔治时期的棱纹茶壶嘶嘶吐气。一个侍从拿来两个球形的瓷碗。道林·格雷走过去倒了茶，另外两人慢悠悠地踱到桌旁，掀开盖子查看。

“我们今晚去剧院吧。”亨利勋爵说，“总能有某个地方的某个戏可看。我答应要去怀特俱乐部吃饭，但只是约了一个老朋友，所以可以发个电报说我病了，或者就说后来又有别的约所以没法去了。我看这是个很不错的借口：有一种意外的坦诚。”

“要穿礼服实在没意思。”霍沃德嘟哝道，“而且礼服穿着特别难看。”

“确实。”亨利勋爵心不在焉地说，“十九世纪的服饰都很低劣，太灰暗、太阴沉。现代生活唯一的色彩只剩下罪恶。”

“你可千万别在道林面前说这些，哈利。”

“在哪个道林面前？给我们倒茶的这个，还是画里的那个？”

“两个都不行。”

“我想和你一起去剧院，亨利勋爵。”少年说。

“那就来。你也会来的，对吧，巴兹尔？”

“我不行，真的。我也不想去。我有很多工作要做。”

“好吧，那就我和你单独去，格雷。”

“乐意之至。”

画家咬咬嘴唇，拿着茶杯走到画像前。“我要跟真正的道林在一起。”他悲伤地说。

“这是真正的道林？”画像的原型喊着，向他走去，“我真的就像这样吗？”

“是，你就像这样。”

“多好啊，巴兹尔。”

“至少你现在外表像它。但它永远不会变。”霍沃德叹了口气，“这很难得。”

“人们对忠诚多么计较！”亨利勋爵感叹道，“何必，即使在爱情中这也纯粹是个生理问题罢了，和我们自己的意志毫不相干。年轻人想保持忠诚，却不忠诚；老人希望不忠，却做不到。就这么回事。”

“今晚别去剧院，道林。”霍沃德说，“留下来和我一起吃饭。”

“不行，巴兹尔。”

“为什么？”

“因为我答应了亨利勋爵要和他一起去。”

“他不会因为你信守承诺而高看你一眼，他自己就从来不守承诺。我请求你不要走。”

道林·格雷笑着摇摇头。

“我恳求你。”

少年犹豫了，然后看向亨利勋爵，后者正在茶桌边饶有兴味地微笑地看着他们。

“我必须去，巴兹尔。”他回答道。

“很好。”霍沃德说着，走过去在托盘上放下茶杯。“已经很晚了，你们还要换衣服，就别耽搁了。再见，哈利。再见，道林。不久再来看我，明天就来。”

“当然。”

“你不会忘记吧？”

“不，当然不会。”道林大声说。

“还有……哈利！”

“怎么，巴兹尔？”

“记着我请你做的事，就是早上我们在花园里说的。”

“我已经忘了。”

“我信任你。”

“我倒希望能信任我自己。”亨利勋爵说着，笑起来，“来吧，格雷，我的马车就在外面，我可以送你回去。再见，巴兹尔。这可真是个十分有趣的下午。“

门在两人身后关上，画家倒进沙发，一种痛苦的神情浮上他的脸庞。

第三章

第二天十二点半，亨利·沃登勋爵从寇松街漫步走到奥尔巴尼拜访他的舅舅费默勋爵，一个有点粗鲁但十分和蔼的老光棍。外界都说他自私，因为从他身上捞不到什么好处，而社会上却认为他很慷慨，因为他养活了那些会讨他欢心的人。他父亲曾是英国驻马德里大使，那时伊莎贝拉还年轻，普里姆还没出生，但后来他因为一时意气从外交界隐退了，因为没被委派成驻巴黎大使，而他觉得凭借自己的出身、懒惰、写公文的好文笔，还有不加节制地对享乐的热爱，完全可以胜任这个岗位。他的儿子当时是他的秘书，也就随长官一起辞职，当时的人都觉得这有点儿傻。几个月后他袭了爵位，便开始全心研习无所事事这门伟大的贵族艺术。他有两栋豪宅，却为了省事宁愿住几间套房，平时一日三餐也多在俱乐部里解决。他最花心思的是打理自己在中部郡县的煤矿，并为自己这个勤勉的污点找了个借口，说有煤的一个好处就是让绅士能在自己的壁炉里享受烧柴火的体面。政治上他是个保守党，除了保守党执政的时候，这时他就会痛斥他们是一群激进分子。对他的男仆来说他是个英雄，因为男仆能欺负他；而他对大多数亲戚来说又是个恶霸，因为他会反过来欺负他们。只有英国能产出这样的人，他也总是说这个国家快要喂了狗了。

他的处事准则已经过时了，但他的偏见颇有可取之处。

亨利勋爵进屋时，发现舅舅正穿着一件粗呢夹克，抽着一支方头雪茄，正对《泰晤士报》咕哝着什么。“哦，哈利。”老绅士说，“什么风这么早就把你吹来了？我还以为你们这些公子哥儿不到两点起不了床，不到五点见不着人呢。”

“我向您保证，是纯粹的亲情呀，乔治舅舅。我想跟您打听点事儿。”

“八成是钱的事儿。”费默勋爵说着，做了一个嫌弃的表情，“好吧，坐下跟我说说吧。这年头，年轻人还以为钱就是一切呐。”

“没错。”亨利勋爵低声说着，解开外套上的纽扣，“而且等他们年纪大些就会知道确实如此。不过我不想要钱。只有需要自己付账单的人才需要钱，乔治舅舅，而我从来不用自己付的。一个小儿子的资产就是信用，而且能靠它过得很舒服。再说，我都是跟达特默的生意伙伴打交道，所以他们从来不来烦我。我想要的是信息：当然了，不是什么有用的信息，无用的信息。”

“好吧，英国蓝皮书[①]里的任何东西我都能告诉你，哈利，不过现在那些家伙都是在瞎写。我当年干外交的时候要好得多。但我听说他们现在是通过考试选人的，那还能指望什么？考试这东西，真的，彻头彻尾的扯淡。如果一个人是绅士，那他知道的东西已经够多了；如果不是绅士，那他有的任何知识对他都是有害的。”

“道林·格雷可不在蓝皮书里，乔治舅舅。”亨利勋爵懒洋洋地说。

---

① 即《英国议会文书》，是英国政府提交议会两院的一种外交资料和文件，因封皮是蓝色而得名。开始发行于1681年，1836年才公开出售。

“道林·格雷？这是谁？”费默勋爵问，摩挲着他丛生的白眉毛。

“这正是我要来打听的，乔治舅舅。或者说，我知道他是谁，他是最后一任科尔索勋爵的外孙，他母亲姓德弗洛，玛格丽特·德弗洛夫人。我想让您跟我说说他母亲。她当年什么样？嫁的什么人？您几乎认识您那个年代的所有人，所以您可能也认识她。我目前对格雷非常感兴趣，我刚刚认识他。”

“科尔索的外孙！”老绅士重复道，“科尔索的外孙！……当然，我跟她母亲很熟，我想我参加了她的受洗礼。玛格丽特·德弗洛是个美貌绝伦的姑娘，结果让所有男人大跌眼镜的是，她跟一个身无分文的年轻人跑了——一个无名小卒，一个步兵团的中尉之类的。绝对没错。我全都记得，简直就像昨天的事。结婚几个月后，那个可怜的小伙子就在斯巴的一场决斗中被杀了。当时还有很阴暗的传言，说是科尔索找了个亡命徒，一个比利时野蛮人，当众侮辱女婿——据说给钱让他这么干的——然后这个家伙就跟鸽子似的向那个男人吐口水。当时也是含糊遮掩过去了，但是，哎，后面有段时间科尔索都是独自一人在俱乐部里吃饭。我听说他把女儿带回来了，可她再没跟他说过话。哎，是啊，真是造孽。那姑娘后来也死了，不到一年就死了。所以她留下了一个儿子吗？我都忘记有这事了。这孩子怎么样？要是长得像妈妈，那一定是个好看的小伙子。”

“非常好看。”亨利勋爵赞同道。

“我希望他能有个好归宿。”老人接着说，“如果科尔索没亏待他的话，该有一笔钱等着他的。他妈妈也有钱。塞尔比[1]那边的财产都归她了，是从她外公那边传下来的。她外公讨厌科尔

① 英格兰北约克郡的一个市镇。

索，认为他是个吝啬鬼。他确实是。我还在马德里的时候，他有一次过来，哎，我可真替他害臊。女王还问过我是哪个英国贵族总跟车夫争吵车费的事。闹了好大的笑话。我一个月没敢到宫廷里露面。我希望他对自己的外孙能比对车夫好点吧。”

“我不清楚。”亨利勋爵回答，“我估计这孩子会过上好日子的。他还没成年呢。他拿到了塞尔比的财产，这我知道，他跟我说过。还有……他母亲很美吗？”

“玛格丽特·德弗洛是我见过最动人的美人儿之一，哈利。她到底怎么迷了心窍做出那些事，我怎么都想不明白。她本来想嫁谁都能嫁，卡灵顿疯了似的追求她。但她喜欢浪漫，她家的女人都这样。她家男人不像样，但是女人们美极了。卡灵顿跟她求婚了，他亲口跟我说的。她笑笑不当回事，而当时整个伦敦没有哪个姑娘不爱慕他。对了，哈利，说起愚蠢的婚姻，你爸爸跟我说达特默要娶个美国人是怎么回事？英国姑娘都配不上他啦？”

“现在跟美国人结婚很流行的，乔治舅舅。”

“我敢说英国的女人比全世界的都强，哈利。”费默勋爵边说边拿拳头捶了捶桌子。

“大势在美国那边。”

“我听说她们没常性。”舅舅嘟哝道。

“订婚久了她们就熬不住，但她们拿手的是障碍赛，什么都拦不住她们。我觉得达特默没戏。”

“女方家里都是什么人？”老绅士咕哝着，“家里有人的吧？”

亨利勋爵摇摇头。“美国的姑娘善于隐藏她们的父母，正如英国的姑娘善于隐藏她们的过去。”他说着，起身要走。

“是卖猪肉的吧，我看？”

“但愿如此吧，乔治舅舅，这是为达特默好。我听说卖猪肉是美国最赚钱的行当，仅次于搞政治。”

“她漂亮吗？”

“她那架势好像认为自己挺漂亮。大多数美国女人都这样，这就是她们魅力的秘诀。”

“这些美国女人怎么就不能待在自己的国家？她们不老是说美国是女人的天堂吗？”

“确实。也正因如此，她们才迫切想走出来呀，和夏娃一个道理。”亨利勋爵说，“再见，乔治舅舅，再待下去我午饭就要迟到了。感谢你给我需要的信息。我总是想了解有关新朋友的一切，而不想了解老朋友的任何事情。”

“你上哪儿吃午饭，哈利？”

“在阿加莎姨妈家。我邀请了自己和格雷，他是她新收的门徒。”

“哼！告诉你阿加莎姨妈，哈利，别再拿她那些慈善活动来烦我，我受够了。怎么搞的，这个善良的女人觉得我除了给她那些傻气的时兴爱好写支票以外，就没别的事做了吗？”

“好的，乔治舅舅，我会跟她说的，但不会有任何效果。搞慈善的人已经彻底丧失人性，这就是他们的特点。”

老绅士赞同地嘟囔一声，按铃召唤侍者。亨利勋爵穿过低矮的拱廊，走上伯灵顿街，然后转往伯克利广场的方向走去。

所以这就是道林·格雷的家庭情况。虽然讲得很粗略，但这个故事却以一种奇怪的、几乎是现代性的浪漫让他心中激荡不已。一个美丽的女人为了一阵疯狂的激情赌上一切；短短几周的恣意的幸福被一桩丑陋邪恶的罪行截断；几个月无声的悲恸，然后一个婴儿在痛苦中降生；母亲被死神夺走，把孩子留给了孤独和一个苍老、无情的暴君。不错，这是个有趣的背景，衬托得那个少年更加完美。这世上存在过的每一样美好的事物，无不带有某种悲剧色彩。世界必须经历痛楚，才能让最刺目的花朵绽放……昨天的晚宴上他是多么迷人啊。俱乐部里，格雷坐在他对面，那满是惊讶的双眼和因恐惧与愉悦而微张的嘴唇，一张小脸露出苏醒似的惊奇，被红色的烛光染成一朵愈发娇艳的玫瑰。跟他交谈就好像是在演奏一把精细的小提琴，他回应着琴弓的每一道慢捻急揉……拨弄人心有一种可怕的魔力，是其他任何东西无法比拟的。把自己的灵魂灌注进一个谦卑的受体，让它在其中停留片刻；听自己的智识加入热情和青春的音符，然后重新回响在耳畔；把自己的气韵传递给另一个灵魂，就好像它是一种奇妙的液体、一种特别的香水：这其中有一种真正的喜悦——或许，在这个如此小器、恶俗，汲汲于肉体的享乐和庸常志向的时代，这是我们仅剩的最叫人满足的喜悦……这个少年也很出色，这个在巴兹尔的画室里因为一个如此奇妙的偶然而遇见的少年，至少他可以被塑造得很出色。他优雅，还有着男孩的纯洁，还有那种希腊的大理石雕塑留给我们的美。想对他做什么都可以。他可以被塑造成一个巨人，也可以被打扮成一个玩物。多可惜啊，这样的美注定要消散！……巴兹尔呢？从心理学的角度来说，他多么有趣啊！新的艺术手法、新的生命观，仅仅因为一个人的出现就莫名其妙领悟出来，而那个人还对此浑然不觉。居住在幽暗森林里的无声的精灵，不为人知地行走在旷野中，突然又像森林女神一样，毫无畏惧地现身，因为在寻找她的人的灵魂中，唤起了神奇的幻象，展现出只有在这幻象中才能得见的美好事物；事物的形状和模样都变得更加精美，获得了一种象征意义，好像代表着某种其他的、更加完美的形象，而它们不过是将后者的幻影变为现实：这可真奇怪！他记得历史上有过这种事。柏拉图，这位思想的艺术家，不是第一个分析这种情况的[①]吗？米开朗琪罗不是按照十四行诗的顺序，用彩色的大理石雕出了这种情形吗？但在我们这个世纪就奇怪了……是的，就像少年在无意之中对画家产生作用，让画家创造出那幅精美的画像一样，他也将试图对道林产生那样的作用。他要试图主宰他——实际上，他已经做到了一半。他要把这个美好的精灵据为己有。这个爱与死亡的孩子身上有一种令人着迷的东西。

突然，他停下脚步，抬头看一眼周围的房子。他发现自己已经走过姨妈家好一段距离了。于是他对自己笑笑，转身往回走。进到那间有些阴郁的大厅里，管家告诉他，午饭已经开始了。他把帽子和手杖递给一个男仆，然后走进餐厅。

"一如既往地迟到啊，哈利。"姨妈喊着，冲他直摇头。

他随便编了个借口，在她身旁的空位上坐下，看周围都有谁。道林在桌子那头对他腼腆地鞠了个躬，一抹欣喜的红晕悄悄泛上脸颊。对面是哈雷女公爵，一位善良可亲、受人尊敬的夫人，所有认识她的人都很喜欢她。她那宽阔的身材要不是长在女公爵身上而是在其他女人身上，定会被当代的历史学家描述成"墩实"。她右手边坐着的，是托马斯·伯顿爵士，是议会里一个激进分子，他在公众生活中追随他的领袖，却在个人生活中追随最好的厨师，和保守党人同饮食、和自由党人同思想，完全符合广为人知的智慧准则。哈雷女公爵的左边是垂德利的厄斯金先生，一个富有魅力和修养的老绅士，可是养成了沉默寡言的坏习惯。他曾跟阿加莎夫人解释说，自己在三十岁之前就把要说的话都说完了。他自己旁边是范德洛夫人，是他姨妈最老的朋友之一，女人里完美的圣徒，但实在是太邋遢了，让人联想到一本装

① 柏拉图、米开朗琪罗都认为艺术是某种更加神圣、完美的事物的投影。

帧糟糕的赞美诗。让他感到幸运的是，她另一边坐的是佛德尔勋爵，一个顶聪明的中年庸才，脑袋秃得跟他在下议院的部长声明一样毫无内容。范德洛夫人正和他交谈，她那热忱的态度——如他本人曾说过的——正是唯一一个所有真正善良的人都会落入其中而且从来没人能够逃脱的不可原谅的错误。

“我们正在聊可怜的达特默呢，亨利勋爵。”女公爵大声说，从桌子对面冲他愉快地点点头，“你觉得他真会和这个迷人的年轻人结婚吗？”

“我相信她已经打定主意会跟他求婚了，女公爵。”

“太可怕了！”阿加莎夫人感叹道，“真的，得有人干预一下了。”

“我听到一个非常权威的信息，说她父亲开了家卖美国干货的店。”托马斯·伯顿爵士说，一副自命不凡的样子。

“我舅舅猜的是卖猪肉，托马斯爵士。”

“干货！美国干货是什么？”女公爵惊讶地举起那双大大的手，问道，重音落在那个“是”字上。

“就是美国小说。”亨利勋爵回答，一边给自己弄了点鹌鹑。

女公爵面露困惑。

“别听他的，亲爱的。”阿加莎夫人耳语道，“他的话从来不能当真的。”

“美洲被发现的时候……”激进分子托马斯爵士开口道，接着说了一堆无聊的事实信息。正如所有想把一个话题说透的人那样，他把自己的听众给说腻了。女公爵叹口气，行使了她打断别人的特权。“我可真希望它从来没被发现过！”她激动地说，“真的，现在我们的姑娘们都没戏了，这太不公平了。”

“或许吧，毕竟，美国确实没有被发现。”厄斯金先生说，

“我个人觉得，它只是被发觉了。”

“噢！但我见过几个样本。”女公爵含糊地回应道，“我得承认她们大多数都非常漂亮，穿得也不错。她们的衣服都是从巴黎弄的，真希望我也有这财力。”

“有人说，好的美国人死了就会去巴黎。”托马斯爵士呵呵一笑，他满肚子都是过时的幽默。

“真的吗！那坏的美国人死了去哪儿？”女公爵问。

“去美国。”亨利勋爵喃喃一声。

托马斯爵士皱起眉。“恐怕令甥对那个伟大的国家有偏见呐。”他对阿加莎夫人说，“我曾乘当地向导提供的汽车周游过美国，在这些方面，这些向导也是非常文明的。我向您保证，美国之行是很有教育意义的。”

“但我们真的必须要见过芝加哥才能受教育吗？”厄斯金先生哀怨地说，“我可不喜欢旅行。”

托马斯爵士挥挥手。“垂德利的厄斯金先生把整个世界放到书架上，我们这些务实的人却喜欢亲眼去看看那些东西，而不是阅读它们。美国人是极为有趣的民族。他们绝对理性，我想这是他们最与众不同的特点。没错，厄斯金先生，一个绝对理性的民族。我向你保证，美国人从来不胡闹。”

“那多可怕！”亨利勋爵喊道，“我可以忍受野蛮的暴力，但野蛮的理性叫人无法忍受。使用理性是有些不公平的，它攻击的是智力以下的东西。”

“我不懂你的意思。”托马斯爵士说，脸涨得通红。

“我懂，亨利勋爵。”厄斯金先生低声说，面露微笑。

“这些矛盾的机锋固然有它的好处……”爵士重整旗鼓。

“这是矛盾的机锋吗？”厄斯金先生问道，“我不这么认为。或许是吧，不过矛盾之中也有一种真实。想要检验现实我们就必须把它置于钢丝之上，看它在上面扭转翻腾，才能做出评判。”

“哎哟！”阿加莎夫人说，“你们男人可真能说！我敢肯定我永远搞不清楚你们在说些什么。噢，哈利，我很生你的气。你为什么要劝我们善良的道林·格雷先生放弃去东区？我向你保证，他会是无价之宝。他们一定会喜欢他的演奏。”

“我想让他为我演奏。”亨利勋爵大声说，微微一笑。他望向桌子那头，捕捉到一道闪亮的目光回应着他。

“但他们在白教堂很不快乐。”阿加莎夫人接着说。

“我能共情一切，除了痛苦。”亨利勋爵说着，耸了耸肩，“我无法共情痛苦。它太丑陋，太可怕，太叫人郁闷了。现代人对痛苦的共情中有一种可怕的病态。人们应该共情色彩、美、生命的喜悦。生命的苦楚提得越少越好。”

“但是，东区是一个非常重要的问题。”托马斯爵士评论道，严肃地摇摇头。

“确实。”亨利勋爵回答，“这是奴役的问题，而我们试图通过给奴隶娱乐来解决问题。”

政治家热切地看着他。“那么您提议该作何改变呢？”他问。

亨利勋爵笑了。“除了天气，我不打算改变英国的任何东西。”他答道，“哲学上的思考就可以满足我了。不过，既然十九世纪已经因为过度消费同情而破产，我建议我们应该求助于科学来重回正道。情绪的好处是让我们偏离正轨，而科学的好处就是它不涉及情绪。”

“但我们的责任很重大！”范德洛夫人怯生生地开口。

“非常重大！”阿加莎夫人附和道。

亨利勋爵看向厄斯金先生。“人类太拿自己当回事了，这是世界的原罪。如果原始人知道怎么笑的话，历史就会大不一样。”

“你真是叫人宽心。”女公爵欢快地说，“我每次来看你亲爱的姨妈都会觉得很愧疚，因为我对东区的事一点兴趣都没有。这下我可以坦然面对她而不用脸红了。”

“脸红是很可爱的，女公爵。”亨利勋爵评论道。

“那要年轻才可以。”她回答，“像我这样的老女人脸红起来可是个不好的信号。啊，亨利勋爵，我真希望你能告诉我如何重返青春。”

他想了一会儿。“您能想起来年轻时犯过的什么重大错误吗，女公爵？”他问，看着桌子那边的她。

“恐怕有一大堆呢。”她叫道。

“那就把它们再犯一次。”他严肃地说，“要想重返青春，只要再重复一次干过的傻事就行。”

“一个讨喜的理论！”她喊道，“我必须要把它实践起来。”

“一个危险的理论！”托马斯爵士咬着嘴唇说。阿加莎夫人摇着头，但也忍不住被逗笑了。厄斯金先生默默听着。

“是的，”亨利爵士继续说，“这就是人生最大的秘诀之一。如今大多数人都死于泛滥的常识，等到来不及的时候才发现人们唯一不会后悔的事就是自己的错误。”

合桌大笑。

他耍弄着这个想法，越来越没有顾忌，把它抛到半空，变个形状，任它溜走然后重又抓住。用幻想给它斑斓色彩，又用悖论给它插上翅膀。随着他的深入，对犯傻的赞扬上升成了一种哲学，而哲学本身又恢复了青春，在人们的想象中，仿佛正伴着疯狂的享乐的音乐，穿着沾着酒渍的长袍，戴着常春藤花环，像酒神的女祭司[1]那样跳着舞跨过一座座生命的山丘，一面嘲笑迟缓的森林之神[2]太过清醒。事实在她面前四散奔逃，仿佛森林里受到惊吓的小动物。她雪白的双足踏过睿智的奥玛[3]所坐的巨大的葡萄榨机，直到葡萄汁汹涌涨起，一浪一浪紫色的气泡漫过她赤裸的脚，或是红色的泡沫泛过漆黑的、汁水流溢的酒桶桶板。这是一段精彩的即兴发挥。他感到道林·格雷的目光锁定在他身上。想到观众之中有一个自己希望魅惑的灵魂，似乎让他的机趣平添了一份热切，让他的想象增加了一分色彩。他聪明、迷人、不负责任。他迷住了所有的听众，让他们不由自主，只随着他的话音笑声连连。道林·格雷的目光一刻也不曾从他身上移开，像中了咒语似的呆坐着。一个个笑容在他嘴角此起彼伏，惊奇之色在幽暗的眸中愈发凝重。

终于，现实穿着当代的制服，以一个侍者的形象降临到这个房间。侍者告诉女公爵，她的马车在等她。她假装绝望地搓搓手。"真烦人！"她叫道，"我得走了。我要去俱乐部找我丈夫，带他去威利斯会馆参加一个什么莫名其妙的会，他是会议主席。我要是迟到他肯定要生气，我可不能戴着这顶帽子跟他闹。这帽子太脆弱了，一句重话就能毁了它。没办法，我得走了，亲爱的阿加莎。再见，亨利勋爵，你可真是叫人开心又引人堕落啊。我肯定我不知道该对你的观点作何回应。你一定要哪天晚上过来和我们共进晚餐。周二怎么样？你周二没有约吧？"

"为了您我可以翘掉任何人的约，女公爵。"亨利勋爵说着

---

① Bacchante，酒神巴克斯的女祭司，代表着醉酒的女性形象。

② Silenus，西勒诺斯，希腊神话的森林之神，好酒，是酒神的养父。

③ 奥马·海亚姆（Omar Khayyam，1048—1131），波斯诗人、天文学家、数学家，著有诗集《鲁拜集》。其诗大部分关于死亡与享乐，经常讽刺来世以及神，经常用酒来比喻一种神圣的开悟状态。

鞠了一躬。

“啊！你可真是太贴心了，但是又太不应该了。”她喊着，“那你记得要来啊！”然后便一阵风似的走出房间，阿加莎夫人和其他女士都跟在后面。

当亨利勋爵再次坐下时，厄斯金先生绕了过来，坐进他旁边的椅子，一只手搭上他的胳膊。

“你说的抵得上几本书了。”他说，“你怎么不写本书呢？”

“我太喜欢读书了，所以不愿写，厄斯金先生。我倒是乐意写本小说，一本跟波斯地毯一样美而又一样不真实的小说。但是英国的读书人除了报纸、课本和百科全书什么都读不进去。全世界所有的人群中，英国人是最不会感受文学之美的。”

“恐怕你说得对。”厄斯金先生回应道，“我自己也曾有过文学上的志向，但是很久之前就放弃了。现在，我亲爱的小友——如果你不介意我这么叫你的话——我能问问你午餐时跟我们说的那些都是真心的吗？”

“我说的什么我都快忘光了。”亨利勋爵微微一笑，“是很糟糕的话吗？”

“确实很糟糕。实际上我认为您极度危险，要是我们善良的女公爵身上有个三长两短，我们都会把您视为头号责任人的。但我愿意跟您谈论人生。我这代人都很无趣。哪天您要是厌烦了伦敦，就到垂德利来。我有幸拥有一些上好的勃艮第葡萄酒，您可以就着美酒跟我好好阐述一下您的享乐哲学。”

“乐意之至。能去垂德利一游真是不胜荣幸。它有一位完美的主人，还有一个完美的藏书室。”

“您将会使它更加完善。”老绅士答道，然后殷殷鞠了一躬。“现在我必须跟您优秀的姨妈道别了。我该去雅典娜神庙[①]了。到了我们去那儿睡觉的时间了。”

“你们所有人吗，厄斯金先生？”

“我们四十个，在四十把扶手椅里。我们在练习筹备一个英国文学学院。”

亨利勋爵笑了一声，站起来。“我要去公园。”他喊道。

当他走出房门的时候，道林·格雷碰了碰他的胳膊。“我和你一起去。”他低声说。

“可我以为你答应巴兹尔·霍沃德要去看他呢。”亨利勋爵答道。

“我宁愿和你一起。是的，我觉得我必须跟你一起去。答应我吧。而且答应我，你会一直跟我说话好不好？没有人能说得像你这么精彩。”

“啊！我今天已经说够了。”亨利勋爵微笑着说，“我现在唯一想做的就是观察生活。你要是愿意的话，可以来和我一起观察。”

---

① Athenaeum，原意为雅典娜神庙，此处应为下文的文学会。此为戏谑的说法。

第四章

一个月后的一天下午，道林·格雷正躺在一个奢华的扶手椅上，在亨利勋爵位于梅菲尔的宅邸中的一个小藏书室里。这个房间别有一番趣味，橄榄色花纹的橡木做成高高的壁板，奶油色的楣构上方是石膏做的挑高天花板，砖灰色的地毯上散落着波斯丝绸地毯，都装饰着长长的流苏。一张小小的椴木桌上，放着一尊小像，是克罗迪翁的手笔。旁边一册《百部中篇小说集》①，是给克洛维·依福②装订给瓦卢瓦的玛格丽特③的，封面上金粉撒出的一朵朵雏菊图案，是玛格丽特女王亲自选定的。壁炉台上摆着几个蓝色的大瓷罐和鹦鹉郁金香。透过几扇小窗上的铅玻璃，照进来伦敦夏天里那种杏黄色的阳光。

亨利勋爵还没来。他总是原则性地迟到，他的原则就是准时

---

① Les Cent Nouvelles，即《百部中篇小说集》，法国十五世纪编纂的一部中篇小说集，是法国文学史上非常重要的一部故事集。

② Clovis Eve，即克洛维·依福，其和父亲（一说叔叔）尼古拉斯·依福同为法国宫廷杰出的书籍装订工匠，发明了一种用镀金装饰、树叶图案包裹全书的非常华美的装订风格。

③ Margaret of Valois，即玛格丽特，法王亨利二世的女儿，瓦卢瓦王朝的公主，与纳瓦拉的亨利结婚，后者成为法国国王亨利四世后二人婚姻结束。玛格丽特热衷文艺，支持艺术活动，并因其回忆录而知名。

是对时间的盗窃。所以少年看起来闷闷不乐，正无聊地用手指翻动一本书架上找到的插图精美的《曼侬·莱斯科》①。路易十四的大钟发出庄重而单调的滴答声，叫他心烦。有一两次他都想走了。

终于，他听到外面一声脚步声，门开了。“你也太晚了，哈利！”他抱怨道。

“恐怕不是哈利哟，格雷先生。”一个尖细的声音回答。

他快速扫了一眼，站起身来。“非常抱歉，我以为——”

“你以为是我丈夫，结果只是他的妻子。请务必让我介绍一下自己。通过你的照片，我对你已经非常了解。我想我丈夫有十七张你的照片。”

“没有十七张吧，亨利夫人？”

“那就是十八张。而且那天晚上我看到你和他一起看歌剧了。”她讲话时会发出神经质的笑声，淡淡的勿忘我色的眼睛看着他。这是个奇特的女人，她的衣服总像是在盛怒之下设计出来然后在狂暴之中穿到身上。她经常爱上某个人，并由于她的热情从未得到回应，而得以始终保留自己的幻觉。她试图把自己打扮得诗情画意，结果却只是凌乱邋遢。她名叫维多利亚，对上教堂有一种极度的狂热。

“我想是《罗恩格林》②吧，亨利夫人？”

“是的，就是亲爱的《罗恩格林》。我最最喜欢瓦格纳的音乐了。很响亮，所以可以一直说话而不被旁边的人听见。这可是

---

① Manon Lescaut，即《曼侬·莱斯科》，全名《骑士德·格里奥和曼侬·莱斯科》，是法国作家安东尼·弗朗西斯·普列沃斯在1731年出版的一本小说，讲述了格里奥骑士和情人曼侬·莱斯科的故事，出版后引发争议曾被列为禁书，之后又大受好评，重新流行。普契尼曾以此为题材创作了一部同名歌剧。

② Lohengrin，即《罗恩格林》，德国作曲家瓦格纳创作的一部三幕浪漫歌剧。

个巨大的好处，是不是，格雷先生？”

那同样神经质的笑声又从她薄薄的嘴唇里爆发出来，她的手指开始把玩一把长长的玳瑁裁纸刀。

道林微笑着摇摇头：“恐怕我不这么认为，亨利夫人。我从不在听音乐的时候讲话——至少听好音乐时不会。如果听的是坏音乐，那么人有义务用谈话来淹没它。”

“啊，这是哈利的观点，是不是，格雷先生？我总是从哈利的朋友们那里听到他的观点，这是我唯一能了解他想法的办法。但你可别误以为我不喜欢好音乐。我可喜欢了，但我也害怕它，好的音乐叫我太过浪漫。我只崇拜钢琴家——有的时候同时崇拜两个，哈利跟我说的。我也不知道是怎么回事，或许是因为他们都是外国人吧。他们都是，对吧？即使是在英国出生的，过一段时间也变成外国人了，不是吗？这样可真是聪明，而且是一种对艺术的赞美。让它显得非常国际化，不是吗？你从来没来过我的聚会吧，对吗，格雷先生？你可一定要来。兰花我没钱布置，但是请外国人的钱我可一点不吝啬。他们能让人的房间里充满艺术气息。噢，哈利来了！哈利，我来找你，来问你个事——我忘记是什么了——然后我发现格雷先生在这里。我们就音乐做了一番愉快的交谈。我们的看法相当一致。不对，我觉得我们的看法很不一样。但是他很令人愉快。我真高兴见到他。”

“我很高兴，亲爱的，非常高兴。”亨利勋爵说着，抬起浓黑的新月形眉毛，带着一种被逗乐的笑容看着两人，“非常抱歉我来晚了，道林。我去沃德街找一块织锦，讲价讲了几个钟头。现在的人知道一切东西的价格，却不知道任何东西的价值。”

“恐怕我得走了。”亨利夫人惊叫一声，用她那突兀的傻笑打破了尴尬的寂静，“我答应要和女公爵一起乘车逛逛。再见，格雷先生。再见，哈利。你们要出去吃饭吧，我想？我也是。说不定我会在索恩伯里夫人那儿见到你们。”

“我想会的，亲爱的。”亨利勋爵说着，在她身后关上门。像一只在大雨里过了一夜的天堂鸟一样，她飞速出了房间，只留下一股淡淡的鸡蛋花的气味。接着，亨利点燃一支香烟，倒到沙发上。

“绝不要跟稻草色头发的女人结婚，道林。”几口烟以后，他说。

“为什么，哈利？”

“因为她们都太感性了。”

“但是我喜欢感性的人。”

“压根就不要结婚，道林。男人结婚是因为他们累了，女人却是因为好奇，结果双方都很失望。”

“我觉得我不太可能结婚，哈利，因为我爱得太深了。这是你的一个金句，我在付诸实践，正如我把你说的任何东西都付诸实践。”

“你爱上谁了？”亨利勋爵停了一会儿后问道。

“一个女演员。”道林·格雷说着，脸红了。

亨利勋爵耸耸肩。“相当普通的初恋对象。”

“你要是见过她就不会这么说了，哈利。”

“是谁？”

“名字叫茜比尔·薇恩。”

“没听说过。”

“没人听说过。但是，有一天人们会听说的。她是个天才。”

“我亲爱的小伙子，没有哪个女人是天才。女人只是一个装饰性的性别。她们从来说不出任何东西，但她们说话的样子很迷人。女人代表了物质对意识的胜利，正如男人代表了意识对道德的胜利。”

“哈利，你怎么能这么说？”

“亲爱的道林，这是千真万确的。我现在正分析女人呢，所以我当然知道。这个主题并没有我以为的那么深奥。我发现，归根结底只有两种女人，朴素的和艳丽的。朴素的女人很有用。如果你想获得一个令人尊敬的名声，那你就带这种女人去吃晚饭。另一种女人很迷人，但她们总是犯一个错误。她们总是浓妆艳抹地试图显得年轻。我们的祖母辈化妆是为了显得自己言之有物，‘胭脂’和‘智慧’[1]以前是密不可分的。现在全不是这样了。女人们只要能看起来比自己的女儿年轻十岁，就心满意足了。至于谈话，全伦敦只有五个女人值得与之交谈，而其中两个还无法进入体面的社会阶层。不过，跟我说说你的天才吧。你认识她多久了？”

“啊！哈利，你的观点吓到我了。”

“别管那个。你认识她多久了？”

“大概三个星期吧。”

“你在哪里碰到她的？”

“我愿意告诉你，哈利，但你可别不以为然。毕竟，如果不是遇见了你的话，这事也不会发生。你给我注入了一种欲望，让我疯狂想了解有关生活的一切。遇见你几天以后，我的血管里就好像一直有什么东西在跳动。当我在公园里闲坐时，或在皮卡迪利[2]漫步时，我都会观察周围从我身边经过的人，满腹好奇地猜想他们过着什么样的生活。有些人令我着迷，另一些叫我恐惧。空气中有一种美妙的毒药。我对各种感官体验热情高涨……

① 原文为法语，rouge和esprit。

② Piccadilly，皮卡迪利广场，伦敦的一个著名商业街。

于是，有一天晚上大概七点钟，我决定出去冒险。我觉得咱们这个——照你之前的说法——灰扑扑的怪物般的伦敦、伦敦城里这无数的人，这些卑鄙的罪人、这些灿烂的罪恶，一定给我准备了点什么。我幻想了一千种情形，光是那份危险就让我有一种快乐的感觉。我记得你曾在我们第一次共进晚餐的那个美好的夜晚跟我说过，对美的追寻是生命真正的秘诀。我也不知道我在期待什么，但是我出门了，往东边漫无目的地走去，很快便迷失在一片迷宫里，全是肮脏的街道和漆黑的寸草不生的广场。大概八点半的时候我经过一家小得可怜的剧院，挂着几个刺眼的大煤气灯，贴着风格俗艳的节目单。一个讨厌的犹太人，抽着一只廉价雪茄，穿着我这辈子见过的最浮夸的马甲站在入口处，油腻的头发打着卷，一颗硕大的钻石在脏兮兮的衬衣正中闪闪发亮。'来个包厢，大人？'他看到我便说，并且摘下帽子一脸殷勤。他身上有什么东西让我觉得特别逗，哈利。真是头怪物。我知道你肯定要笑我，但是我真的进去了，还花了整整一基尼[1]要了个舞台包厢[2]。直到今天我都不知道自己为什么会这么做，但要是我没有的话——亲爱的哈利，要是我没有的话——我就会错过我这辈子最伟大的爱情。我知道你在笑。你真可恶！"

"我没笑，道林，至少我不是在笑你。但你不该说是你这辈子最伟大的爱情，你应该说是你这辈子第一段爱情。你会一直被人爱，也会一直享受爱情。澎湃的激情是无所事事之人的一大特权，是一个国家有闲阶级的唯一作用。别害怕，还有很多美好的事情等着你呢，这不过是个开始。"

"你认为我有这么浅薄吗？"道林·格雷生气地喊道。

---

① Guinea，基尼，英国1663年至1816年间铸造的一种金币，一基尼约含四分之一盎司黄金。

② 在舞台侧边、紧邻舞台的包厢。

“不，我认为你有这么深刻。”

“什么意思？”

“我亲爱的小伙子，其实那些一辈子只爱一次的人才是浅薄的人。他们所谓的忠诚、坚贞，我称之为因袭的懒惰或者想象的匮乏。在感情生活的忠诚正如智力生活中的一成不变——只不过是失败的宣言。忠诚！我改天得好好分析一番，这其中是占有欲在作祟。要不是担心会被其他人捡起来的话，有很多东西我们本来都要抛弃的。但我不想打断你，接着说你的故事吧。”

“好吧，我发现自己坐在一个可怕的私人小包厢里，面前是一个俗气的可升降布景。我从帘子后面向外望，检视整个屋子。真是个恶俗的地方，到处是丘比特和羊角的图案，就像一个三流的婚礼蛋糕。二层看台①和池子②里倒是挺满的，但是那两排肮脏的雅座③都挺空的，而大概是所谓一层看台④的地方简直一个人影都没有。女人们端着橙汁和姜汁啤酒走来走去，还有很多人在嗑瓜子，真是要命！”

“肯定就像英国戏剧繁荣时代的光景。”

“是的吧，我估计，真叫人郁闷。正当我开始想到底该怎么办的时候，突然看到一眼节目单。你猜是要演什么，哈利？”

“我猜是《白痴男孩》或者《天真笨蛋》吧。咱们父母辈的人当年就爱看这种我觉得。我活得越久，就越是深切地感到凡是适合父辈的东西都不适合我们。祖父永远是错的⑤。”

---

① 二层看台，指高于地面的看台。欧洲剧院看台往往有多层。

② 舞台前的一片低洼的空地，仅供站立，一般是最便宜的位置。

③ 雅座，指第一层最靠近舞台的前排座位。

④ 一层看台，看台的第一层，属于上等的席位。

⑤ 原文为法语，les grandpères ont toujours tort. 化用自一句法国俗语，“不在场的人永远是错的”。

“这出戏适合我们的，哈利，是《罗密欧与朱丽叶》。我得承认，我当时想到他们要在这么一个破旮旯里演莎士比亚很气恼，但从某种角度说我也很感兴趣。总之，我决定要等着瞧瞧第一幕。乐队领衔的是一个年轻的犹太人，他坐在一个开了缝的钢琴边，演奏烂得简直让我待不下去，但是终于幕布升起来，表演开始了。罗密欧是个壮实的上了点年纪的先生，粗黑的眉毛，悲剧味儿的粗嗓门，啤酒桶似的身材。茂丘西奥[①]也一样差劲，是个低级喜剧演员演的，他介绍了自己的喜剧节目，和池子里的观众打得火热。布景也跟他们一样丑陋，就像从一个乡村戏班里弄来的。但是朱丽叶！哈利，想象一下，一个女孩子，不到十七岁的年纪，生着一张小小的花一样的脸庞，一个小巧的希腊式的脑袋，盘着深棕色的发辫，眼睛像紫罗兰色的深井蓄满激情，嘴唇像玫瑰的花瓣娇艳欲滴。她是我这辈子见过的最动人的小东西。你有一次跟我说痛苦无法打动你，而美，只有美，能让你热泪盈眶。我跟你说，哈利，当时眼泪在我眼中化成一片水雾，几乎让我看不到这个女孩了。还有她的声音——我从没听过这样的声音。起初声音很低，低沉柔和的音符仿佛独独只在我的耳畔响起。接着变大一些，像一只长笛或远处的高音双簧箫。到花园那一幕的时候又充满了战战兢兢的狂喜，就像是黎明之前夜莺的歌声。还有的时候，再往后，还有小提琴般疯狂的激情。你知道声音能如何搅动人心。你的声音和茜比尔·薇恩的声音是我永远不会忘记的两样东西。我一闭上眼睛就能听见它们，而它们各说各话，我都不知该听谁的。我怎么能不爱她？哈利，我真的爱她。她就是我生命中的一切。我一晚接一晚地去看她表演，前一天晚

① Mercutio，罗密欧的朋友，代替罗密欧和提伯尔特决斗被杀。

上她是罗瑟琳[1]，第二天晚上就成了伊摩琴[2]。我见过她从爱人的嘴唇上吸吮毒药，死在意大利一处阴暗的墓穴里；也看到她在亚登的森林里漫步，穿着紧身衣、连裤袜和精致的帽子假扮男孩子。她也曾疯狂，来到一个有罪的国王面前，让他以悔恨为衣，以苦草为食。她也曾无辜，被一双黑皮肤的妒忌之手扼断了芦苇似的喉咙。我见过她扮演各种各样的年纪、穿上各式各样的服装。平庸的女人从来不会激发人的想象，她们总是局限在她们所处的时代，从来不能用魅力改变自己的形象。别人了解她们的思想就像了解她们的软帽一样容易。别人也总能找到她们，丝毫没有神秘感。她们早上在公园里乘车，下午在茶话会上聊天，净是公式化的笑容和赶时髦的风格。她们太过浅白了。但是女演员！女演员多不一样啊！哈利！你怎么没跟我说过，唯一值得爱的就是女演员？”

“因为我已经爱过太多女演员了，道林。”

“哦，确实，就是那些染着头发、涂着浓妆的恐怖家伙。”

“可别瞧不起染发和浓妆，有的时候它们是极有魅力的。”亨利勋爵道。

“我现在宁愿没跟你说起过茜比尔·薇恩。”

“你会忍不住跟我说的，道林。将来你这一生也都会做了什么都跟我说。”

“不错，哈利，我相信会是这样。我忍不住要跟你说。你对我有一种奇妙的影响。如果我犯了罪，我也会来向你告解，你会理解我。”

“像你这样的人——恣意的生命之光——不会犯罪的，

① 莎士比亚戏剧《皆大欢喜》中的人物

② 莎士比亚戏剧《辛白林》中的人物

道林。但我仍然很感谢你的恭维。现在告诉我——把火柴递给我一下，好孩子，谢谢——你和茜比尔·薇恩的关系到底怎么样了？”

道林·格雷跳起来，脸上发红，眼神愤怒。“哈利！茜比尔·薇恩是神圣的！”

“只有神圣的东西才值得玷污，道林。”亨利勋爵说，声音中有一丝奇怪的痛苦，“但你为什么要气恼？我估计她总有一天会属于你的。当一个人陷入爱情，总是以欺骗自己开始，而以欺骗别人结束。这就是世人所谓的浪漫。你至少认识她了吧，我想？”

“我当然认识她。在我到那剧院的第一晚，那个讨厌的犹太老头就在演出结束后到包厢来，提出要带我到后台，把我介绍给她。我大怒，告诉她朱丽叶已经死去几百年，尸体正躺在维罗纳的一个大理石墓穴里。从他那惊讶而茫然的表情来看，我想他八成以为我香槟之类的喝得太多了。”

“我不意外。”

“然后他问我有没有给哪家报纸写文章，我跟他说我从来不看报纸。他似乎对此非常失望，然后跟我透露说，所有的戏剧评论家都串通起来对付他，而他们有一个算一个，都是要花钱收买的。”

“我觉得他说得有理。不过，话说回来，看他们那副模样，大部分价位也不高。”

“哦，他似乎觉得他们超出了他的经济实力。”道林笑道，“但是这时剧院里熄灯了，我不得不离开。他强烈推荐了几支雪茄想让我试试，我拒绝了。当然，第二天晚上我又去了那里。他看到我的时候，低低地鞠了一躬，说我一定是一个慷慨的艺术赞助者。他可真是个叫人讨厌的野蛮人，但是他对莎士比亚有着异乎寻常的热情。他有一次带着骄傲的神气跟我说，他破产五次全都是因为‘诗翁’[①]——他坚持这么称呼他。他似乎认为这是一个荣誉。”

“这确实是个荣誉，我亲爱的道林——一个巨大的荣誉。大多数人破产都是因为在生活的散文上投资太多，而为了诗歌毁掉自己就是一个荣耀。但你是什么时候第一次和茜比尔·薇恩小姐说上话的？”

“第三天晚上。她当时在演罗瑟琳。我忍不住又去了。我之前已经给她送过花，她也看到我了——至少我希望她是看到了。那个犹太老头挺执着，似乎铁了心要带我去后台，所以我就同意了。我居然不想见她，挺奇怪的是不是？”

“不，我不这样认为。”

“我亲爱的哈利，为什么？”

“我将来再告诉你，现在我想听你说说这个姑娘。”

“茜比尔？哦，她很腼腆，很温柔。她身上有种孩子气的东西。当我跟她说我对她的表演的看法时，她眼睛睁得大大的，流露出美好的惊奇，似乎没有意识到自己有这样的本事。我想我们俩都很紧张。演员休息室里到处都是灰，那个犹太老头就站在门口咧着嘴笑，把我们两人都吹捧一通，而我们站在那里，像孩子一样看着彼此。那老头坚持称呼我‘大人’，所以我不得不叫茜比尔放心，我完全不是什么大人。她只是简单地跟我说，‘你看起来更像个王子。我就叫你白马王子。’”

“我敢肯定，道林，茜比尔小姐很会恭维人。”

“你不了解她，哈利。她只是把我当成一出剧里的人物。她对生活一无所知。她和她妈妈一起生活，她妈妈是第一天晚上演

---

① The Bard，指莎士比亚。

凯普莱特夫人[1]的演员，穿了一件品红色长袍之类的玩意儿，看起来很憔悴很疲惫，而且看着像以前过过好日子的。”

“我知道那模样，叫我难受。”亨利勋爵低声说，把玩着自己的戒指。

“犹太佬想告诉我她的过去，我说我不感兴趣。”

“你做得很对。他人的悲剧里总有些刺痛人心的东西。”

“我唯一在乎的就是茜比尔。她从哪里来和我有什么相干？从她那小巧的头到她那小巧的脚，她是彻彻底底、完完全全的女神。我每天晚上都去看她演戏，每天晚上她都变得更加神奇。”

“我想这就是你再也不跟我一起吃晚餐的原因了。我以为你肯定是在进行什么古怪的恋爱。你确实是在恋爱，但和我想的不太一样。”

“我亲爱的哈利，我们每天都在一起，要么吃午餐要么吃晚餐啊，而且我还跟你一起看了几次歌剧呢。”道林说，惊奇地瞪大了他蓝色的眼睛。

“你总是迟到很久。”

“哎，我忍不住要去看茜比尔演出。”他喊道，“即使只看一幕也行。我渴望她的出现，一想到那个小小的象牙般洁白的身体里藏着那样一个美好的灵魂，我就满心的惊叹。”

“你今晚会跟我一起吃饭的，对吗，道林？”

他摇头。“今晚她是伊摩琴。”他答道，“明晚她是朱丽叶。”

“她什么时候是茜比尔·薇恩呢？”

“从不。”

“恭喜你。”

---

① Lady Capulet，朱丽叶的母亲。

“你真可恶！她把世界上所有伟大的女主角集于一身，她不是一个单一的人。你就笑吧，我告诉你，她是天才！我爱她，我也一定会让她爱上我。你知道所有人生的秘诀，告诉我，如何才能吸引茜比尔·薇恩爱上我！我要让罗密欧嫉妒。我要让世上所有死去的情侣们都听到我们的欢笑然后悲伤。我要让我们热恋的气息搅动他们的遗尘恢复他们的意识，唤醒他们的骨灰让他们感受痛苦。我的上帝啊，哈利，我是多么崇拜她！”他边说边在房间里来回走动，脸颊上燃烧着团团红晕，激动万分。

亨利勋爵怀着一种微妙的快感观察着他。现在的他和第一次在巴兹尔·霍沃德的画室里见到的那个腼腆、胆小的男孩多么不同啊！他的天性像一朵花一样舒展开来，绽放出火红的花朵。他的灵魂从藏身的密所中爬了出来，与赶来的欲望迎面相遇。

“你打算怎么办？”亨利勋爵最终说道。

“我想让你和巴兹尔哪天晚上和我一起来看她表演。我丝毫不害怕结果，你肯定会认可她的天才。然后我们就把他从那个犹太佬手上救出来。从现在起，她跟他还有三年的约——至少两年八个月。当然，我得给他点钱。这部分搞定以后，我就在西区盘下一间剧院，然后将她隆重推出。她会像让我疯狂一样让全世界为她疯狂。”

“这是不可能的，我亲爱的小伙子。”

“会的，她会的。她身上不仅仅有艺术，至高无上的艺术直觉，她还有个性，而你常常跟我说，打动时代的是个性而不是原则。”

“好吧，那我们哪天晚上去？”

“我看看。今天是周二，我们就定明天吧。她明天演朱丽叶。”

“好。八点钟在布里斯托见，我会叫上巴兹尔。”

“八点不行，哈利，拜托了。我们必须在大幕拉开前赶到那儿。你一定要看她演第一幕，她和罗密欧相遇的那一幕。”

“六点半！这算个什么时辰啊！这简直跟喝茶的时候吃肉，或者读英国的小说一样。必须七点。没有哪个绅士是在七点之前吃晚饭的。你要在那之前见见巴兹尔吗？还是我写信跟他说？”

“亲爱的巴兹尔！我都一个星期没跟他照面了。我可真是太过分了，他给我的画像裱了一个顶好看的框，他亲自专门设计的，然后送过来。虽然我有点儿嫉妒画像比我年轻了一个月，但我必须承认它还是挺叫我高兴的。或许最好还是你给他写信吧。我不想单独跟他见面，他说起话来令我烦躁，他喜欢给我忠告。”

亨利勋爵微微一笑。“人们都很喜欢给别人送自己最需要的东西。我称之为深刻的慷慨。”

“噢，巴兹尔人特别好，但他在我看来似乎缺了点文化。自从我认识你以后，哈利，我就发现了这一点。”

“我亲爱的小伙子，巴兹尔是把他全部的魅力都投入到作品中了，结果就是面对生活的时候他只剩下偏见、原则和常识了。我认识的仅有的几个性格讨喜的艺术家都是差劲的艺术家。优秀的艺术家只存在于他们的创作之中，于是他们自身就变得十分乏味。一个伟大的诗人，一个真正伟大的诗人，是所有生命中最缺乏诗意的，而拙劣的诗人则无疑很迷人。他们的韵律越蹩脚，他们的相貌就越赏心悦目。仅仅是出版一部二流的十四行诗集就能赋予一个人无法抵挡的魅力，他把生活过成了自己写不出来的诗。而另外那些写的是他们不敢真正实现的诗。”

“我不知道是否真是这样，哈利？”道林·格雷说着，从桌上拿下一个金色盖子的大瓶子，往他的手绢上喷香水。“既然你这么说了，那肯定就是。现在我得走了。伊摩琴在等我。别忘了明天的事。再见。”

随着他走出房间，亨利勋爵重重的眼帘垂了下来，他开始思考。毫无疑问，很少有人像道林·格雷这样吸引他，然而少年对另一个人疯狂的爱恋并没有引起他一丝一毫的气恼或嫉妒。他很高兴。这让少年成了一个更加有趣的研究对象。他素来对自然科学的方法很着迷，但是那些庸常的研究对象在他看来非常琐碎，毫不重要。于是他开始解剖自己，最终开始解剖别人。人生——这在他看来是唯一值得研究的东西，与此相比其他任何东西都毫无价值。确实，在观察生命经历种种痛苦和快乐的奇特考验时，你没法戴上面罩，也不能阻止那些含硫的毒气扰乱你的大脑，用可怕的幻想和丑恶的梦境污染你的想象。有一些毒药是如此奇妙，要想了解它们的特性，你就必须尝过它们的苦头；有一些疾病是如此奇特，要想弄清它们的本质，你就必须亲历一番病程。但是你能得到的回报又是多么丰厚！整个世界从此对你变得多么美妙！你会注意到激情那奇特而严实的逻辑、理智那多彩而丰富的情感——你会观察到两者在何处相遇又在何处分开，在哪一点上同频共振又在哪一点上发生龃龉——这中间有无尽乐趣。又何必在意付出什么样的代价？为了任何一种感受所付出的代价都是值得的。

他意识到　　　想到这儿，他棕玛瑙般的眸了里亮起一道喜悦的光——是通过他的一些话语，吐出的音乐般的话语，让道林·格雷的灵魂转向，遇到了这个白人女孩，并拜倒臣服在她面前。很大程度上，这个少年是他亲手创造。他让少年提前成熟了。这很了不起。普通人都是默默等待，直到生命向他们揭晓自己的秘密；但是对极少数，对那些天选之人，生命的奥秘会在面纱掀起之前显露。有时这是艺术的效果，主要是文学之艺术，因为文学主要讨论的就是激情和理智。但偶尔也会是由一个复杂的人格代艺术行事，这实际上也是一件真正的艺术品，是生命自身的精妙杰作，一如诗歌、雕塑或绘画。

是的，那个少年提前成熟了。他在春天的时候便开始了收获。青春的跃动和热情仍然在他身上，但他已开始关注自我。观察他是一件乐事，他那美丽的脸庞和美丽的灵魂使他成了一个引人关注的对象。无所谓最终会如何收场，或注定会如何收场。他就像是一场露天表演或一出戏剧中的一个美好角色，其喜悦似乎距人很远，但其悲伤能激荡人的美感，其伤口能像凄艳的红玫瑰一样令人心醉。

灵魂与肉体，肉体与灵魂——它们是多么神秘啊！灵魂中有动物性，而肉体中也有精神性的瞬间。感官可以精进，心智却可衰败。谁又能说得清哪里是肉体脉动的终点、心灵脉动的起点呢？一般心理学家所做的武断定义是多么肤浅！但人还是很难在各个学派的众说纷纭中做决断！灵魂只是居于罪恶皮囊中的一个影子吗？还是说，像布鲁诺想的那样，其实身体是在灵魂之中？精神和物质的区分实在是一个谜，而精神和物质的统一也是一个谜。

他开始思考，究竟是否能把心理学确立为一门精确的科学，一门个体生命的小小绽放都能向我们揭示出来的科学。实际上，我们总是误解自己，也很少理解他人。经验并没有什么道德价值，它只不过是人们给自己的错误取的一个名字。道德家们毫无例外地把它当作一种警示，声称它有某种道德的功效有助于人格的形成，赞扬这东西能教育我们该遵循什么，避免什么。但经验之中并无什么推动性的力量，它和良心本身一样，不值得人们积极的追求。它真正揭示的只是我们的未来将会跟我们的过去一样，我们曾经怀着厌恶犯下的罪行，将会在今后带着愉悦再犯很多次。

他觉得已经很清楚，实验方法是唯一可以对激情实现科学分析的方法；而道林·格雷是送到他手里的研究对象，而且似乎预示着丰硕的成果。他对茜比尔·薇恩突如其来的疯狂爱恋，是一个很叫人感兴趣的心理现象。毫无疑问，这与好奇心有关，好奇心以及对新体验的渴望，但这并不是简单的激情，而是非常复杂。这中间包含的，是少年时期纯粹的感官直觉在想象的加工下改头换面，变得让少年以为和感官相距甚远，也正因如此才更加危险。这种激情会强烈地支配我们，而我们却对自己隐瞒它的源头。我们明了的动机都是无力的。常常当我们以为自己在拿他人做实验时，实际上是在拿我们自己做实验。

当亨利勋爵坐在那里想着这些事情神游物外时，突然响起一声敲门声，侍者进来提醒他该换衣服准备吃晚饭了。他站起来看向外面的街道，落日给对面房子的窗户镀上了一层金红，玻璃像烧红的金属般光灿灿的，头顶的天空如同一朵稍稍褪色的玫瑰。他想到那位朋友火热而年轻的生命，好奇它最终会如何收场。

当他晚上大概十二点半到家的时候，他看到一封电报躺在大厅桌子上。他打开发现是道林·格雷发来的，告诉他自己跟茜比尔·薇恩订婚了。

第五章

“母亲，母亲，我真高兴！”女孩轻声细语，把脸埋在一个憔悴而疲惫的女人腿上。女人背对着刺眼的灯光，坐在简陋的客厅里仅有的一把扶手椅里。“我真高兴。”女孩重复道，“您也得高兴啊！”

薇恩太太瑟缩了一下，然后把她纤瘦、铅白[1]的手放在女儿头上。“高兴！”她重复一声，“我只有看到你表演的时候才高兴。你不许想表演以外的事情。艾萨克先生对我们这么好，我们还欠着他的钱呢。”

女孩抬起头，噘着嘴。“钱，母亲？”她大声说，“钱有什么要紧的？爱比钱重要。”

“艾萨克先生给我们预付了五十英镑帮我们还债，还给詹姆斯买了身上好的衣服。你可别忘了这份恩情，茜比尔。五十英镑可是个大数目，艾萨克先生真是太体贴了。”

“他又不是绅士，母亲，而且我讨厌他跟我说话的那副样子。”女孩说着，站起来走到窗边。

“我不知道没有他我们怎么过得下去。”年老的妇人嗔

① 原文bismuth-whitened，也指化妆品涂白，此处为意译。

怒道。

茜比尔·薇恩一甩头，笑起来。“我们再也不需要他了，母亲。现在有白马王子掌管我们的生活。”然后她顿住了，一朵玫瑰在她的血液中绽开，也点染了她的双颊。她娇艳的双唇微微张开，快速地呼吸着，颤抖起来。一阵激情的南风席卷了她，牵动她裙摆上优雅的褶皱。“我爱他。”她简短地说。

“傻孩子！傻孩子！”母亲的回答像是鹦鹉学舌般重复的短句。戴着假戒指的扭曲的手指挥动着，给话语平添了一分荒诞。

女孩又笑了，声音里有一种笼中鸟似的快活。她的眼睛捕捉到这乐音，绽放出光芒与之呼应，然后合上片刻，仿佛是要掩藏眼中的秘密。当眼睛再度睁开时，美梦的雾霭已笼罩在上面。

破旧的扶手椅上，智者用两片薄薄的嘴唇向她说教，暗示着谨慎，引用着那本假借常识之名书写懦弱的书。她充耳不闻。她在自己激情的囚牢中享受着自由。她的王子，白马王子，就在她身边。她调动记忆重塑他的形象。她派遣自己的灵魂去寻找他，它便将他带了回来。他的吻再度燃烧在她的唇上，她的眼皮感受到他温暖的气息。

接下来智者改变了策略，讲起了刺探和发掘。这个年轻人可能挺富有。如果是的话那么应该考虑结婚。世俗的狡黠一浪一浪拍在她的耳畔，机诈的利箭射到她的身旁。她看着那两片翕张的薄唇，微微一笑。

突然，她觉得自己需要说点什么。这聒噪的寂静让她不安。“母亲，母亲，”她喊道，“他为什么这么爱我？我知道我为什么爱他。我爱他因为他就像爱本身该有的样子。但是看中我什么呢？我不值得他这样。但是——我也不知为什么——虽然我觉得远远配不上他，我却并不感到卑微。我感到骄傲，非常骄傲。母亲，你以前爱我父亲也像我现在爱白马王子一样吗？”

在粗劣的脂粉下，老妇人的双颊失去了血色，她干枯的嘴唇也在一阵痛苦的痉挛中抽搐着。茜比尔奔向她，伸出双臂搂住她的脖子，亲吻她。“原谅我，母亲。我知道说起父亲总让你痛苦，但你痛苦正是因为你太爱他。别那么伤心。我今天很高兴，就跟二十年前的你一样。啊！让我永远高兴下去吧！”

“孩子，你还太小，不该想着恋爱。再说，你对这个年轻人一无所知，你甚至不知道他的名字。现在整个事情都很尴尬，而且，詹姆斯马上要去澳大利亚，我心里事情多着呢，我真得说你该多为我着想一些。不过，就像我之前说过的，他要是富有的话……”

“啊！母亲，母亲，让我高兴一下吧！”

薇恩太太瞧她一眼，用那种做作的戏剧性的动作——对于舞台演员来说这常常成了他们的第二天性——抓住她的手臂。就在这时，门开了，进来一个乱蓬蓬棕色头发的少年。他个头敦实，手脚大得让动作有些笨拙，不像姐姐生得那么精致，简直看不出两人之间竟有这么近的血缘关系。薇恩太太的目光停在他身上，笑容益盛。她在心中把儿子提升到了观众的地位。她敢肯定，眼下这一“幕”很吸引人。

“我觉得你应该把你的吻给我留一点儿，茜比尔。”少年和气地埋怨道。

“哈！但你不喜欢被人亲吻呀，吉姆。”她喊道，“你是头讨厌的老狗熊。”接着她跑过房间，抱住了他。

詹姆斯·薇恩温柔地看着姐姐的脸庞。“我想让你和我一起出去走走，茜比尔。我估计我再也见不到这可恶的伦敦了。我敢肯定我也不想再见了。”

“儿子，别说这种难听的话。”薇恩太太小声说着，拿起一条俗气的戏服裙子，叹了口气，开始缝补丁。她有点失望他没有人母女俩的“戏”，这本可以大大增加刚刚那个场面的戏剧美感。

“为什么不行，母亲？我就是这么想的。”

“你给我添堵呢，儿子。我相信你会从澳大利亚衣锦还乡的。我相信殖民地根本没有什么像样的社会——没有我称得上社会的东西——所以等你发了财，你一定要回来在伦敦站稳脚跟。”

“社会！”少年嘟囔道，“我可不想知道什么社会不社会的。我就想挣了钱让你和茜比尔不要再演戏了。我讨厌这个。”

“噢，吉姆！”茜比尔说着笑起来，“你真讨厌！不过你真的想和我出去走走吗？那很好。我还怕你要去跟朋友们道别呢——跟送你那个丑陋烟斗的汤姆·哈迪，或者是因为你抽那烟斗而取笑你的奈德·朗顿。你能把最后一个下午留给我可真是太贴心了。我们去哪儿？就去公园吧。”

“我太寒酸了。”他皱着眉头回答，“时髦的人才会逛公园。”

“胡说，吉姆。”她轻声道，整了整他外套的袖子。

他犹豫了一会儿。“好吧。”他最后说，“但是你别收拾太久。”她跳着舞步出了房门。母子俩能听见她一路唱着歌跑上楼，小脚丫子在头顶踩出欢快的脚步。

詹姆斯在房间里来回走了两三圈，然后转向椅子上那个安静的身影。“母亲，我的东西都准备好了吗？”他问。

“都准备好了，詹姆斯。”她回答，眼睛仍然盯着手里的活计。几个月来，每当和自己这个硬朗严肃的儿子独处时她都有些不知所措。当他们的目光相遇时，她那颗浅薄的藏着秘密的心便不安起来。她常常猜想他是否在怀疑什么。而他一言不发，这沉默让她无法忍受。她开始抱怨起来。女人们总是用进攻来防守，正如她们也用突兀的投降来进攻。“詹姆斯，但愿你的航海生活能让你满意吧。”她说，“你要记住，这是你自己的选择。你本来可以进律师办公室的，律师是很受尊重的阶层，在乡里经常跟顶好的人家一起吃饭。”

“我讨厌办公室，我也讨厌文职。”他回道，“但您说得对，我选择了自己的生活。我想说的只有，看好茜比尔，别让她受到任何伤害。母亲，您得看好她。”

“詹姆斯，你这话说得可真奇怪。我当然会看好茜比尔。”

“我听说有个绅士每晚都来剧院，到后台跟她说话，是不是真的？这是怎么回事？”

“你不知道自己在说什么，詹姆斯。我们这行经常会受到很多的关注，我自己以前也常常一次收到好多花。那时候的人真正懂表演。至于茜比尔，我不知道她现在的感情是不是认真的，但毫无疑问，你说的那个年轻人是个十足的绅士。他对我也总是十分客气。再说，他看样子挺富有的，送的花也很漂亮。”

“可你们连他的名字都不知道。”少年尖锐地说。

“不知道。”母亲表情淡然地答道，“他还没有吐露他的真名。我觉得这很浪漫。他很可能是个贵族。”

詹姆斯·薇恩咬咬嘴唇。“看好茜比尔，母亲。”他大声说，“看好她。”

“儿子，你可真叫我难过。我一向都是特别关心茜比尔的。当然了，如果这个绅士很富有，那她也没有理由不跟他结成连理。我相信他是个贵族。我得说他完全就是个贵族的样子。对茜比尔来说，这可能是一桩再好不过的婚事。他们会是一对令人艳羡的夫妇。他的模样非常出众，人人都注意得到。”

少年喃喃自语着什么，一边用粗糙的手指敲着窗玻璃。他刚要转身说什么的时候，门打开了，茜比尔走了进来。

“你们俩怎么这么严肃！”她喊道，“出什么事了？”

“没事。”他回答，“我想人有时候总得严肃些。再见，母亲。我五点回来吃饭。除了我的衬衣，东西都收拾好了，所以你不用麻烦了。”

“再见，儿子。”她回道，紧绷着身子端庄地鞠了一躬。

他刚刚跟她讲话的口气让她很不高兴，而他的表情中有什么东西让她害怕。

“吻我一下，母亲。”女孩说。她花一般的嘴唇贴到那干瘪的脸颊上，暖化了上面的寒意。

“我的孩子！我的孩子！”薇恩太太呼喊着，抬头看向天花板，寻找一个想象中的剧场看台。

“走吧，茜比尔！”女孩的弟弟不耐烦地说。他讨厌母亲的感性。

他们走到室外，在大风里忽隐忽现的阳光中，沿着尤斯顿路漫步。路过的人们都好奇地瞅着这个闷闷不乐的壮实少年，看他穿着粗陋不合身的衣服，旁边却陪伴着这样一位优雅、精致的姑娘。就像是一个不起眼的园丁带着一朵玫瑰花似的。

吉姆捕捉到陌生人探询的目光，时不时皱起眉头。他不喜欢被人盯着看，这是天才到后期才会有的感受，而对普通人是一直存在。茜比尔却浑然未觉自己所引起的效果。她的爱意在嘴角的笑容里颤动。她心里想着白马王子，而她越是想他，嘴上越是不提他，而是喋喋不休地说着吉姆将要出航的那艘船，他肯定会找到的那些金子，他会从邪恶的红衣土匪手中解救的美丽的贵族姑娘。因为他不会一直当水手、押运员的，不管是什么都不会一直干下去。噢，不！水手的生活多可怕啊。想想，被紧紧地关在一艘可怕的船上，汹涌的巨浪一个接一个地扑过来，然后一阵黑色的旋风吹断桅杆，把船帆撕成一条条尖叫的碎布！他会在墨尔本下船，跟船长礼貌地道别，然后马上出发去淘金。不到一个星期他就会碰到一大块纯金，是有史以来人类发现的最大的金块。然后乘着一辆马车，在六名骑警的护卫下把它带到海岸边。土匪们会袭击他们三次，每次都被打得落花流水、死伤惨重。或者，不对，他根本不会去金矿。那种地方太凶险了，男人们在酒吧里喝得烂醉然后向彼此开枪，语言也很下流。他会成为一个善良的牧羊人，然后有一天晚上，在回家的路上，他看到美丽的贵族千金被一个骑着黑马的强盗掳走，于是追了上去解救了她。不用说，她爱上了他，他也爱上了她，于是他们结婚了，然后回到家乡，在伦敦的一座豪宅中生活。没错，有很多美事在等着他。但他必须好好的，不能发脾气，不能乱花钱。她只比他大一岁，但对人生的了解却比他多得多。而且，他还一定要记得每次有邮船的时候都给她写信，还要每天晚上睡觉前祈祷。上帝很好，会照看他的。她也会为他祈祷，然后过不了几年他就会带着财富和幸福回来了。

少年郁郁不乐地听着她说，没有任何回应。他为离家远行揪着心。

但是让他阴沉忧郁的不单是这个。尽管他缺乏经验，他仍然强烈地感觉到茜比尔所处的危险。这个向她求爱的花花公子对她没有好处。他是个绅士，少年因此憎恶他，因为某种奇特的他自己也说不清的天生的直觉，而正因为他自己也说不清，这憎恶变得更加炽烈。他很清楚母亲的浅薄和虚荣，而这些会给茜比尔和茜比尔的幸福带来灭顶之灾。孩子们最初都很爱自己的父母，而随着年岁增长就开始评判父母，有的时候也会原谅父母。

他的母亲！他有件事想问她，一件已经在心里酝酿了几个月的事情。他偶然在剧院里听到的一句话，某天晚上他在后台入口等待时传到耳中的一声轻轻的冷笑，在他的头脑中开闸般放出了一连串可怕的想法。他把那话记得清清楚楚，就像是脸上挨的一道鞭子。他把眉毛拧成了一个川字，在强烈的痛苦中咬紧了下唇。

“我说的你一个字也没听进去，吉姆。”茜比尔喊着，“我是在给你规划最美好的未来啊，你说句话呀。”

“你想让我说什么？”

“噢，就说你会好好表现，不会忘记我们。”她答道，微笑地看着他。

他耸耸肩。“比起我忘记你，更有可能是你忘记我吧。”

她脸上一红。“你什么意思，吉姆？”她问。

“我听说你交了个新朋友。他是谁？你怎么从没跟我说起过他？他对你没好处。”

“住嘴，吉姆！”她喊道，“不许你说他的坏话。我爱他。”

“为什么，你连他的名字都不知道。”少年说，“他是谁？我有权利知道。”

“他叫白马王子。这名字喜欢吧！噢，你这傻小子。这名字你可千万记住了。只要见过他，你就会认为他是这世界上最好的人。有一天你会见到他的——等你从澳大利亚回来以后。你会很喜欢他的。每个人都喜欢他，而我……我爱他。我真希望你今晚能到剧院来。他会来，而我要演朱丽叶。噢，我会演得多么投入！想想，吉姆，在热恋之中扮演朱丽叶！而他坐在观众席里！表演给他欣赏让他快乐！我怕我会吓到同伴，不是吓到他们就是迷住他们。恋爱会让人超越自我。可怜的艾萨克先生肯定要在酒吧里对他那些狐朋狗友大喊‘天才’。他之前拿我当宗教信条似的宣扬；今晚他将会宣布我是一道天启。我能感觉到。而这都是因为他，只为他一个人，白马王子，我完美的爱人，我全能的上帝。但和他相比，我是多么贫穷啊。贫穷？这有什么要紧？当贫穷从门缝钻进屋，爱就从窗户飞入[1]。咱们的谚语得重写。谚语是冬天编的，现在是夏天，我觉得对我来说是春天，蓝蓝的天空中鲜花漫舞。”

“他是个绅士。”少年阴沉地说。

“是王子！”她百灵鸟似的叫道，“夫复何求呀。”

“他要奴役你。”

“想到自由我都哆嗦。”

“我想让你提防着他。”

“见了他就会崇拜他，认识他就会信任他。”

“茜比尔，你真是为他发了疯。”

她笑了，挽起他的胳膊。“亲爱的老吉姆，你说起话来跟百岁老人似的。有一天你自己也会恋爱的，到时候你就知道是什么样了。别这么不高兴。你当然应该高兴，你想想，尽管你走了，我反倒比以前更加高兴了。一直以来，生活对我们来说很艰难，非常艰难，很不容易。但是现在不一样了，你将要去往一个新世界，而我已经找到了一个新世界。这里有两把椅子，我们坐会儿吧，看看这些光鲜的过路人。”

他们在一群赏花的人中间坐下。马路对面的郁金香开得正艳，像一个个跃动着火焰的铃铛。一股白灰——像是一团飘动的鸢尾根——悬在吹拂的微风中。一把把色彩鲜艳的阳伞像巨大的蝴蝶一般上下翻飞。

她让弟弟谈谈自己，谈他的心愿、他的展望。他说得很迟缓很费劲。两人你一言我一语，就像比赛里的对手在轮流出招。

---

① 化用英语谚语When poverty comes in at the door, love flies out of the window.（当贫穷从门缝钻进屋，爱就从窗户飞走了。）。

茜比尔感到压抑。她没法传达她的喜悦。那郁郁不乐的嘴角上泛起一个淡淡的微笑，便是她唯一能获得的回应。过了一会儿她便不再言语。突然，她瞥见一头金色的头发，挂着笑容的嘴唇。道林·格雷和两位夫人乘着一辆敞篷马车驶了过去。

她站起来。“他在那儿！”她喊道。

“谁？”吉姆·薇恩说。

“白马王子！”她回答，眼睛寻找着那辆维多利亚式的敞篷马车。

他跳起来，猛地抓住她的胳膊。“指给我看。哪个是他？你指出来，我必须看看他的样子！”他激动地喊着。但这时贝里克公爵的四马马车正走到他们之间，等它过去之后，那辆敞篷马车已经不见了。

“他过去了。”茜比尔伤心地喃喃道，“我真希望你看到他了。”

“我也希望能看一下。因为就像天堂中肯定有上帝一样，如果他有一点对不起你，我也肯定会杀了他。”

她惊恐地看着他，他重复了一遍自己的话。这话语像利刃一般划破空气。周围的人都惊讶地张着嘴。紧挨着她的一位夫人发出紧张的笑声。

“走吧，吉姆，走吧。”她低声说。他紧随其后穿过人群。他很高兴自己那么说。

等他们走到阿喀琉斯的雕像前，她转过身来。她眼中含着怜悯，在嘴角化成了笑意。她冲他摇摇头。“你真傻，吉姆，傻透了。一个暴脾气的男孩，仅此而已。你怎么能说这么可怕的话？你不知道自己在说些什么。你只是在嫉妒，在发狠。啊！我希望你也能恋爱。恋爱让人变好，你刚刚的话太邪恶了。”

“我十六岁了。”他回道，“我知道我是什么样的人。母亲帮不了你。她不懂该怎么照顾你。我现在希望我不用去澳大利亚就好了。我有决心放弃这一切。要不是合同已经签了，我会放弃的。”

“噢，别这么严肃，吉姆。你就像那些傻气的狗血剧里的主角似的，母亲以前特别爱演那种。我不想和你吵架。我看到他了，噢，看到他就是无上的幸福！咱们别吵架。我知道你绝不会伤害任何一个我爱的人的，是不是？”

“我想，只要你还爱他就不会。”得到了这样一个阴沉的回答。

“我会永远爱他！”她叫道。

“那他呢？”

“他也永远爱我！”

“他最好这样。”

她从他身边退缩了一下。然后她笑起来，用手抓住他的胳膊。他只是个孩子罢了。

他们在大理石拱门那儿搭了一辆巴士，坐到尤斯顿路上他们寒酸的家附近。已经过了五点，茜比尔还要在表演之前睡两个小时。吉姆坚持让她去睡。他说他宁愿在母亲不在场的时候跟她道别。母亲在的话一定能闹出戏，而他讨厌任何形式的戏。

两人在茜比尔的房间里道了别。少年的心里燃着妒火，以及对一个陌生人几欲杀之而后快的强烈恨意。在他看来，是这个陌生人插足到他们中间。但是，当她的双臂搂住他的脖子，当她的手指捋过他的头发，他心软了，真情实意地亲吻了她。他下楼时眼里含着泪水。

母亲正在下面等着他。看他进来，她埋怨他不守时。他没有回答，而是坐下吃起简陋的晚饭。苍蝇在桌子周围嗡嗡乱飞，从脏兮兮的桌布上爬过。透过巴士的隆隆声、出租马车的叮当声，他听到母亲絮叨的声音吞噬着他剩下的每一分钟。

过了一会儿，他推开盘子，双手抱住脑袋。他觉得自己有权利知道。如果真像他怀疑的那样，早就该告诉他了。母亲满怀恐惧地看着他，嘴里机械地吐着字，一条碎花蕾丝手绢在手指尖纠缠。当时钟敲响六点，他站起来走向门口。接着他转过身来看着她。他们的目光相遇了。他在她眼中看到她在苦苦祈求怜悯。这让他愤怒。

“母亲，我有事问您。”他说。她的目光开始在房间里四处飘忽。她没有回答。“告诉我真相。我有权知道。您和我父亲结过婚吗？”

她深深地叹了口气。这是轻松的叹气。那个可怕的时刻，那个已经让她害怕了日日夜夜、周周月月的时刻，终于到来了，而她并没有感到恐惧。实际上，某种程度上让她觉得有些失望。庸俗直白的问题需要一个直接的回答。一切全然没有铺垫，十分粗暴，让她联想到一场糟糕的排练。

“没有。”她答道，内心感喟于生活的简单粗暴。

“那我的父亲就是个流氓！”少年吼道，握紧了双拳。

她摇摇头。“我知道他有家室。我们非常相爱。如果他还活着，他会保障我们生活的。别说他的不是，儿子。他是你父亲，而且是个绅士。是真的，他的圈子很高端的。”

他的嘴里冲出一句咒骂。“我自己我无所谓。”他喊着，“但是不要让茜比尔……也是个绅士，是不是，爱上她的那个，至少他说自己是？圈子也很高端吧，我猜。”

顷刻间，一阵火辣的惭愧之情席卷了女人。她垂下头，用颤抖的双手擦了擦眼睛。“茜比尔有母亲。”她喃喃道，“我没有。”

少年被触动了。他走过去，俯下身亲吻了她。“如果我问父亲的事让您难过了，我非常抱歉。”他说，“但我不能不问。我现在得走了。再见。别忘了您现在只有一个孩子需要照看了，而且相信我，如果这个男人敢对不起我姐姐，我一定会把他找出来，追踪他到天涯海角，然后像杀条狗那样杀了他。我发誓。”

这小题大做的可笑威胁、这摆出的豪放姿态、这疯狂的狗血用词，都让她感觉生活更加生动了一些。她熟悉这种氛围，她的呼吸自在些了。而且，很久以来，她这是第一次真心赞赏自己的儿子。她还想保持着同样的情绪张力把这一幕继续下去，但他打断了她。还有箱子要搬，有围巾要找，公寓的杂工往返进出，还得跟车夫讨价还价。这一刻便丢失在这些低俗琐碎的事务中。儿子走远的时候，她站在窗边挥舞着那条碎花蕾丝手绢，重又感受到一阵失望。她意识到一个绝佳的机会被浪费掉了。为了安慰自己，她告诉茜比尔，她感觉人生将会无比荒芜，因为她“现在只有一个孩子需要照看了”。她还记得这个说法，很让她满意。那句威胁她只字未提。他说得那么生动，那么戏剧化，她觉得将来有一天再谈起，他们都可以一笑置之。

第六章

“我想你已经听到消息了，巴兹尔？”三人的晚餐已经摆好，霍沃德被领进布里斯托俱乐部的一个小包间，亨利勋爵说。

“没有，哈利。”艺术家答道，一边将帽子和外套递给鞠着躬的侍者。“什么事？我希望别是什么政治上的事吧！这我可不感兴趣。下议院里没有一个人值得画的，尽管有些人涂抹一下勉强能够入眼。”

“道林·格雷订婚了。”亨利勋爵一边说，一边观察着他。

霍沃德吃了一惊，然后皱起眉头。“道林订婚了！”他叫道，“不可能！”

“千真万确。”

“跟谁？”

“跟一个不知道哪里来的女演员。”

“我无法相信。道林可没那么糊涂。”

“道林就是太明白了，所以才时不时要做点傻事，我亲爱的巴兹尔。”

“婚姻可不是什么能时不时做一下的事，哈利。”

“除非是在美国。”亨利勋爵懒懒地接道，“但我没说他结婚了，我说的是他订婚了。这还是有很大区别的。我对结婚记得一清二楚，但丝毫不记得订婚的情形。我倾向于认为我从没订婚过。”

“但是想想道林的出身、地位和财富。娶一个比他差这么多的也太荒唐了。”

“你要是想让他跟这姑娘结婚，你就这么跟他说，巴兹尔，那他肯定就铁了心要结。但凡男人要做一件愚蠢透顶的事情，都是因为最高尚的动机。”

“我希望这是个好姑娘，哈利。我可不想看到道林跟一个卑鄙的家伙结合，这会腐蚀他的天性，毁掉他的才智。”

“噢，她可不只是好——她很美。”亨利勋爵轻语道，一边啜饮着玻璃杯中的苦艾酒和橙子苦味酒，“道林说她很美，他对这种事情一般是不会出错的。你给他画的画像让他对其他人的外貌特质更加敏锐了。它确实引起了这种非凡的效果。我们今晚就会见到她，如果那孩子没有忘记他的约定的话。”

“你是认真的吗？”

“相当认真，巴兹尔。我要是还能比此时此刻更加认真的话，那一定惨了。”

“但是你赞同吗，哈利？”画家问，咬着嘴唇在房间里来回踱步，“你不可能同意的。这就是一时犯傻，意乱神迷罢了。”

“我现在对任何事情都没有什么赞同不赞同，这是一种荒谬的人生态度。我们不是降生到世上来宣扬我们的道德偏见的。我从不在意普通人说什么，也从不干涉富有魅力的人干什么。如果一个人的个性叫我着迷，那不论这个性选择什么样的表达方式，对我来说都绝对是令人愉悦的。道林·格雷爱上了一个扮演朱丽叶的美丽女孩并且向她求婚。有何不可？就算他跟梅萨利娜[①]结

① 指瓦勒丽娅·梅萨利娜（Valeria Messalina），罗马皇帝克劳狄乌斯的第三任妻子，以滥交闻名，据说因密谋杀害丈夫发现后而被处死。

婚，也丝毫不会有损他的吸引力。你知道我并不是一个婚姻的拥护者。婚姻真正的缺陷在于它使人变得无私，而无私的人是没有色彩的。他们缺乏个性。然而，也有些人的气质会被婚姻变得更加复杂。他们保留了自我，还在其中加入了其他的自我。他们被迫拥有了多重人生，变得井井有条，而井井有条，窃以为是人类存在的目标。何况，每一种体验都有其价值，不管世人对婚姻有多少指摘，它无疑是一种体验。我希望道林·格雷能娶这姑娘为妻，狂热地爱恋她六个月，然后突然被另外一个人迷住。他会是一个绝佳的研究对象。”

“你这些话一个字都不是真心的，哈利，你知道不是。如果道林·格雷的人生被毁了，没有人会比你更伤心。你要比你假装的这副样子要好得多。”

亨利勋爵笑了。“我们之所以喜欢把别人想得那么好，是因为我们都害怕我们自己。乐观的基础是纯粹的恐惧。我们觉得自己很慷慨，因为我们相信邻居身上拥有那些可能使我们受益的品德。我们赞美银行家，好叫我们的户头上超支一些；我们在拦路强盗身上寻找优秀品质，指望他能放过我们的钱财。我说的每一个字都是真心实意地。我对乐观主义抱有最大的轻蔑。至于人生被毁嘛，除了停止成长以外，没有什么样的人生是被毁了的。破坏一个人的天性不过是在重塑它。至于婚姻，这当然是犯傻，但是男人和女人之间也有其他的、更加有趣的联结，我当然要鼓励这种，它们有着时髦的魅力。不过道林来了。让他自己跟你说吧，会比我说得清楚。”

“亲爱的哈利，亲爱的巴兹尔，你们俩都要恭喜我！”少年说着，扯下身上的绸线襟短披肩，依次和两个朋友握手，“我从来没这么高兴过。当然了，这挺突然——真正叫人高兴的事情都是突然的。但是在我看来，似乎这就是我此生一直在寻找的那一样东西。”他脸上泛着兴奋与喜悦的红晕，看起来格外英俊。

“我希望你能一直很高兴，道林。”霍沃德说，“但我不大能原谅你不跟我说你订婚的事。你跟哈利说了。”

“我也不原谅你晚餐迟到。”亨利勋爵插话道，把手搭在少年肩上，说话时带着笑，“来吧，我们都坐下，尝尝这里新来的主厨手艺如何，然后你再跟我们说说到底怎么回事。”

“真没多少好说的。”他们围着小桌子坐下，道林大声说，“事情很简单。我昨天晚上从你那儿走了以后，哈利，我就穿好衣服，在你给我介绍的那个鲁伯特街上的意大利小馆里吃了点晚饭，然后八点钟就去了剧院。茜比尔在演罗瑟琳。当然了，布景很糟糕，那个奥兰多简直荒唐。但是茜比尔！你真该看看她！当她穿上男装，真是好看极了。她穿着一件青苔色的天鹅绒上衣，肉桂色的袖子，修长的棕色连裤袜，一个雅致的绿色小帽，用珠宝别着一根鹰的羽毛，还披着一件暗红色绲边的斗篷。在我看来，她是前所未有的美好，跟你画室里那尊塔纳格拉小陶像[①]一样精致优雅，巴兹尔。她的头发裹住她的脸，就像是黑色的树叶围绕着一朵白色的玫瑰。至于她的表演——你们今天晚上会看到的。她是天生的艺术家。我在那个肮脏的包厢里完完全全被迷住了。我忘记了自己是在伦敦，在十九世纪，只觉得和自己的爱人身处一个人迹未至的森林里。表演结束后，我去后台跟她说话。我们坐在一起的时候，突然她眼中浮现出一种我从未见过的神色。我靠向她的唇。我们接吻了。我没法跟你描述我那一刻的感受。就好像我全部的生命都聚焦到了完美的一个点上，满是玫瑰色的喜悦。她浑身颤抖，像一朵白色的水仙花一样摇动着。然后她扑通跪下，亲吻我的双手。我觉得我不该跟你们说这些，但是

① 公元前四世纪时希腊塔纳格拉地区制作的一种小陶象，多是比较真实的日常女性形象。

我忍不住。当然，我们的婚约是绝对保密的。她甚至没有告诉她母亲。我也不知道我的监护人们会说什么。拉德利勋爵肯定要大发雷霆。我不在乎。我还有不到一年就成年了，然后我就可以想做什么就做什么。我是对的，是不是，巴兹尔，我应该从诗歌中寻找爱人，在莎士比亚的戏剧中觅得妻子？莎士比亚教导的朱唇在我耳边诉说它的秘密。罗瑟琳拥抱着我，我吻着朱丽叶。”

“是的，道林，我想你是对的。”霍沃德缓缓说道。

“你今天见过她了吗？”亨利勋爵问。

道林·格雷摇摇头。“我把她留在了亚登的森林里；我将去维罗纳的果园里找她。”

亨利勋爵带着一种思索的神色呷着香槟。“你具体是在什么时候提起‘婚姻’这个字眼的，道林？她又是怎么回答的？或许你全都忘干净了吧。”

“我亲爱的哈利，我又不是在做生意，我也完全没有做正式的求婚。我跟她说我爱她，而她说她不配做我的妻子。不配！怎么会！对我来说，全世界都无法与她相比。”

“女人真是实际得厉害。”亨利勋爵喃喃道，“比我们实际多了。在那种情况下我们常常想不起说任何有关婚姻的事，而她们总能提醒我们。”

霍沃德的手按住他的胳膊。“别，哈利。你惹道林生气了。他可不像其他男人那样，他绝不会让任何人难过。他品性太纯良，不会那样。”

亨利勋爵看着桌子对面。“道林绝不会生我的气。”他回应说，“我问这个问题是有着绝对充足的理由的，实际上只有这个理由让人有借口问出任何问题，那就是纯粹的好奇心。我有一个理论：从来都是女人向我们求婚，而不是我们向女人求婚。当然，对中产阶级除外，但话说回来中产阶级也不算现代人。”

道林大笑，然后摆摆脑袋。“你可真是死不悔改呀，哈利。不过我不介意，别人根本没法对你生气。等你见到茜比尔·薇恩，你就会觉得错怪她的男人都是禽兽，没有心的禽兽。我不明白怎么会有人乐于羞辱他所爱的东西。我爱茜比尔·薇恩，我想让她站上黄金的舞台，想看到世人都来崇拜这个属于我的女人。婚姻是什么？是一个不可撤回的誓言。你却为此嘲笑它。啊，别笑，我愿意承担这个不可撤回的誓言。她的信赖让我忠诚，她的信念让我良善。和她在一起的时候，我后悔听信你教给我的一切。我不再是你所了解的那个我了。我被改变了，只需要茜比尔·薇恩的手碰一碰，我就忘了你和你那些大错特错却又妙趣横生、毒害人心却又叫人欢喜不尽的理论。”

“比如？”亨利勋爵问道，一面给自己弄了点沙拉。

“噢，你那些关于人生的理论、关于爱的理论，关于享乐的理论。实际上，是你所有的理论，哈利。”

“快乐是唯一值得做理论的东西。”他用他那缓慢而富于旋律感的声音答道，“但我恐怕不能说我的理论都是我自己的，它属于自然，不属于我。快乐是自然的一道检验，是她表示赞同的信号。当我们感到快乐时，我们都是善的；但当我们是善的，我们却未必是快乐的。”

“哈！那你所谓的‘善’又是什么意思？”巴兹尔·霍沃德叫道。

“就是。”道林附和着，向后靠在椅背上，越过桌面正中一团团密集的紫边鸢尾看着亨利勋爵，“你所谓的‘善’是什么意思，哈利？”

“善就是与一个人的自我和谐共处。”他答道，用他苍白、修长的手指碰了碰玻璃杯纤细的杯脚。“别扭就是被迫与他人和谐共处。一个人自己的生活——这才是要紧的东西。至于邻居的生活，如果是想做什么卫道士或者清教徒，那你不妨炫耀你有关他们的道德观念，但他们并非你该关心的。再说，个人主义其实有着更高的追求。现代的道德在于接受当前时代的标准。我认为对于有文化的人而言，接受时代的标准是一种最最恶心的不道德。”

“但是，哈利，如果一个人只为自己而活，必然要为此付出惨痛的代价吧？”画家提出。

“不错，这年头所有的东西都在溢价。我猜穷人们真正的悲剧就是他们除了自我否决什么都负担不起。美丽的罪恶，跟美丽的事物一样，都是富人的特权。”

“除了金钱还有其他形式的代价。”

“还有什么形式，巴兹尔？”

“噢，我猜还有后悔、痛苦，还有……呃，还有对堕落的清醒感知吧。”

亨利勋爵耸耸肩。“我亲爱的朋友，中世纪的艺术很迷人，但中世纪的情感可是过时了。当然，小说里面还用得着，但话说回来小说里用的也全都是现实中淘汰了的。相信我，文明人从来不会后悔一桩快乐，文明人也根本不知道快乐是什么。”

“我知道快乐是什么。”道林·格雷喊道，“就是热恋着某个人。”

“那肯定强过被人热恋着。”他回答，一面摆弄着几个水果，“被人热恋是很烦人的。女人对待我们就像人类对待神明，一面崇拜我们，一面又总缠着我们为她们做点什么。”

“我只能说凡是她们要求的，她们都预先给予过我们。”少年严肃地低语，“她们在我们心中创造了爱，她们有权要求爱的回报。”

“完全正确，道林！”霍沃德喝彩道。

“没有什么是完全正确的。”亨利勋爵道。

“这就是。”道林打断他，“你必须承认，哈利，女人给予了男人他们生命中最宝贵的黄金。”

“或许吧。”他叹口气，“但她们总是要求差不多的回报。问题就在这里。女人，正如某个机智的法国人曾说的，激发出我们创造杰作的欲望，但又总在阻碍我们把这些杰作实际创造出来。”

“哈利，你太可怕了！我真不知道为什么我偏偏那么喜欢你。”

“你会一直喜欢我的，道林。”他答道，“要喝点咖啡吗，你们俩？服务员，拿点咖啡来，还有上等香槟，还要点香烟。不，香烟就算了——我带了一些。巴兹尔，我可不允许你抽雪茄。你一定要来支香烟，香烟就是完美快乐的完美形式，精致，并且让人意犹未尽。夫复何求呢。没错，道林，你会一直喜欢我的。我为你展现了所有你不曾有勇气犯下的罪恶。”

“你都说些什么胡话呀，哈利。”少年叫道，用侍者放在桌上的银龙打火机点了火，“我们去剧院吧。等茜比尔登了台，你就会有新的人生理念了。她会为你展现你不曾了解的东西。”

“我已经什么都知道了。”亨利勋爵说，眼神中有一种疲惫，“但我随时准备体验新的情感。可是至少对我而言，恐怕已经没有这种东西了。不过，你的这位仙女或许会让我振奋起来。我爱表演，它比生活要真实得多。我们走吧。道林，你跟我一起走。对不起，巴兹尔，但是我那驾四轮马车只够两个人的空间，你得另搭一辆双轮马车跟在我们后面了。”

他们起身穿好外套，站着喝了点咖啡。画家默不作声，似乎心不在焉，身上笼罩着一层忧郁。他受不了这婚事，但在他看来，这总好过很多其他本来可能发生的情况。几分钟后，他们走到了楼下。像之前安排的那样，他独自乘一辆车，呆呆注视着前方那驾小小的四轮马车上闪烁的灯光。一种奇怪的失落感笼罩着他，他感到道林·格雷对他而言将再也不是之前那个他了。生活已他们隔开……他的双眸暗下去，熙熙攘攘、灯火灿烂的街道在他眼前变得模糊。等马车在剧院前停下时，他觉得自己似乎已经老了好几岁。

第七章

不知什么原因，那天晚上剧院里人很多，那个肥胖的犹太老板在门口迎接他们时满面春风，脸上挂着油腻而激动的笑容。他带着浮夸的谦卑把他们一路送入包厢，边走边挥舞着他那双戴满珠宝的肥手，扯着嗓门滔滔不绝。道林·格雷对他的厌恶达到了新高，那感觉就像是来找米兰达①，结果见到的是卡利班②。不过亨利勋爵倒很喜欢他，至少他嘴上这么说，并坚持握了他的手，并向他保证，很自豪能见到像他这样一个发掘了真正的天才，并为一位诗人破了产的人。霍沃德靠观察池子里观众的脸孔给自己解闷。房间里热气腾腾，叫人倍感憋闷，大大的顶灯焰光灼人，像一朵野蛮生长的大丽花，绽开了一瓣瓣黄色的火焰。二楼看台上的年轻人都脱了外套和马甲挂在栏杆上，隔着剧院彼此喊话，和坐在身旁的俗艳女孩们分享着橙汁。一些女人在池子里哈哈大笑，声音无比尖细刺耳。吧台那边传来噗噗的开瓶声。

“这可真是寻找女神的好地方！”亨利勋爵说。

“正是！”道林·格雷答道，“我就是在这儿找着她的，而

① 莎士比亚戏剧《暴风雨》中的女主角，是米兰公爵普洛斯彼罗的女儿。

② 莎士比亚戏剧《暴风雨》中的人物，居住于一偏远岛屿，是巫婆西考拉克斯和魔鬼的混蛋儿。

且她比一切生灵都要神圣。等她一表演，你就会忘记一切。这些庸俗粗野的人群，他们难看的脸和野蛮的举止，等她上台就都不一样了。他们会静静地坐着看她。他们会哭、会笑，完全由她指挥，被她变得像小提琴一样敏锐灵动。她升华了他们的精神，你会感到他们也有着和你自身同样的血肉。”

“有着和我自身同样的血肉！噢，但愿不是！”亨利勋爵叫道。他正透过观剧望远镜扫视着看台上的观众。

“别理他，道林。”画家说，“我明白你的意思，我也相信这个姑娘。你喜欢的人一定是非常出众的，而且但凡能引起你所描述的那种效果，这姑娘一定是优雅而高贵的。升华自己的时代——这是值得做的事。如果这个姑娘能给那些没有灵魂的人赐予灵魂，如果她能在一直生活于蝇营狗苟的人心中创造美的感受，如果她能剥离他们身上的自私，借给他们为他人而流的泪水，那她完全值得你热爱，值得全世界热爱。这桩婚事很对，我一开始不这么想，但现在我承认是这样。神明是为你创造了茜比尔·薇恩，没有她你就不会完整。”

“谢谢，巴兹尔。”道林·格雷说着，握住了他的手，“我知道你会理解我的。哈利太玩世不恭了，他叫我害怕。乐队来了，这乐队糟糕得很，但好在只持续大概五分钟。然后幕布就会升起，你们就会看到那个我将为之献出一生的姑娘，那个我已经为之献出我所拥有的一切美好的姑娘。”

一刻钟后，在雷动的掌声中，茜比尔·薇恩登上舞台。不错，她无疑十分好看——亨利勋爵认为，算得上自己有生以来见过的最美的生灵之一。她那羞怯的优雅和吃惊的双眼中有一种小鹿般的气质。她瞥了一眼满满当当、热情高涨的观众席，一抹淡淡的红晕浮上她的双颊，就像玫瑰投在一面银镜中的幻影。她往回退了几步，嘴唇似乎在发颤。巴兹尔·霍沃德跳了起来，开始鼓掌。道林·格雷一动不动地盯着她，仿如在梦中。亨利勋爵透过望远镜凝视着，喃喃自语："迷人！真迷人！"

这一场是在凯普莱特家的大厅里，罗密欧穿着朝圣者的服装，和茂丘西奥以及其他朋友们一起走进来。乐队奏了几个小节的音乐，舞会开始了。茜比尔·薇恩穿过这群动作笨拙、服装寒酸的演员们，一举一动仿佛是来自另一个更美好的世界的生灵。跳舞时，她的身体摆动着，仿佛一株在水中飘摇的植物；她脖子的弧度如同一朵白百合的曲线；她的双手好似清冷的象牙做的。

但她莫名地没有精神。当她的视线落在罗密欧身上时，她并没有流露出喜悦。她所要说的短短几句话——

信徒，莫把你的手儿侮辱，
这样才是最虔诚的礼敬；
神明的手本许信徒接触，
掌心的密合远胜如亲吻。[①]

还有接下来的简短的对话，全都说得十分做作。声音确实动听，但就语气而言全不对味，整个色调就是错的，把诗句念得生气全无，感情极不真诚。

道林·格雷看着她，脸色开始发白，困惑而焦躁。他的两个朋友都不敢跟他说什么。在他们看来，她完全没有实力，叫他们大失所望。

不过，他们觉得朱丽叶一角真正的考验是第二幕阳台的那一场。他们等着看这部分。如果她在这里失败了，那就是真的没有才华了。

① 文中莎士比亚剧中的诗句均摘自朱生豪译本。

她在月光下出场时十分动人，这是无可否认的。但她表演中的造作令人无法忍受，而且越往后越糟。一举一动都变得虚伪矫饰，说出口的每一句话都咬字过重。那优美的篇章——

幸亏黑夜替我罩上了一重面幕，
否则为了我刚才被你听去的话，
你一定可以看见我脸上羞愧的红晕——

念得像二流演说老师教出来的女学生在做背诵，一板一眼得叫人难受。当她在阳台上俯下身子，说出那几句美妙的台词——

虽然我喜欢你，
却不喜欢今晚的密约：
它太仓促、太轻率、太出人意料了；
正像一闪电光，等不及人家开一声口
已经消隐了下去。好人，再会吧！
这一朵爱的蓓蕾，靠着夏天的暖风的吹拂，
也许会在我们下次相见的时候，开出鲜艳的花来——

她说这些话的样子，就好像它们对她没有任何意义。并不是因为紧张，实际上，她一点也不紧张，而是完全在自我陶醉。单纯就是艺术低劣罢了。她真是一败涂地。

就连池子里和二楼看台上文化不高的普通观众也对这出戏没了兴趣。他们骚动起来，开始大声讲话，吹口哨。那个犹太老板站在一层看台的后方，正在生气地跺着脚骂骂咧咧。唯一不为所动的就是女孩自己。

第二幕结束时，观众的窃窃私语聚成了喧嚣的风暴。亨利勋爵从椅子上站起身，穿上外套。“她长得很美，道林。”他说，“但是她不会表演。我们走吧。”

“我把戏看完。”少年回答，声音生硬而苦涩，“万分抱歉让你们浪费了一个晚上，哈利。我向你们俩道歉。”

“亲爱的道林，我想薇恩小姐应该是病了。”霍沃德插嘴道，“我们改天晚上再来。”

“但愿她是病了。”他回道，“但在我看来，她只是冷漠无情。她完全变了。昨天晚上她还是个伟大的艺术家，今天晚上就成了一个平平无奇的女演员。”

“不要这么说任何一个你爱的人，道林。爱是比艺术更美好的东西。”

“它们都只是模仿的形式而已。”亨利勋爵评论道，“但是我们走吧。道林，你也不要在这儿待下去了，观看拙劣的表演有害道德。再说，我觉得你也不会想让自己的妻子登台表演的，所以就算她演朱丽叶演得跟个木偶一样又有什么要紧？她非常可爱，而且如果她对人生的了解和她对表演的了解一样浅薄的话，她会成为一段非常愉快的体验。只有两种人是真正叫人着迷的——什么都知道的人和什么都不知道的人。老天爷，我亲爱的小伙子，别这么一副悲剧的样子。保持青春的秘诀就是绝不要沾染难堪的情绪。跟巴兹尔和我一起去俱乐部吧。我们抽几支香烟，为茜比尔·薇恩的美丽干几杯。她很美，你还有什么不满足的？”

“你走吧，哈利！”少年喊道，“我想一个人待会儿。巴兹尔，你也走。啊！难道你们看不出来我的心都碎了吗？”热泪涌上他的眼眶，他的嘴唇颤抖着。他冲到包厢后面，靠着墙，把脸埋在手心里。

“我们走吧，巴兹尔。”亨利勋爵道，声音里有一种奇怪的温柔。两个年轻人便一起出去了。

过了一会儿，舞台脚灯重新亮起，第三幕开幕了。道林·格雷回到座位上。他看起来面色苍白，神情却高傲而冷淡。表演仍在艰难地继续，似乎没有尽头。一半的观众都走了，靴子踩出重重的脚步，伴着笑声一片喧嚷。整个表演惨不忍睹。到最后一幕的时候几乎只剩下空荡荡的座位了。幕布落下时传来一阵窃笑，还有些人发出不满的嘟囔。

演出一结束，道林·格雷就冲到后台进了演员休息室。女孩正独自站在那里，脸上洋溢着胜利的喜色，眼睛里燃烧着动人的火焰，周身散发出亮丽的光彩，两片嘴唇微微张开，为它们不足为外人道的秘密微笑着。

等他走进来，她看着他，露出一种无限喜悦的表情。“我今晚演得可真差劲，道林！”她喊道。

“糟透了！“他答道，吃惊地瞪着她，“糟透了！简直可怕！你病了吗？你都不知道像什么样子，不知道我都受了什么罪！”

女孩微笑着。“道林。”她应了一声，像唱歌一样拖着长音，流连在他的名字上，仿佛这名字对她花瓣般的红唇来说比蜜还甜，“道林，你该明白的呀。你现在明白了，对不对？”

“明白什么？”他怒气冲冲地问。

“明白我为什么今晚这么差劲，为什么我会一直差劲，为什么我再也演不好了。”

他耸耸肩。“我看，你生病了。生病的时候就不该演戏。你这是让自己丢人出丑，我的朋友们都厌烦了，我也厌烦了。”

她似乎没有听他说话，而是沉浸在幸福的狂喜中。喜悦让她变了模样。

“道林，道林！”她呼唤着，“认识你之前，表演就是我生命中唯一的现实，只有在戏里我才活着，我以为那些都是真的。前一天晚上我是罗瑟琳，第二天晚上是鲍西娅[1]，贝特丽丝[2]的快乐就是我的快乐，考狄利娅[3]的悲伤就是我的悲伤。我什么都相信。那些和我一起演戏的肉眼凡胎在我看来真如神仙一般，那些画出来的布景就是我的世界。我以往所知的都是幻影，我却拿它们都当了真。你来了——哦，我美丽的爱——然后你把我的灵魂从囚牢中解放出来。是你教会我什么是真正的真实。今晚，我人生中第一次看穿了我表演的那些虚张声势的场景，看明白它们是多么空洞、虚妄、愚蠢。今晚，我第一次意识到罗密欧其实又丑又老、化着浓妆，意识到花园里的月亮是假的，意识到那布景多俗气，意识到我所要说的话都不是真实的，都不是我内心的话语，都不是我真正想说的。你给我带来了更崇高的东西，所有的艺术都只是它的一个投影。你让我明白了爱究竟是什么。我的爱！我的爱！白马王子！生命的王子！我已经厌倦了幻影。你对我来说，比所有的艺术都重要。我和那些戏剧里的牵线木偶有什么关系？我今晚登台的时候，还不明白那一切都已经离我而去。我还以为我会表演得很精彩，却发现我什么都做不到。突然，我的灵魂醒悟过来这一切都意味着什么。这了悟对我来说是美妙的。我听到他们在窃窃私语，而我一笑了之。他们哪里能了解我们这样的爱？带我走吧，道林——带我跟你走，去只有我们两个人的地方。我讨厌舞台。我可以模仿一种我不曾感受过的激情，却无法模仿一种烈火般将我燃烧的激情。噢，道林，道林，你现在明白这意味着什么了吗？即使我可以做到，表演爱情对我来说也是一种亵渎。是你让我明白了这一点。”

---

① Portia，莎士比亚戏剧《威尼斯商人》中的女主角。

② Beatrice，莎士比亚戏剧《无事生非》中的女主角。

③ Cordelia，莎士比亚戏剧《李尔王》中的女主角。

他倒在沙发上，把脸转到一边。“你杀死了我的爱。”他喃喃道。

她惊奇地看着他，然后笑了。他毫无回应。她走到他身边，用她小巧的手指梳弄他的头发。她跪下，把他的手贴到她的唇边。他抽开手，一阵战栗传遍他的身体。

接着他跳了起来，走到门边。“不错。”他高喊道，“你杀死了我的爱。你曾激荡起我的想象，而现在你连我的好奇心也激荡不起来了。你根本就不能引起任何反应。我之前爱你是因为你的卓越，因为你的天赋和才智，因为你演活了伟大诗人们的梦，给艺术的幻影赋了形填了质。结果你把这些全扔了。你真是又浅薄又愚蠢。我的天啊！我是发了什么疯才会爱你！我可真是个大傻瓜！现在你对我来说什么都不是。我再也不会见你。我再也不会想到你。我再也不会提起你的名字。你不知道你曾经对我来说意味着什么。哎，曾经……噢，我想到这简直无法忍受！我真希望我压根就没看到过你！你毁了我一生一次的爱情。你竟然说爱会破坏你的艺术，那你又能懂什么爱？没了你的艺术，你什么都不是。我本可以让你名动天下，辉煌闪耀，整个世界本将拜倒在你面前，你也本可以冠上我的姓氏。可你现在是什么？一个顶着漂亮脸蛋的三流女演员罢了。”

女孩没了血色，发起抖，双手紧紧绞到一起，声音像卡在喉咙里发不出来。“你不是认真的吧，道林？”她呻吟道，“你是在演戏。”

“演戏！我得留给你来演，你演得多好。”他苦涩地回答。

她站起身，带着可怜的痛苦表情，穿过房间走到他身边。她用手握住他的胳膊，直视他的眼睛。他一把推开她。“别碰我！”他喊道。

她发出一声低低的呜咽，扑到他脚边，像一朵被践踏的花一样躺在那里。“道林，道林，不要离开我！”她轻轻地说，“非常对不起，我没演好，我当时一直在想着你。但是我会努力的——真的，我会努力的。它当时猛然蒙住了我，我对你的爱。我想如果不是你吻了我的话，我永远不会知道它是怎么回事——如果不是我们吻了彼此的话。再吻我一次吧，我的爱。不要弃我而去，我受不了。噢，不要弃我而去。我弟弟……不，不用管，他不是认真的。他只是开玩笑的……但是你，噢！今天晚上的事你能原谅我吗？我会好好用功，努力改善的。不要对我这么残忍，因为我爱你胜过世界上任何东西。毕竟，我也只是这一次没有让你满意。但是你说得很对，道林，我应该把自己艺术家的一面好好展现。我可真傻，但我是情不自禁的。噢，别离开我，别离开我。”一阵激动的抽泣让她呛了一下。她蜷在地板上，像一个受了伤的小动物，而道林只是用他那漂亮的眼睛俯视着她，他精致的嘴唇弯起鄙夷的弧度。一旦你不再爱一个人，那他们的种种情绪都只显得可笑。

“我要走了。”他终于说，声音冷静清晰，“我不想太狠心，但我不能再见你了。你叫我失望了。”

她默默地哭泣着，没有回答，只是爬得更近了点。一双小手盲目地伸出来，似乎在摸索他。他转身离开了房间，很快便出了剧院。

至于走到哪儿去，他自己也辨不清，只记得在光线昏暗的街道上漫无目的地穿行，路过一个个阴暗破败的拱道，一座座阴森邪恶的房屋。一些粗声粗气的女人在身后唤他，伴着尖声的浪笑，几个醉汉蹒跚经过，一面骂骂咧咧，呶呶自语，仿佛凶恶的猿类。他还看到一些丑陋的孩子聚在房屋门口的台阶上，听到阴沉沉的大楼里传来尖叫和咒骂声。

天刚破晓，他发现自己到了考文特花园附近。黑暗褪去，天空染着微弱的红晕，渐渐变成珍珠般白亮。一些大车在亮堂而空旷的街道上慢慢驶过，车上的百合花伴着隆隆的车声轻轻点头。空气里花香馥郁，它们的美似乎镇定了他的痛苦。他跟着走进市场，看工人们卸货。一个车夫递给他一些樱桃。他谢过人家，不知对方为什么不肯收钱，有气无力地吃起来。樱桃是半夜刚摘的，清冷的月光渗到了里面。一群男孩子搬着板条箱从他面前长龙般列队走过，穿梭在大堆大堆翠绿色的蔬菜山之间。板条箱里装着打理好的郁金香，红色和黄色的玫瑰。门廊的廊柱是灰的，被太阳晒得失了色，下面徘徊着一群邋遢的没戴帽子的姑娘们，在等拍卖结束。其他人围在广场咖啡屋的旋转门边。拉车的马滑了一下，在粗糙的石板路上重重地跺了一脚，摇响了身上的铃铛和辔头。有几个车夫正在一堆麻袋上躺着睡觉。鸽子们支棱着紫色的脖子和粉色的脚，飞来飞去拣着种子。

过了一会儿，他招呼一个车夫，坐车回家。有那么一会儿，他在门口台阶上徘徊着，望着四周宁静的广场。广场上空空荡荡，窗户都关得紧紧的，只有拉起的百叶帘回瞪着他。天空这时已变成纯粹的莹白色，房屋的屋顶映衬着天空闪着银光。对面的一个烟囱上升起一圈薄薄的烟雾，像一根紫色的绸带，打着卷儿飘过珍珠色的虚空。

宽阔的入口大厅四周都贴着橡木板，天花板上垂下一个巨大的威尼斯鎏金灯笼，那原本是一艘威尼斯总督舰艇上的珍藏。此刻灯火正在三个喷灯上跃动，看起来像一些纤薄的蓝色花瓣，边缘是白热的火焰。他把灯灭掉，把帽子和斗篷都扔到桌上，穿过藏书室走向卧室的门。这间卧室是他出于新近养成的奢侈爱好，特意给自己布置的，是一楼一个八边形的大房间，挂着别致的文艺复兴时期的挂毯，都是在塞尔比华府一个废弃的阁楼里找到的。当他转动门把手时，视线落到巴兹尔·霍沃德给他画的那幅像上。他像吃了一惊似的往后一退，接着继续走进自己的房间，看起来有些困惑。他解开外套的纽扣，似乎有些迟疑，终于，他又回到藏书室，走到画跟前细细查看。透过奶油色的丝绸窗帘勉强挤进来一点光，在这微弱的光线中，他觉得画像的脸好像有了点变化。表情有些不太一样了，可以说嘴边多了一丝残忍。真是奇怪。

他转身走向窗户，拉开了窗帘。明亮的晨光涌进房间，把迷人的阴影都扫进灰扑扑的角落里，任它们在那瑟瑟发抖。但他刚刚注意到的画像脸上那种奇怪的表情似乎仍驻留在那里，甚至更加鲜明。热烈的阳光跃动着，把嘴边那些透着残忍的线条体现得愈加清晰，就好像他做了什么坏事后在镜子里看到的那样明显。

他退缩了，从桌上拿起一面椭圆形的镜子。镜框上装饰着一圈象牙做的丘比特，是亨利勋爵送给他的众多礼物之一。他急忙看向镜中。他红润的嘴唇上并没有那样的线条。这到底什么意思？

他揉了揉眼睛，又走近画像，再次查看。细看之下，画面本身并没有什么变化的迹象，但毫无疑问，整个表情是变了的。这不仅仅是他的想象，事实显而易见。

他倒在椅子上，开始思考。突然，他脑海中划过那天画像完成时他在巴兹尔画室里说的话。没错，他记得一清二楚。他当时许了个疯狂的愿望，希望自己能永葆青春而让画像变老；希望自己的美能不受时光侵蚀，而让画布上的脸去承受他的激情与罪恶的重担；希望画出的形象接受痛苦和思想灼出的皱纹，而让他能保持他那时刚刚觉醒的娇嫩的青春之花和鲜活可爱。他这愿望肯定不会实现的吧？这种事情是不可能的，甚至想一想都很邪恶。可是，现在这画就在他面前，嘴角多了一丝残忍。

残忍！他残忍吗？是那女孩的错，不是他的错。他梦想她是一位伟大的艺术家，因为觉得她伟大而把自己的爱奉献给她，她却叫他失望了。她肤浅，根本配不上。但是，他想到她趴在他脚边像孩子般抽泣的样子，无限的愧悔便涌上心头。他还记得自己当时是如何铁石心肠地看着她。他怎么会这样？他的身体里怎会被赋予了这样一个灵魂？但他也遭了罪啊。在那出戏持续的糟糕透顶的三小时里，他经历了几个世纪的痛苦，一个世代又一个世代的折磨。他的生命远比她贵重。如果说他让她受伤了一年，那她也伤害了他一刻，很公平。再说，女人本来就比男人更能承受悲伤。她们就是靠情绪活着的，她们想的全都是自己的情绪。她们恋爱为的不过是可以有个人一起上演闹剧。亨利勋爵跟他这么说的，而亨利勋爵很懂女人。他何必为茜比尔·薇恩伤神？她现在对他来说什么都不是了。

但是那幅画呢？这事他该怎么说？它藏着他生活里的秘密，诉说了他的故事。它教会了他热爱自己的美，是否也会教他厌弃自己的灵魂？他还会再看它一眼吗？

不对，这只是混乱的感官滋生的幻觉，是刚刚过去的这个可怕的夜晚留下的幽灵。是那个让人发疯的红色小斑点，突然落到他脑子里了。画像没变，想这些可是犯傻了。

可是它在看着他，带着那美丽受损的脸庞，带着那残忍的微笑。它光亮的发丝在早晨的阳光中闪耀着，它蓝色的眼睛遇上他本人的目光。他生出一种无尽的遗憾，不是为自己，而是为这画出来的自己的形象。它已经变了，而且还会继续改变。它的灿烂金光终将凋零灰败，它玫瑰般的红润与白皙都会死去。他每犯下一桩罪孽，就会有一个污点侵蚀污染它的美。但他不会再犯。这幅画，不论它变了还是没变，都将会成为他一个看得见摸得着的良心徽标。他将抵御诱惑，他将再也不见亨利勋爵——至少，再也不听他那些精妙而有毒的理论了。就是那些理论，在巴兹尔的花园里第一次在他心中激起了对虚妄之物的热情。他会回到茜比尔·薇恩身边，与她和好，跟她结婚，努力再次爱上她。是的，他有责任这么做。她一定比他难受得多。可怜的孩子！他之前对她太自私太残忍了。她对他发挥的吸引力会回来的。他们会幸福地在一起。有了她，他的生活会是美好而纯洁的。

他从椅子上站起来，把一面大大的屏风拉到画像前，看到它时不由得打了个冷战。“太可怕了！”他喃喃自语，接着走到落地窗边打开窗户。踩到室外的草地上，他深深吸了口气。清新的早晨的空气似乎赶走了他所有阴沉的情绪。他想到茜比尔，一丝微弱的爱的回音又回到他心中。他一遍遍重复着她的名字。鸟儿在挂满朝露的花园里歌唱，仿佛在把她的故事讲给花儿听。

第八章

他醒过来的时候已经到下午了。男仆蹑手蹑脚地走进房间查看了好几次，不知道小主人怎么睡到这么晚。终于他的铃响了，于是维克托端着一个小小的古旧塞弗尔[①]瓷托盘轻轻走了进来，托盘上有一杯茶和一堆信件。男仆拉开橄榄色的锦缎窗帘。窗帘镶着闪亮的蓝色绲边，三面高高的落地窗上都挂着这种窗帘。

“先生今天睡得很好呢。”他微笑着说。

“几点了，维克托？”道林·格雷迷糊地问道。

“一点一刻了，先生。”

都这么晚了！他坐起来，喝了口茶，开始翻弄信件。其中一封是亨利勋爵的，是当天早上派人送来的。他犹豫了一会儿，然后放到一边。他没精打采地拆开另外几封，都是惯常的那些贺卡、晚餐邀请、私人表演的门票、慈善音乐会的节目单，诸如此类。在这个季节的每天早上，都会一堆这样的东西一股脑倒在时髦的年轻男子头上。有一封是一个路易十五的雕花银马桶的账单，价格高昂，他还没有勇气给监护人送去。他的监护人太

① Sevres，法国著名的瓷器产地，受到法国皇室的青睐，其瓷器风格奢华，大都带有浓厚的古典元素、镀金以及大面积手绘。

老土，还不明白在如今这个时代，非必需品才是我们唯一真正必需的东西。还有几封是杰明街的放贷者送来的，措辞极为礼貌，提出愿意给他预支周转，任何金额都可以，即时放款且利率绝对合理。

十分钟后，他起了床，套上一件绣着丝线的精美的羊绒睡衣，走进铺着黑玛瑙的浴室。清凉的水让他从长时间的睡眠中清醒过来。他似乎已经忘记了自己经历的一切。有那么一两次，他依稀感觉自己参与进了某个奇怪的悲剧之中，但有一种梦一般的不真实感。

穿好衣服后他便去了藏书室。敞开的窗户边，一张小圆桌上已经为他摆好了简单的法式早餐，他坐下享用。天气不错，温暖的空气里似乎弥漫着香料的味道。一只蜜蜂飞了进来，绕着他面前的蓝色龙纹图案的花钵嗡嗡打转。花钵里盛满硫黄色的玫瑰。他觉得十分高兴。

突然，他的视线落在之前放到画像前的那面屏风上，不由得一惊。

“先生觉得太冷了吗？”男仆把一个煎蛋饼放到桌上，问道，“我把窗户关上吧？”

道林摇摇头。“我不冷。”他含糊道。

那些都是真的吗？画像真的变了吗？还是说仅仅只是他的想象，让他在喜悦的神情中看见了邪恶之色？帆布上画的东西肯定是不会变的吧？这可真是荒唐。哪天要把这当个故事说给巴兹尔听，定能博他一笑。

不过，当时的情形在他记忆中是多么生动！先是在幽暗的黎明中，然后是在明亮的晨光里，他都看到那翘起的嘴角挂着一丝残忍的色彩。他几乎有些害怕男仆离开房间。他知道只要他独自一人，他一定会去查看那幅画。他害怕确认。当咖啡和香烟都上齐了，男仆转身离开时，他感到一阵疯狂的欲望想叫男仆留下。当门在男仆身后关上时，他叫男仆回来。男仆站定等着他的指示。道林看了他一会儿。“谁来都说我不在家，维克托。”他叹了口气说。男仆便鞠躬退下。

然后他从桌边站起，点了一支烟，倒在屏风对面一张铺垫奢华的沙发里。屏风是古物，由鎏金的西班牙皮革制成，装饰着非常华丽的路易十四时代的纹样。他好奇地扫视着它，心想不知它曾经是否也这样掩盖过一个人的人生机密。

说到底，他真应该把它拉开吗？为什么不能让它待在那儿呢？知道又有何用？要是真的，那很糟糕；要不是真的，又何必为之烦恼？但要是因为某种命运机缘或者致命的巧合，除他以外的人窥探到屏风后面，看出了那个可怕的变化呢？要是巴兹尔·霍沃德过来，要看一看自己画的画，他又该怎么办？巴兹尔肯定会这么做。不行，这东西必须要检查一下，马上。无论怎样也好过这样疑神疑鬼的难受。

他起身关上两边的房门。至少在看自己的耻辱面具时，他得是独自一人。然后他拉开屏风，直面另一个自己。千真万确。画像变了。

正如他后来常常回忆起的——而且每每想到这里他总是相当吃惊——他发现自己起初几乎是抱着一种科学探索的兴趣在盯着画像。居然会发生这样的变化，实在令他感到不可思议。但这确是事实。难道画布上构成形象和色彩的化学原子和他体内的那个灵魂之间有着某种微妙的联系？或许灵魂的所思所想，它们能感觉到？——灵魂的梦境被它们变为了现实？还是说有什么其他的、更加可怕的原因？他一阵战栗，害怕起来，回到沙发上躺下，在恐惧的煎熬中凝视着画像。

不过，他觉得这也为他做了件好事，那就是让他意识到自己对茜比尔·薇恩有多不公平，多么残忍。现在挽回还不算太晚。她还是可以做他的妻子。他那虚伪自私的爱将会屈服于某种更崇高的影响，转变成某种更高贵的情感，巴兹尔·霍沃德给他画的这幅像将会成为他人生的指引，就像圣灵对一些人、良心对另一些人、对上帝的畏惧对我们所有人的作用一样。鸦片可以对付愧悔，药物可以把道德催眠，但是现在有了一个看得见摸得着的罪恶与堕落的象征，有了一个永远存在的标志，时刻提醒人他们加诸灵魂的毁伤。

三点的钟声敲响，然后是四点，然后是半点时的两声连响，但道林·格雷都没有动弹。他正试图拾起生活那千头万绪的红线，把它们编织成一个图案；试图在自己漫步的炽烈的激情迷宫里寻找一条出路。他不知道该做什么该想什么。最终，他走到桌子边，给他爱过的女孩写了一封激情澎湃的信，恳求她的原谅，责备自己的疯狂。他在一页又一页纸上填满狂热的哀伤之辞以及更加狂热的痛苦之语。自我斥责颇有些奢侈：当我们责备自己时，就会觉得别人没有权利再来责备我们了。赦免我们的是忏悔本身而非神父。等到信写完时，他觉得自己已经得到了原谅。

突然传来一阵敲门声，他听见门外亨利勋爵的声音。“我亲爱的小伙子，我一定得见到你。让我进去吧，就这一次。我不能忍受你这样把自己锁起来。”

他起初没有回答，而是一动不动地待着。敲门声仍在继续，而且越发响亮。不错，最好还是让亨利勋爵进来，然后跟他解释自己要过怎样的新生活，如果有必要吵架的话那便和他吵，如果断交无可避免那便就此别过。他跳起来，匆匆拉来屏风遮住画像，然后开了门。

“我为一切感到悲痛，道林。”亨利勋爵边进门边说，“但你可千万别多想呀。”

“你是说茜比尔·薇恩的事？”少年问。

“是啊，当然。”亨利勋爵答道，坐进一把椅子，然后慢慢脱下他的黄色手套。“这是很可怕，从某种角度来说，但这不是你的错。告诉我，戏演完以后你去后台见她了吗？”

“去了。”

“我估计你就去了。你们闹了一场是吗？”

“我很混蛋，哈利——非常混蛋。但是现在没事了，我并不为发生的任何事情难过，这帮我更清楚地认识了自己。”

“啊，道林，我很高兴你能这么想！我真怕你一头扎进悔痛之中，把你那漂亮的卷发给扯掉。”

“我已经经历了这整个过程。”道林说着，摇摇脑袋，微笑了一下，“我现在十分高兴。首先，我知道了良心的意义，并不是你曾跟我说过的那样。它是我们心中最神圣的东西。哈利，别再嘲笑它——至少别在我面前这样。我想做个好人。我不能容忍我的灵魂变得丑陋。”

“这倒是一个非常迷人的艺术性的道德基础，道林！我要为此恭喜你。但你打算从何开始呢？”

“从迎娶茜比尔·薇恩开始。”

“迎娶茜比尔·薇恩！”亨利勋爵叫了一声，站起来困惑而惊讶地看着他，“但是，我亲爱的道林——”

“没错，哈利，我知道你要说什么，要说些婚姻的不是吧。不要说。再也不要跟我说那样的东西。两天前我请求茜比尔嫁给我，我不会违背对她的承诺。她将成为我的妻子。”

“你的妻子！道林！……你没收到我的信吗？我今天早上写给你的，并且派我的下人亲自送给你的。”

“你的信？哦，是，我记得。我还没看呢，哈利。我怕信里写了什么我不爱听的东西。你总是用你的警句把生活切得粉碎。”

"所以你什么都不知道？"

"什么意思？"

亨利勋爵走到道林·格雷身边坐下，紧紧握住他的双手。"道林，"他说，"我的信——你别吓着——是跟你说茜比尔·薇恩死了。"

少年嘴里发出一声痛苦的喊声，他跳起来，从亨利勋爵掌中抽出自己的手。"死了！茜比尔死了！这不是真的！是可怕的谎言！你怎么敢说这种话？"

"千真万确，道林。"亨利勋爵严肃说道，"今早的报纸上都写着呢。我写信是叫你在我来之前不要见任何人。肯定要验尸，你可不能被卷进去。这种事情在巴黎能让人大出风头，但在伦敦人们还有些偏见。在这里，一个人初次亮相绝不能通过丑闻，这应该保留下来给晚年添点乐趣。我估计他们剧院里的人还不知道你的名字吧？他们不知道的话那就好办。有人看见你去她房间了吗？这一点很重要。"

道林有好一会儿没有回答。他被恐惧弄蒙了。终于，他用压抑的声音结结巴巴地说："哈利，你说会验尸？这是什么意思？茜比尔她——噢，哈利，我受不了！但是赶紧，马上一五一十跟我说清楚。"

"我敢肯定是个意外，道林，虽然他们跟公众也肯定会这么说。好像她当时正要跟她母亲一起离开剧院，大概十二点半的时候，结果她说把什么东西忘在楼上了。她们就等了她一会儿，结果她再也没下来。最后她们发现她躺在化妆间的地板上已经死了。她误吞了什么东西，剧院里用的什么可怕的玩意儿。我不知道究竟是什么，但里面要么是有氰酸要么有白铅。我估计是氰酸，因为她好像是马上就断气了。"

"哈利，哈利，这太可怕了！"少年叫道。

“是的，十足的悲剧，肯定的，但你可不能把自己卷进去。我在《旗帜报》上看到说她十七岁，我原以为比这还小呢。她看起来完全像个孩子，而且对表演像是一窍不通。道林，你可千万别为这事伤神。你必须跟我一起去吃饭，然后我们再去剧院看看。今天晚上是帕蒂的演出，大家都会去看。你可以到我姐姐的包厢来，她身边有些标致的姑娘。”

“所以，是我杀死了茜比尔·薇恩。”道林说道，几乎在自言自语，“跟我亲手拿刀割开了她那纤细的喉咙没什么两样。但是玫瑰并没有因此减损一分美丽，我花园里的鸟儿一样唱得那么开心。然后我今晚还要跟你一起去吃饭，接着去看戏，大概之后还要在哪里消夜。生活是多么戏剧化啊！如果我在书里读到这样的情节，哈利，我想我都要为之痛哭一场呢。而如今它不知怎么竟实实在在地发生了，可是对我来说，它似乎太过美妙，已经叫人没法掉泪。这是我这辈子写的第一封激情澎湃的情书。奇怪呀，我这辈子第一封激情澎湃的情书居然是写给一个已经死了的姑娘。不知道他们还感觉得到吗，那些我们称为死者的惨白而沉默的尸体？茜比尔！她能感觉到吗，能知道能听到吗？噢，哈利，我曾是那么爱她！现在我觉着像是好些年前的事了似的。她曾是我的一切。然后就是那个可怕的夜晚——真的仅仅只是昨晚吗？——她表演得那么糟糕，我的心都快碎了。她给我解释了，真的是非常可怜。但我丝毫不为所动。我当时觉得她很肤浅。然后突然发生了一件让我害怕的事情，我不能告诉你到底是什么，但很可怕。我就说我要回到她身边，我觉得我做错了。现在她死了。我的上帝啊！我的上帝啊！哈利，我该怎么办？你不明白我正处于怎样的危险之中，再没有什么能让我保持正直。本来有她可以帮我做到这一点。她没有权利自杀。她这样太自私了。”

“我亲爱的道林，”亨利勋爵答道，从烟盒里取出一根烟，又拿出一个贴着金箔的火柴盒。“一个女人能让男人改邪归正的唯一办法，就是让他彻底厌烦，以致失去对生活的全部兴趣。你要是娶了这个姑娘，现在就已经完了。当然了，你会对她好。人们总是能对自己毫不在乎的人友好。但她很快就会发现你对她完全漠不关心。而一旦一个女人发现丈夫有了这种情况，她要么开始不修边幅，要么就收拾得花枝招展，让别人的丈夫为她买单。我还没说社交失节的情况，这会很惨的——当然了，也是我绝不允许的——但我向你保证，不管哪种情况，最后都是一败涂地。”

“我想是的。”少年喃喃应道，一面在房间里来回踱步，脸色苍白得可怕。“但我当时认为和她结婚是我的责任。现在发生了这桩可怕的悲剧，阻止了我做正确的事，那也不是我的错。我记得你曾经说过，良好的决心只有一个致命的缺点，就是下得太晚。我这次无疑就是这样。”

“良好的决心是妄想干预科学规律的无用企图，其根源是纯粹的虚荣，其结果是绝对的徒劳。它们能时不时给我们带来一些没有结果的奢侈情绪，这无疑对弱者是有吸引力的。仅此而已。它们不过是人给自己根本就没开过户的银行写的支票。”

“哈利！”道林·格雷叫着，走过来在他身边坐下，“为什么我对这个悲剧的感觉并没有我自己指望的那么强烈？我认为我不是一个没有心肝的人，你说呢？”

“在过去半个月里你已经做了太多的傻事，已经无权给自己戴这样的高帽了，道林。”亨利勋爵答道，露出他那甜美忧郁的微笑。

少年皱眉。“我不喜欢这个解释，哈利。”他回应，“但我很高兴你不认为我没有心肝。我完全不是这样的人。我知道我不是。但我也必须承认发生的这件事对我的影响并没有达到它应有的效果。在我看来，它就像一出精彩的戏剧有了一个精彩的结尾而已。它充满了古希腊悲剧那种凄美，我深度参与了这出悲剧，却没有受到它的创伤。”

“这是个有趣的问题。”亨利勋爵道，他发现摆弄少年这种下意识的自负有一种美妙的乐趣，“十分有趣的问题。我想真正的解释是这样：生活中真正的悲剧往往是以一种毫无艺术性的方式出现，以至于让我们受伤的是它们的粗野暴力、荒谬无稽，是它们这种完全没有逻辑也没有格调的样子。它们对我们的影响是像低俗那样的影响，是让我们感受到一种纯粹的兽性的蛮力，让我们反胃。但有的时候，我们的生活中出现了一出具有艺术之美的悲剧。如果这些美的元素是真的，那么整件事情只会激发我们对戏剧效果的感受。突然我们发现我们不再是演员，而成了这出戏的观众，或者两者兼有。我们观看着自己，单纯被神奇的戏剧场面迷住了。就拿现在这件事来说，究竟发生了什么呢？有个人因为爱你而自杀了。我真希望我也有过这样的体验，这会让我终生爱上爱情。热恋过我的那些人——不多，但也有那么一些——都还顽强地活着，在我已经不爱她们、她们也不爱我了以后，还是活着。她们变得粗壮而又乏味，每次我见到她们，她们马上就开始回忆往昔。女人那讨厌的记忆啊！多么可怕的东西！这展现出怎样的一种智识的凝滞！人应该要吸收生活的斑斓色彩，但是不应该记住其中的细节。细节总是庸俗的。”

“我得在我的花园里种点罂粟。”道林叹口气道。

“没必要。”他的同伴回应说，“生活里有的是罂粟。当然了，时不时地会有些东西挥之不去。我曾有段时间整整一个季度都只穿紫罗兰色，以一种艺术化的形式哀悼一桩不肯死去的爱情。但它最终还是死了，我忘了到底是什么杀了它，我想是她提出要为我牺牲全世界。这种时刻总是特别可怕，会让人充满对永恒的恐惧。结果，你相信吗，一个星期前，在汉普夏夫人那里吃晚饭的时候，我发现自己就坐在刚刚说的这个女人身边。她非要把整个事情回顾一遍，挖出过去，翻动未来。我已经把我的爱情埋葬在水仙的花床下，她却要把它拽出来，言之凿凿地说我毁了她的生活。我不得不说，她那顿饭吃了特别多，所以我一点不觉得有愧。但是她显得多么没品位！过去唯一的魅力就在于它已经过去了，但女人们从来不知道幕布已经落下，她们总还想再来个第六幕。这出戏的精彩刚一结束，她们就提出要继续演。要是都由着她们的性子来，那每一出喜剧结尾都要变悲剧，每一出悲剧最后都会发展成闹剧。她们有一种迷人的造作，可是一点艺术的感受力都没有。你比我幸运。我向你保证，道林，我认识的女人没有一个会为我做茜比尔为你做的事。平庸的女人总能自我安慰。有些是通过追捧一些感伤的颜色，千万不要相信穿淡紫色衣服的女人，不管她年纪多大；也不要相信过了三十五还喜欢粉色丝带的女人，这都意味着她们有故事。另一些寻找慰藉的方式是突然在她们丈夫身上发现一些美好品质。她们肆无忌惮地炫耀自己幸福的婚姻，好像这是最迷人的罪恶。有些从宗教中得到安慰。有个女人曾跟我说，宗教的奥秘拥有调情的一切魅力，我很能理解这个想法。再说了，没有什么比告诉一个人她是个罪人更能满足她的虚荣。良心让我们所有人成为自大狂。是的，女人们在现代生活中能找到无穷无尽的安慰。实际上，我还没说最重要的一项呢。”

“是什么，哈利？”少年没精打采地说。

“哦，就是最显而易见的安慰，失去了自己的追求者以后就去抢别人的追求者，在体面的社会里这样总能洗白一个女人。但是真的，道林，茜比尔·薇恩和这些随处可见的女人肯定大不一样！她的死让我感到某种强烈的美。我很高兴自己能活在一个还能发生这种奇迹的时代，它们让人相信那些我们全都只是玩玩而已的东西，比如恋爱、激情和爱，其实是真实存在的。”

“我之前对她非常残忍。你忘了这一点。”

“恐怕女人们欣赏残忍，彻底的残忍，胜过任何东西。她们有着神奇的原始本能。我们解放了她们，但她们仍然是寻找主人的奴隶。她们喜欢被主宰。我敢肯定你当时很耀眼。我从没见过你真正的、完全的生气，但我能想象当时你看起来是多么赏心悦目。不管怎么说，前天你跟我说了句话，当时我觉得只是异想天开，但现在我觉得是千真万确的，而且正是一切的关键。”

“什么话，哈利？”

“你跟我说，茜比尔·薇恩对你而言，代表了所有爱情故事的女主角——前一天晚上她是苔丝狄蒙娜[①]，第二天晚上她就变成奥菲莉亚[②]；她如果作为朱丽叶死去，就还会作为伊摩琴复生。”

“现在她再也不能复生了。”少年喃喃说着，把脸埋进双掌之中。

“不会了，再也不会复生了。她已经演完了自己的戏份。但在那个俗气的化妆间里发生的那场孤独的死亡，你必须把它当作一出詹姆士时期[③]的悲剧中一个怪异恐怖的片段，当作韦伯斯特或者福特或者图尔纳的一幕精彩场面。那个女孩并没有真正地活过，所以也就不曾真正地死去。至少对你来说，她一直是一个梦，是一个在莎士比亚的戏剧里闪过、用自己的存在让它们更加动人的幽灵，或是一支奏响莎士比亚的音乐、让它们更加喜悦丰富的芦笛。而当她接触到真正的生活的那一刻，她破坏了它，它

---

① Desdemona，莎士比亚悲剧《奥赛罗》中的女主角。

② Ophelia，莎士比亚悲剧《哈姆雷特》中的女主角。

③ 指英王詹姆斯一世，1567年至1625年在位，是伊丽莎白一世之后即位的英国君主。

也伤害了她，于是她逝去了。为奥菲莉亚哀悼吧，如果你愿意的话；把灰烬顶在头上[①]，因为考狄利娅被绞死了；对老天怒吼吧，因为勃罗班修的女儿[②]死了。但不要为茜比尔·薇恩浪费你的泪水，她并没有她们真实。”

一阵沉默。夜色让房间陷入黑暗。静静地，暗影迈着轻灵的脚步，从花园潜入室内。事物的色彩疲倦地褪去。

过了一会儿，道林·格雷抬起头来。“你让我明白了我自己，哈利。”他低声说，好像松了口气似的。“我感受到了你所说的一切，但不知怎么我很害怕，没办法把它向自己表达出来。你对我了解得多么清楚！但我们不要再聊已经发生的事了。这是一段精彩的体验。仅此而已。我不知道生活是否还为我准备了更多这样精彩的东西。”

“生活为你准备好了一切，道林。有你这样出众的容貌，没有什么你做不到的。”

“那要是我变得憔悴、衰老、满脸皱纹呢，哈利？那时又怎样？”

“啊，那时……”亨利勋爵说着，起身要走，“那时，道林，你就得为自己的胜利战斗了。眼下，胜利是自动送上门来的。不，你必须要保持好你的美貌。我们这个时代，读书太多就没了智慧，思考太多就没了美丽。你也不能例外。现在，你最好还是穿戴好，坐车去俱乐部吧。实际上，我们已经太晚了。”

“我想我还是在歌剧院里和你们碰头吧，哈利。我觉得太累了，什么都吃不下。你姐姐是几号包厢？”

“二十七吧，我记着，是在二层的豪华看台上。门上有她的

---

① 基督教一种悼念和悔罪的仪式。

② 即《奥赛罗》中的苔丝德蒙娜。

名字。但你不肯来吃饭我很难过。”

“我打不起这个精神。”道林有气无力地说，“但我万分感谢你和我说的这一切。你绝对是我最好的朋友，从没有人像你这么懂我。”

“我们的友谊才刚刚开始呢，道林。”亨利勋爵答道，握了握他的手，“再见了。那我希望能在九点三十之前见到你。记住，帕蒂要唱的。”

在他身后关上房门，道林·格雷按了按铃，几分钟后维克托便拿着灯过来，又把窗帘放下了。道林不耐烦地等着他离开，这个人似乎干什么事情都要拖拉好半天。

他一走，道林就赶到屏风边把它拉开。没有，画面上没有再起变化。它在他自己听说之前就已经得到了茜比尔·薇恩去世的消息。它会在事情发生的时候就知晓生活中的一切。毫无疑问，那破坏了嘴部优美线条的邪恶的残忍，是在女孩喝下毒药——不论是哪种毒药——的那一刻就出现了的。还是说它其实对结果无所谓？它只感知灵魂上的动向？他好奇地想着，期待有一天自己能亲眼看到变化的发生，并为这样的期待而战栗。

可怜的茜比尔！这是怎样一段浪漫故事啊！她总是在舞台上模拟死亡，如今死神亲自降临，带走了她。那可怕的最后一幕她演得怎样？她有没有在死的时候诅咒他？没有，她是因为爱他而死的，从今往后爱对他来说将永远是神圣的。她用自己的性命做了牺牲，为一切都赎了罪。他不会再去想她在剧院那个可怕的晚上让他遭过什么罪。他想到她，只会觉得是一个美好的悲剧角色，被派到这尘世的舞台上，展现至高无上的爱的真实。一个美好的悲剧角色？他回忆起她孩子般的脸庞，动人脱俗的举止，还有那羞怯颤动的优雅，眼泪便涌进他的眼眶。他匆匆擦去泪水，又看了一眼画像。

他感到确实是时候要做出选择了。或者这选择早已为他做好？是的，生活已经给他做好了决定——生活，还有他自己对生活的无限的好奇心。永恒的青春、无限的激情、微妙隐秘的快乐、狂野的欢愉和更加狂野的罪恶——他要拥抱所有这一切。而画像会承受他失德的重负：仅此而已。

想到画布上这张美丽的脸将要经历的污辱，痛苦笼罩了他。曾有一次，出于孩子气的对纳西索斯的模仿，他吻了一下——或者假装吻了一下——画上那张现在正朝他残忍微笑的嘴唇。一个又一个早上，他坐在画像前赞叹它的美，有时候简直像被它迷了魂。如今，它是否会随着他每一次向情绪屈服而一变再变呢？它是否会变成一个恐怖可憎的东西，被藏进一个上锁的房间里，再也不能让阳光为它美丽的卷发上添上更加绚丽的金光？多可惜啊！多可惜！

有那么一刻，他考虑祈祷让他和画像之间那可怕的联动停止。它已经回应了一个祈祷，发生了改变，或许也会回应让它保持不变的祈祷。可是但凡对人生有一丁点了解的人，谁又会愿意放弃永葆青春的机会呢？无论这机会有多么不切实际，又或者附带怎样致命的结果。再说，这真是他能控制的吗？真是祈祷造成了这种李代桃僵的效果吗？就不可能是什么科学上的古怪原因？思维既然能影响一个有机的活物，难道就不可能影响那些无机的死物？又或者，其实无关思维或有意识的欲望，难道外物就不会与我们的情绪和热望共振，原子和原子之间不会因为隐秘的爱恋或奇怪的亲密而相互呼应？但原因也不重要。他再也不会用祈祷去招惹任何可怕的力量。如果画像要变那就变吧，这样就好。为什么非要追根究底？

是因为观察这幅画有一种真正的快感。他可以随着自己的思绪进入脑海中隐秘的角落。这幅画像会成为他最有魔力的一面镜子。正如它已经向他揭示了自己的身体，它还会向他揭示他的灵魂。当它被寒冬侵蚀时，他还将站在春夏之交。当血色从它的脸上褪去，留下一张灰白的面具和浑浊的双眼时，他还将保有少年时代的光彩。他动人的绽放不会有一朵凋零，他生命的跃动也不会有一丝衰减。就像古希腊的神明那样，他会永远强健、轻灵、愉悦。画布上这个着色的形象会发生什么，又有什么要紧？他会很安全，这就够了。

他带着笑容把屏风拉回画像前原来的位置，接着走进卧室。男仆已经在那儿等着他了。一个小时后，他出现在歌剧院里，亨利勋爵正靠在他的椅子上。

第九章

第二天早上他正坐着吃早饭，巴兹尔·霍沃德被领进了房间。

“我总算找到你了，道林。”他凝重地说，“我昨天晚上来过，他们告诉我你去听歌剧了。当然了，我知道那是不可能的。但我希望到底去哪儿你能留个话。这一晚上我太难熬了，有些害怕一桩悲剧之后又起一桩悲剧。我想要是你先听说的话可能会给我来个电报。我是碰巧在俱乐部里拿起一份《全球报》晚报才看到的消息。我马上就过来了，可惜没找到你。我没法跟你说这整件事叫我多么心碎。我知道你一定很痛苦。但你去哪儿了？你是去看那女孩的母亲了？有那么一会儿我想着跟你过去。他们在报纸上写了地址，是在尤斯顿路上的某个地方对吧？但我怕帮不上忙，白白打扰人家伤心。可怜的女人！她现在该是什么样子啊！还是她唯一的孩子！她说什么了吗？”

“亲爱的巴兹尔，我哪儿知道啊？”道林·格雷咕哝着，从一个精致的镶着金珠的威尼斯玻璃杯里啜饮着淡黄色的葡萄酒，一脸厌烦，“我是去听歌剧了。你也该来的。我见到了格温德伦夫人，哈利的姐姐，这是第一次见到她。我们坐在她的包厢。她真是迷人极了；帕蒂唱得也出神入化。不要谈那些可怕的话题。一件事只要没人谈起，那就等于没发生过。正如哈利所说，纯粹是表达赋予了事物真实性。我或许该提一下，她并不是那个女人唯一的孩子。她还有个儿子，我想应该是个有魅力的家伙，但不是吃舞台饭的，是个水手还是什么。好了，跟我说说你自己和你现在在画的东西吧。”

“你去看歌剧了？”霍沃德说。他说得很慢，紧绷的声音里带着痛苦。“当茜比尔·薇恩死了躺在某个肮脏的出租屋里的时候，你去看歌剧了？你这就可以跟我说起别的女人有多迷人、帕蒂唱歌出神入化，而你曾经心爱的姑娘甚至还没入土呢？天呐，她那具小小的雪白的尸体会遭遇什么样的恐怖啊！”

“别说了，巴兹尔！我不想听！”道林吼道，跳了起来，“不许你来教训我。做下的事已经做下了，过去的都过去了。”

“你管昨天叫过去？”

“实际的时间流逝又有什么关系？只有肤浅的人才会需要经年累月才能摆脱一种情感，能掌控自己的人可以轻易地结束一段悲伤，正如他可以轻易地创造一段快乐。我不想受我的情感摆布，我要利用它们，享受它们，还要支配它们。”

“道林，这太可怕了！有什么东西让你彻底变了。你看起来仍然是那个日复一日来我画室里做模特的美好男孩，但那时的你简单、自然、富有感情，是全世界最纯洁的一个生命。而现在，我不知道你是怎么了，你说起话来就像没有心肝，没有同情。这全都是哈利的影响，我看得出来。”

少年涨红了脸，走到窗边，向外望了一会儿翠色欲滴、阳光灼灼的花园。“我欠哈利太多了，巴兹尔。”他最后说，“比我欠你的还多。你只是教会我变得虚荣。”

“好吧，我已经为此受了惩罚，道林——或者将来有一天要受惩罚。”

“我不懂你什么意思，巴兹尔。”他喊着，转过了身，“我不知道你想要什么。你到底想要什么？”

“我想要我从前给他画画的那个道林·格雷。”画家悲伤地说。

“巴兹尔，”少年说着，走到他身边，把手搭在他肩膀上，“你来晚了。昨天，当我听说茜比尔·薇恩自杀的时候——”

“自杀！老天啊！确定是这样的吗？”霍沃德叫道，抬头看着他，神情惊恐。

“我亲爱的巴兹尔！你肯定不会认为这是个狗血的意外吧？她当然是自杀的。”

年长的男子把脸埋进双掌中。“太可怕了。”他喃喃着，一阵战栗传遍他的身体。

“不。”道林·格雷说，“没什么可怕的。这是这个时代最伟大的爱情悲剧之一。按照惯例，演员们都过着最普通的生活。他们是优秀的丈夫、忠实的妻子，或者什么无趣的东西，你懂我的意思——中产阶级的美德，诸如此类的。茜比尔是多么不同！她活成了自己最美的悲剧。她一直都是女主角。她最后表演的那个晚上——就是你们见到她的那个晚上——她表演得很糟糕，因为她已经懂得了真正的爱。而当她认识到爱的不真实时，她就死了，正如朱丽叶也会因此死去一样。她再一次进入了艺术的领域。她身上有一种殉道者的气质，她的死完全具有殉道那种可悲的无用，那种徒劳的美。但是，正如我说过的，你绝不能认为我没有难受过。如果你昨天在某一个特定的时刻过来——或许五点半左右，要么六点差一刻——你就会看到我泪流满面的样子。就连哈利——他昨天在这儿，是他给我带来的消息——他其实也不知道我当时经历了什么。我遭受了巨大的痛苦，然后这痛苦就过去了。我没法重复一种情绪。没人可以，除了那些喜欢伤春悲秋的人。而且你非常不公平，巴兹尔。你来这儿安慰我，你这样很暖心，结果你发现我已经得到了安慰，就生起气来。可真像个好心人啊！你让我想起哈利跟我说过的一个慈善家的故事，这个慈善家花了二十年的时间想找一个冤屈帮忙伸张，要么是找一个不公正的法律使之改变——我忘记到底是什么了。最后他成功了，却失望透顶。他彻底没事可干了，几乎无聊得要死，从此成了一个坚定的厌世者。再说，我亲爱的巴兹尔，如果你真的想安慰我，不如教教我怎么忘记发生的事，或者怎么从一个恰当的艺术的视角看待它。戈蒂耶[①]不是讨论过‘艺术的慰藉’[②]？我记得在你的画室里拿起过一本小小的牛皮纸封面的书，碰巧看到这个叫人欢喜的说法。好了，我并不像我们一起在马洛[③]时你跟我说过的那个年轻人，那个说黄色绸缎足以抚慰生活中所有悲惨的年轻人，我喜欢看得见摸得着的美丽事物。古旧的锦缎、碧绿的青铜、雕琢的象牙、优美的环境、漆器、奢侈和浮华——其中全不乏值得享受的东西，但它们所创造——至少是展露——的艺术气韵才是我更看重的。像哈利说的，成为自己生活的观众是为了逃避生活的痛苦。我知道你很惊讶我会这么跟你说话，你还没有意识到我成长了多少。你认识我的时候我还只是个学童，现在我是一个男人了。我有了新的热爱、新的思想、新的观念。我已不同以往，但不许你减少对我的喜欢。我变了，但你必须永远做我的朋友。当然，我很喜欢哈利，但我知道你比他好。你并非更强大——你太害怕生活了——但是你更好。而且我们以前在一起时多开心啊！别离开我，巴兹尔，也别跟我吵架。我就是我，再没

① Théophile Gautier（1811—1873），法国唯美主义诗人、散文家和小说家。开创了“为艺术而艺术”的理论，主张文学可以无视社会道德，艺术的价值在于其完美的形式，艺术家的任务在于表现形式美。后文提到的《珐琅和雕玉》是他的代表诗集。

② 原文为法文。

③ Marlow，英国的一个小城镇，位于英格兰白金汉郡南部泰晤士河河畔。

什么好说的了。”

画家感到一种奇怪的触动。这少年对他来说是无限的贵重，而且少年的个性是他艺术的重大转折点。他受不了继续责备少年。毕竟，少年的这种冷漠大概也只是一时的情绪，迟早会消退。而且，少年身上有这么多美好的东西，这么多高贵的东西。

“好吧，道林。”他终于说，带着伤感的微笑，“打今天起，我再也不会跟你提起这件可怕的事情。我只希望你的名字不会牵扯进去。验尸今天下午开始。他们传唤你了吗？”

道林摇摇头，提到“验尸”两字时他脸上掠过一阵气恼的神色。凡是这种事情都有几分野蛮和庸俗。“他们不知道我的名字。”他答道。

“但她肯定知道吧？”

“只知道我的教名，而且我很肯定她从没跟任何人提起过。她有一次跟我说他们全都很好奇我是谁，而她总是告诉他们我的名字叫白马王子。她真好。你一定要给我画一幅茜比尔的画，巴兹尔。我希望能留点她的什么东西做纪念，而不只是几个吻和可悲的只言片语。”

“我会努力做点什么的，道林，如果这能让你高兴的话。但你必须再亲自过来给我做模特。没有你我画不下去。”

“我再也不能给你做模特了，巴兹尔。绝不可能！”他叫道，吃惊地后退。

画家瞪着他。“我亲爱的小伙子，这是什么胡话！”他叫道，“你的意思是说你不喜欢我给你画的吗？画在哪儿？你为什么在前面拉了一个屏风？让我看看。这可是我创作的最好的作品。把屏风拿走，道林。你的仆人把我的作品这么藏起来完全是侮辱人。我进房间的时候就觉得有点不一样了。”

“这跟我的仆人没关系，巴兹尔。你该不会以为我能让他给我布置房间吧？他有时候给我摆摆花，仅此而已。不，是我自己弄的。照在画像上的光线太强了。”

“太强了！怎么会？这地方对它太合适了。让我看看。”霍沃德向房间角落走去。

道林·格雷发出一声恐惧的惊叫，冲到画家和屏风之间。“巴兹尔，”他说着，面色惨白，“你不许看。我不想让你看。”

“不让看我自己的作品！你不是认真的吧。我为什么不能看？”霍沃德喊道，哈哈大笑。

“如果你想办法看了，巴兹尔，我以我的荣誉起誓，只要我活着就再也不会跟你说话。我很认真。我不想做任何解释，你也不要让我解释。但是，你记住，如果你碰了这面屏风，我们就一刀两断。”

霍沃德如遭雷击，无比惊讶地看着道林·格雷。他以前从没见过道林这个样子。少年因为盛怒而毫无血色，他双拳紧握，双目圆睁，一双眸子仿如两团蓝色的火。他全身都在发抖。

“道林！”

“别说话！”

“但到底是怎么了？你要是不想让我看，那我当然就不看了。”他十分冷峻地说着，调转脚步走向窗边，“但是，真的，我不能看自己的作品这实在太荒唐了，我秋天还要在巴黎展览它呢。在那之前我大概还要给它上一层油，所以总有一天要看到它的，那为什么不能是今天呢？”

“展览！你想展览它？”道林·格雷惊叫一声，一种奇怪的恐惧笼罩了他。他的秘密要大白于天下了吗？人们都会来目瞪口呆地盯着他的人生隐秘吗？绝不可以。必须马上做点什么——他不知道是什么。

“对，我想你应该不会反对吧。乔治·佩提要收集我所有的优秀作品，在塞泽街搞一个特别展览，十月的第一星期开幕。需要这幅画像一个月，我想你完全能腾出这点时间。实际上，你肯定也不在伦敦。再说，既然你总把它藏在屏风后面，那肯定也不怎么在乎它。”

道林·格雷手扶着额头，额头上已经在冒汗。他感到自己正面临恐怖的危险。“一个月前你跟我说你绝不会展览这幅画的。”他喊着，“怎么又改主意了？你们这些口口声声要一以贯之的人，其实跟其他人一样情绪化，唯一的区别是你们的情绪全无意义。你可别忘了，你无比郑重地向我保证说，什么都没法引诱你把它送去任何一个展览。你跟哈利也是这么说的。”他突然停下，眼睛里出现一道光芒。他想起来亨利勋爵曾半开玩笑半认真地跟他说：“要是你想度过一刻钟特别的时间，就让巴兹尔告诉你他为什么不肯展览你的画像吧。他跟我说过为什么，给了我很大的启示。”没错，或许巴兹尔也有自己的秘密。他可以试试。

“巴兹尔，”他说着，紧紧地靠过来，直视着画家的脸，“我们各自都有一个秘密。告诉我你的秘密，我就把我的说给你听。你拒绝展览我画像的理由是什么？”

画家不由自主地打了个寒噤。“道林，如果我告诉你，你可能就不会这么喜欢我了，而且你肯定要笑话我。两件事我都受不了。如果你不想让我再看到那幅画，那我也没怨言，反正我可以直接看到你。如果你想让我有史以来最好的作品永远不能见人，我也心满意足，你的友谊对我来说比任何声名更贵重。”

“不行，巴兹尔，你必须告诉我。”道林·格雷坚持道，“我认为我有权知道。”他那恐惧的感觉消退了，取而代之的是一阵好奇。他决心要搞清楚巴兹尔·霍沃德的谜。

“我们坐下说，道林。”画家说，神色很不安，“我们坐下说。你只用回答我一个问题：你有没有发现这画像上有什么奇怪的地方？——很可能是你一开始没有注意到，但后来突然显露出来的东西？”

“巴兹尔！”少年大叫一声，颤抖的双手抓住了椅子的扶手，用无比震惊的眼神瞪着他。

“看来你发现了。别说出来，先听我说完。道林，从我见到你的那一刻起，你的个性就对我产生了最强烈的影响。我的灵魂、头脑、能力，全都受你的主宰。你对我来说变成了一个活生生的化身，代表着一个看不见的理想，对它的记忆就像一个美丽的梦一样叫我们这些艺术家魂牵梦萦。我崇拜你。每一个和你说话的人都叫我吃醋。我想让你完全只属于我。我只有和你在一起的时候才高兴。即使你不在我身边，也仍然存在于我的艺术中……当然，我绝不会跟你说起一个字，这是绝不可能的。你不会理解的，就连我自己也难以理解。我只知道我亲眼见识了完美，从此世界在我眼中变得美妙——或许是过于美妙，因为这样疯狂的崇拜之中必然隐藏着危险，那就是失去崇拜的危险，这和继续崇拜的危险一样严重……时间一周又一周过去，我对你越来越沉迷，接着有了一个新的进展。我把你画成穿着精良铠甲的帕里斯[1]，又画成身披猎户斗篷、手持锃亮猪矛的阿多尼斯[2]。你曾头戴满是莲花的花冠，乘坐哈德良[3]的舰艇，凝望着尼罗河绿幽幽的浑浊河水，也曾伏在某个古希腊树林旁宁静的池塘边，在波

① Paris，希腊神话人物，因为预言，出生后被抛到伊得山上，被母熊喂养大。后由于“帕里斯的裁判”，阿佛洛狄忒把世界上最美的女子许配给他，于是他拐走海伦，引起了特洛伊战争。

② Adonis，希腊神话中的春季植物之神，是爱与美之神阿芙罗狄忒的爱人，美男子的代表。

③ 指罗马皇帝Publius Aelius Traianus Hadrianus（前76—前138）。他的同性恋人、美少年安提诺乌斯在出巡埃及时溺死于尼罗河中。

澜不兴的银色水面上见到自己奇迹般的脸[1]。这一切都正是艺术该有的样子——不自知的、理想化的、遥不可及的。有一天——我有时认为这是致命的一天——我决定按照你本身的样子给你画一幅像，不穿那些过去的装束，就穿你自己的衣服，表现你自己的时代。究竟是出于一种写实的技巧还是仅仅为了把你本身出众的个性毫无遮掩地直接呈现出来，我也说不清楚。但我知道，当我开始创作之后，每一抹色彩每一道笔触似乎都在向我揭示我自己的秘密。我害怕起来，怕别人知道我对你的盲目崇拜。道林，我觉得我透露了太多，把太多的自我投入进去了。于是我决心永远不让这幅画展出。你有些气恼，但那时你还不明白它对我意味着什么。我跟哈利说过这事，惹他笑话了，但我不介意。当画像完成时，我和它单独相处，感觉我没说错……结果，几天以后这画离开了画室，我就摆脱了对它的迷恋，我就觉得自己是犯了傻，竟会以为除了你极致的美貌和我的画技以外，还能从中看出别的什么。就算是现在，我也忍不住感到，若说一个人在创作中感受到的激情可以真正在创作的作品中体现出来，这是错误的。艺术总是比我们想象的更加抽象。形象和色彩能告诉我们的就是形象和色彩——仅此而已。我常常觉得，艺术对艺术家的掩饰要比对他的展现彻底得多。所以，当接到巴黎那边的邀请，我就决定把你的画像作为这次展览的主要作品。我没想到你会拒绝。现在我明白你是对的，这幅画不能展览。道林，你千万不要因为我跟你说的这些而生我的气。正如我跟哈利说过的，你天生就是要受人崇拜的。”

道林·格雷深吸一口气，双颊恢复了血色，嘴角扬起一道

① 指古希腊神话人物Narcissus，是希腊最俊美的男子。他经过一个池塘，在水中看见自己的倒影，爱上了自己的青春美貌，最终化为水仙花。其是“自恋者”的象征。

微笑。危险解除，他眼下安全了。可是他不由得为画家刚刚对自己这番莫名其妙的自白感到无限的同情，不知道自己是否有一天也会这样臣服于一个朋友的个性。亨利勋爵有一种十分危险的魅力，但也仅此而已。他太聪明、太玩世不恭了，不能让人真正的喜欢。是否会有一天，也有人能让他莫名其妙地对之崇拜呢？这是否也是生活将为他准备的呢？

“我觉得十分难得，道林，”霍沃德说，“你竟能在画像中看到这一点。你真的看出来了吗？”

“我是看出来点什么。”他答道，“在我看来十分奇特的东西。”

“那，你现在不介意我看看它了吧？”

道林摇摇头。“不许你再对我做这个请求，巴兹尔。我绝不允许你站到那幅画前面。”

“你总有一天会同意的，对吧？”

“永远不会。”

“好吧，或许你是对的。那么现在再见了，道林。你是我生命中唯一一个真正影响了我艺术的人。我创作出来的任何优秀作品，都是拜你所赐。啊！你不知道我跟你说出这些有多不容易。”

“我亲爱的巴兹尔，”道林说，“你跟我说什么了？不过是你觉得自己太过崇拜我了，可这连恭维都算不上。”

“这本来就不是恭维，而是自白。现在我说出来了，便觉得心里少了点什么。或许人们永远不应该把自己的崇拜宣之于口。”

“这是非常令人失望的自白。”

“怎么，你原本指望什么，道林？你不是在画里还看到了什么别的东西吧？没有什么别的了吧？”

“没有，没什么别的能看出来的了。你干吗这么问？但不许你再说什么崇拜不崇拜的了，这太傻了。我和你是朋友，巴兹尔，而且我们要一直做朋友。”

“你已经有哈利了。”画家悲伤地说。

“哦，哈利！”少年叫道，发出一串笑声，“哈利白天都用来谈论不可思议的东西，晚上都用来做不大可能的事情。正是我想过的那种生活。但我想我要是遇上什么麻烦却不会去找哈利，我宁愿去找你，巴兹尔。”

“你还会再给我当模特？”

“不可能！”

“你的拒绝会毁掉我的艺术生命。没有人能碰到两样理想的东西，能碰到一样就已不易。”

“我没法跟你解释，巴兹尔，但我绝不能再给你做模特了。画像里有某种致命的东西，它拥有自己的生命。我会来跟你喝茶，也同样很愉快。”

“恐怕对你来说会更愉快。”霍沃德遗憾地喃喃道，“那么再见吧。你不肯让我再看一下那幅画让我很难过，但这也没办法。我很理解你对它的感受。”

等他离开房间，道林·格雷对自己笑了笑。可怜的巴兹尔！他还蒙在鼓里呢！真奇怪，他非但没有被迫吐露自己的秘密，反倒成功地——几乎是侥幸地——从朋友那里榨出了一个秘密！那段奇怪的自白让他弄明白不少东西！画家那不时打翻的醋坛子，对他狂热的无私奉献和赞不绝口的褒奖，还有那奇怪的沉默——他现在全都明白了，而且他觉得很难过。一段友情染上这么多罗曼蒂克的色彩，似乎让他感到一些悲剧的气息。

他叹了口气，按了按铃。那幅画像必须要藏起来，无论付出什么代价。他不能再冒这种被发现的风险了。他真是疯了，才会让这东西留在这个任何朋友都可能进来的房间里，哪怕一小时也不行。

第十章

仆人进来的时候，道林牢牢盯着他，不知道他有没有想过偷看屏风后的情形。男人老老实实等着他的指令。道林点上一根烟，走到玻璃窗前仔细观察。他能清楚地看到玻璃反射出的维克托的脸，就像一张平静的满是谦卑的面具。看起来没什么好怕的，但他觉得最好还是保持戒备。

他放慢语速，让仆人告诉管家他要见她，然后去画框商那里让他们马上派两个人过来。他觉得男人离开房间的时候好像眼睛朝屏风的方向瞟了瞟，还是说这只是他的幻觉？

过了一会儿，丽芙太太匆匆走进藏书室。她穿着黑色的丝裙，满是皱纹的手上戴着老式线织手套。道林问她要教室的钥匙。

“那间旧教室吗，道林先生？”她叫道，“天呐，里面全是灰。得先让我布置一下打点干净了您才能进去。现在这样子您可见不得，先生。真的不行。”

“用不着收拾，丽芙。我只想要钥匙。”

“好吧，先生，您进去的话肯定要黏一身蜘蛛网。唉，这都快五年没打开过了——从勋爵死后就没打开过。”

提起外祖父，他心中一紧。他讨厌有关这个人的记忆。“这不要紧，”他回道，“我只是想看看那里——仅此而已。给我钥匙。”

“那就给您吧，先生。”老妇人说着，用颤抖的手翻动起钥匙串上的东西，“钥匙在这儿。我马上把它从钥匙串上取下来。但您可别想着住进去啊，您在这儿住得还舒服吧？”

“不会不会。”他不耐烦地喊道，“谢谢，丽芙。这样就行。”

她又待了一会儿，唠叨了一些管家的细节。他叹口气，叫她按自己的想法办就好，她笑容满面地离开了房间。

门一关，道林就把钥匙放进自己口袋里，环视房间。他的视线落在一个大大的紫色缎面罩子上，罩子上绣着大量的金线，是一件华丽的十七世纪晚期的威尼斯工艺品，是他外祖父在博洛尼亚附近一座女修道院里发现的。不错，可以用这个来包裹那个可怕的东西。它说不定经常拿来给死人做棺罩，现在则要拿来隐藏一个自身就会腐败的东西，而且比死亡本身的腐败更加糟糕——这东西会滋生恐怖，却永远不会死去。蛆虫加诸尸体的，他的罪恶也会加诸画布上的形象，破坏它的魅力，侵蚀它的优雅，把它变得肮脏、可耻。但这东西仍会活下去，会一直活下去。

他打了个冷战，有那么一刻他有些后悔自己没告诉巴兹尔他想藏起画像的真实原因。巴兹尔会帮他抵御亨利勋爵的影响，还有更加有害地源于他自身性情的影响。巴兹尔对他怀有的爱——这确实是爱——并没有什么低劣或愚昧的成分，并非只是生于感官，也会随感官的厌倦而消亡的那种对外表之美的欣赏；这是米开朗琪罗所了解的爱，是蒙田、温克尔曼所了解的爱，也是莎士比亚本人所了解的爱。是的，巴兹尔本来可以救他的，但现在已经太迟了。过去总能被消灭，后悔、否认和遗忘都可以做到这一点；但未来是不可避免的。他身体里的激情将会找到可怕的出口，脑海里的梦境自会把它们邪恶的幻影变为现实。

他拿起盖在沙发上的那匹紫金相间的大缎面，抱着它走到屏风后。画布上的脸是否比之前更加邪恶了？他觉得好像没变，但他对它的憎恶更加强烈了。金色的头发、蓝色的眼睛、玫瑰般的红唇——它们全都好好的，独独就是表情变了，因为残忍而显得可怕。比起他从这上面看到的谴责和指斥，巴兹尔有关茜比尔·薇恩之死的责备是多么肤浅！——多么肤浅，多么无关紧要！他自己的灵魂正在画布上看着他，召唤他接受审判。他露出痛苦的神色，把那华美的棺罩盖到画像上。正当他这么做时，门上响起一声敲门声。他出去时正碰上仆人进来。

“人都过来了，先生。”

他感到必须马上打发这个人走，一定不能让他知道画像去了那里。他身上有种狡猾的感觉，还长了一双若有所思、不怀好意的眼睛。他坐到写字桌前，给亨利勋爵草草写了一个便条，请他给自己送点什么读的东西过来，并提醒他晚上八点十五他们要见面。

“要等他答复。”他说着，把便条递给仆人，“让那些人进来吧。”

两三分钟后，又响起一下敲门声。南奥德利街最著名的画框制作商哈伯德先生本人，带着一个模样有些粗犷的年轻助手走了进来。哈伯德先生是个面色红润，蓄着红色胡须的小个子男人。和他打交道的艺术家们往往都穷得叮当响，使得他对艺术的崇尚大打折扣。他的规矩是不离开店铺，而是等着别人来找他，但他总是会为道林·格雷破例。道林身上有一种叫所有人着迷的东西，哪怕只是见他一眼也令人愉快。

“我该如何为您效劳呢，格雷先生？”他一边说一边揉着自己胖乎乎生着雀斑的手，“我想着这是鄙人的荣幸，便亲自到府上来了。我刚得了一个精美的画框，先生，一次促销的时候淘到的，是佛罗伦萨的老物件儿，我估计是从放山[1]过来的。相当适合宗教主题，格雷先生。”

“麻烦您亲自过来太不好意思了，哈伯德先生。我肯定要登门去看看那个画框——虽然我目前对宗教艺术兴趣不大——不过今天我只是想有人帮我把一幅画像搬到顶楼。画很重，所以我想着让你借给我两个人。”

“不麻烦不麻烦，格雷先生。我很高兴能为您服务。是哪幅作品呢，先生？”

“这幅。”道林回答，把屏风拉开，“您能这样盖着搬吗？我不想上楼的时候把它划伤了。”

“完全没问题，先生。”和蔼的画框商人说着，开始在助手的帮助下解悬挂画像的长长的铜链子，“那么我们该把它搬到哪里去呢，格雷先生？”

“我会给你们带路，哈伯德先生，请你们跟着我就好。要不还是你们走前面吧，要到房子最顶上去。我们从前面的楼梯上去，那里宽一些。”

他为他们扶住门，他们穿过大厅，接着开始爬楼。精致的画框让画像变得十分笨重，道林时不时地伸手帮忙。哈伯德先生谄媚地频频抗议。他有着真正的生意人精神，见不得绅士做任何有用的事情。

“搬起来还真费事呢，先生。”到了顶楼平台，这个小个子男人吐了口气，擦了擦自己闪着汗光的额头。

“恐怕是挺沉的。”道林含糊一声，一面打开房间的门。在

① Fonthill，可能是指Fonthill Abbey放山修道院，位于英国威尔特郡，由一位富有的收藏家威廉·贝克福德出资建造，以宏伟奢侈的建筑风格出名，其中收藏了各种珍贵文物和艺术藏品。

这里，他将藏起自己那古怪的秘密，使他的灵魂避开人们窥视的眼睛。

他已经有四年多没进过这地方了——实际上，自从孩提时把这里用作玩具房，长大一些又做过书房，之后便再没来过。房间很大，比例得当，是最后一任科尔索勋爵专门建造供小外孙使用的。因为他和母亲惊人的相似以及其他一些事情，勋爵很讨厌他，总想让他离得远远的。道林感觉房间几乎没什么变化。他小时候经常躲在里面的那口意大利大箱子还在那儿，涂装精美的面板和失去光泽的镀金部件仍是那老样子。那个椴木的书架也还在，仍然摆满了他那些卷了边的课本。墙上依然挂着那个破旧的弗拉芒挂毯，上面是褪了色的国王和王后在花园里下棋，一队驯鹰的猎手骑马走过，戴着金属护手的手腕上站着雄赳赳的鸟儿。记忆中的一切是多么清晰！他四处观望时，孤独的童年里的分分秒秒都扑面而来。他回忆起孩童时代未被玷污的纯真，感到要把那致命的画像藏在这里真是叫人心痛。在那些已经逝去的时光里，他何曾想到将来等待他的是什么！

但这房子里再没有别的地方能像这里这么安全，能免于别人窥探的眼睛了。这儿的钥匙在他手上，没有别人能进入。紫色棺罩下，画布上的那张脸或许会变得野蛮、浮肿、污浊，那又有什么要紧？没有人能看见，他自己也不会去看。他干吗要关注灵魂的丑陋腐化？他将保持自己的青春——这就够了。再说，或许他的本性又变好了呢？没有理由说未来一定是充满耻辱的。会有某段爱情来到他的生命中，净化他，为他挡住那些似乎已经在灵与肉中蠢蠢欲动的罪恶——这些莫名的无法具象的罪恶，正因其神秘才有了妙处和魅力。或许，有一天那残忍的神色会从那红润而敏感的嘴边消散，他也可以向世界展示巴兹尔·霍沃德的杰作。

不，这是不可能的。一小时又一小时、一星期又一星期，画布上的那东西只会越变越老。它或许能逃过罪恶的丑陋，但衰老的丑陋还是在等着它。脸颊会凹陷或松弛；暗黄的鱼尾纹会爬上失神的双眼，把它们变得可恶；头发会失去光泽，嘴巴会咧开或下垂，变得愚蠢或恶心，就像老年人的嘴巴那样。还有布满褶皱的脖子、冰冷的血管凸出的双手、扭曲的身体——就像他童年记忆里那个对他无比严厉的外公一样。这画必须要藏起来，没有别的办法。

“请您把它搬进来吧，哈伯德先生。”他疲惫地说，转过身来，“抱歉让您久等了。我在想别的事。”

“能歇一歇挺好的，格雷先生。”画框商人答道。他还在喘着粗气。“我们把它放哪儿呢，先生？”

“哦，哪儿都行。这儿吧，这儿就可以。我不打算把它挂起来，只要靠墙放着就好。谢谢了。”

“不知能否看看这幅作品呢，先生？”

道林一惊。“您不会感兴趣的，哈伯德先生。”他说着，紧盯着这个人，要是哈伯德胆敢掀开掩藏他秘密的华美布罩，他就准备着扑上去把他摔到地上，“我不能再麻烦你们了。您能过来我已经非常感激了。”

“没事没事，格雷先生。有什么帮得上忙的，愿意随时为您效劳，先生。”哈伯德先生踏着重重的步子下楼了，他的助手跟在后面，回头望了望道林，粗犷、不讨喜的脸上露出了害羞的惊艳之情。他从没见过这么出众的人。

等他们的脚步声走远，道林锁上门，把钥匙放进口袋里。他现在觉得安全了。再没有人会看到这可怕的东西了。除了他自己的，再没有一只眼睛能见到他的耻辱。

回到藏书室，他发现刚过五点，下午茶已经端上来了。一张深色香薰木的小桌子上放着来自亨利勋爵的便条。桌子表面攒着厚厚一层珍珠，是拉德利夫人送他的礼物。她是道林监护人的妻子，长得很漂亮，是专业的无用之人，她去年在开罗过的冬。便条旁摆着一本黄纸装订的书，封面已经有些磨损，边缘污迹斑斑。茶托上放着一份第三版的《圣詹姆斯公报》。显然维克托已经回来了。不知他有没有在大厅里碰到那两个人，从他们那里套出些话来。他肯定会发现画不见了——毫无疑问是已经发现了，在放茶点的时候。屏风还没拉回原位，墙上的一片空白显而易见。或许某天晚上他会发现维克托偷偷潜上楼顶，试图强行打开那个房间的门。房子里有个间谍太可怕了。他听说有的富人一辈子受人勒索，只因某个仆人读了一封信、偷听了一场对话，或是捡到一张带有地址的卡片，要么是在枕头下面找到一朵枯萎的花或是一条皱成团的蕾丝。

他叹口气，给自己倒了点茶，打开亨利勋爵的便条。内容不多，只是说给他送了一份晚报、一本他可能感兴趣的书，以及会在八点十五分的时候去俱乐部。他懒懒地打开《圣詹姆斯公报》翻阅起来。第五页上一个红色铅笔的标记抓住了他的视线。标示的是这么一个段落：

> 女演员的尸检——今早在霍克斯顿路的贝尔酒馆举行了对茜比尔·薇恩的尸检，由该区验尸官丹比先生执行。茜比尔·薇恩是一位年轻的女演员，新近与霍尔本的皇家剧院签约。判定为意外致死。众人向死者母亲表达了深切的同情。在自己做证以及为死者做死亡检查的伯瑞尔先生做证时，她悲痛难抑。

他皱起眉头，把报纸撕成两半，穿过房间扔掉纸片。这一切太丑陋了！而真正的丑陋把事情变得多么可怕！他有些气恼亨利勋爵给他送来这份报道。他还用红色铅笔标出来，真是太蠢了。维克托肯定读过了，这人懂的英文足够看这个了。

或许他读过以后就有所怀疑了。但是，那又有什么要紧？道林·格雷和茜比尔·薇恩的死又有什么关系？没什么好怕的。又不是道林·格雷杀了她。

他的目光落在亨利勋爵给他送来的那本黄色的书上。他不由得好奇那是什么。他走向那张小巧的珍珠色八角几——这张八角几总让他觉得像是一些古怪的银铸的埃及蜜蜂的作品。他拿起书，躺进扶手椅里，开始翻动书页。几分钟后，他便沉浸在其中。这是他读过的最奇怪的一本书。仿佛世间所有的罪恶都穿上精美的华服，伴着美妙的笛声，哑剧般从他面前一一走过。他曾经隐约梦想过的东西突然化作了现实，而他从未梦想过的事物也渐渐显出面目。

这是一本小说，却没有什么情节，只有一个人物，实际上就是对一个波斯青年的心理研究。这青年花了一辈子，试图在十九世纪实现那种种的激情和思想，这些思想属于每一个世纪，却独独不属于他自己这个世纪；简而言之，要在他自己心中实现那些畅抒“世界之精神”的情绪。他爱那些天予不取的矫饰，而人们愚昧地称其为美德；一如他爱那些天然的反叛，尽管智者依旧称之为罪恶。书的写作风格有一种独特的华丽，兼备生动和晦涩，充满了隐晦的暗语和古旧的表达、技术性用词和复杂的转述，正是最优秀的法国象征主义流派艺术家们的特点。其中的比喻像兰花一样凶猛，也像兰花一样有着微妙的色彩。它用神秘主义哲学的术语描绘沉迷于感官的生活，叫人有时候都搞不清自己是在读某个中世纪圣徒的灵修极乐，还是在读一个现代罪人的病态忏悔。真是一本有毒的书。书页上似乎还萦绕着浓重的熏香气味，扰乱人的头脑。随着他一章一章地看下去，那些句子简单的节奏构成了一种音乐般微妙的单调，堆砌着烦琐的副歌和循环往复的乐章，在少年的脑海中产生了一种幻想曲般的效果，一种迷梦般的瘾症，让他全然没有留意到西沉的日头和潜入的暗影。

无云的天空里，只有一颗孤独的星球刺破黑暗，青铜色的光线从窗户透进来。他就借着这点微弱的光线一直读着，直到没法再读下去。然后，在男仆几次提醒他时间晚了以后，他站起来，走到隔壁房间，把书放到那张床边的佛罗伦萨小几上，开始更衣准备去吃饭。

到俱乐部的时候将近九点，他看到亨利勋爵在晨间起居室里独自坐着，满脸的无聊。

“真对不起，哈利。”他喊道，“但其实全是你的错。你给我的那本书把我迷住了，都忘了时间的流逝。”

“没错，我早想到你会喜欢。”东道主回应着，从椅子上站起身。

“我可没说我喜欢，哈利。我说的是把我迷住了。区别可大着呢。”

“啊，你发现这一点了？”亨利勋爵喃喃道。两人走进正餐室。

第十一章

道林·格雷很多年都没办法摆脱这本书的影响，或者更确切地说，他从未试图摆脱过。他从巴黎搜罗了不下九本更大开本的初版书，让人装订成不同的颜色，以搭配他不同的心情和多变的幻想，这种爱幻想的天性似乎常常叫他完全丧失控制。书里的主人公，那个奇异地将浪漫和科学气质集于一身的优秀的巴黎青年，仿佛成了他自身的预兆，实际上，在他看来，整本书讲的正是他一生的故事，在他出生之前便已写就。

在有一点上，他比故事里这个精彩的主人公更加幸运。他从未体会过——实际上是从没有理由体会到——那种对镜子、锃亮的金属表面以及静止的水面的强烈恐惧。这恐惧很早便降临在那个巴黎青年身上，其根由便是他曾经如此出众的美丽转眼便凋零。道林每每带着一种几近残忍的喜悦阅读书的后半部分——或许，几乎每种喜悦中其实也都有残忍的一席之地，正如在每一丝快感里残忍都定然不会缺席——品味着其中凄凉万分，或许强调得有些过了头的悲哀和绝望的描述，这是一个人失去了在他人和世界上最看重的东西时才有的悲哀和绝望。

因为他那迷住了巴兹尔·霍沃德以及身边很多人的出众的美似乎从未离开他，时不时会有些有关他生活方式的流言蜚语传遍伦敦，成为各个俱乐部里的谈资，但就算是听过他最邪恶的丑闻的人，只要见了他，就无法相信任何有污他名声的事情。他总是一副不染尘俗的样子。只要道林·格雷走进房间，正在污言秽语的男人们便噤了声，他脸上的纯洁仿佛在斥责他们，仅仅是他的出现就能让他们回忆起自己已经玷污的童真。他们不明白一个像他这样迷人而优雅的人，到了这本该肮脏下流的年纪，又是如何逃过了它的污染。

他一次次神秘地长时间消失，在他的朋友们或自以为是他朋友的人中引发了这类奇怪的猜想。当他回到家，往往会一个人上楼到那个上锁的房间，用那把从不离身的钥匙打开房门，然后，拿着一面镜子，站在巴兹尔·霍沃德给他画的像前，一会儿看看画布上那张邪恶的不断老去的脸，一会儿看看光亮镜面中对他回以笑容的姣好的年轻面孔。这种强烈的对比本身常常激起他的快感，他越来越为自己的美丽着迷，也越来越对自己灵魂的腐化感兴趣。他会细细地，有时带着一种变态的可怕快乐，查看皱起的前额上蚀出的丑陋线条，或者低垂的充满肉欲的唇边爬上的纹路，有时思索究竟是罪恶的痕迹更可怕，还是衰老的痕迹更可怕。他会把自己白皙的双手摆在画像粗糙浮肿的手边，莞尔一笑，嘲弄它走形的身材和日渐衰朽的四肢。

确实，也有一些瞬间，夜里，当他在香气宜人的房间里无眠地躺着，或者在码头边那些声名狼藉的小酒馆肮脏的房间里——他已经习惯化名乔装后光顾那里——他会有些惋惜地想到他给自己灵魂带来的毁伤。这惋惜存粹出于自私，因而更加强烈。但这样的时刻很少见。当他和亨利勋爵一起坐在朋友的花园里，当初亨利勋爵在他心中激起的那种对生活的好奇似乎越被满足便会越发强烈。他了解得越多，想要知道得就越多；他越是填饱心中的饥饿，它们就越是疯狂。

但他并非真的无所顾忌，至少照顾到了自己的社会关系。冬天里每个月有一两次，以及气候宜人时的每个周三，他都会向世界敞开自己优美的宅邸，请来时下最著名的音乐家，以他们高超的技艺招待宾客。亨利勋爵总是来帮他布置这些小型宴会，席上对受邀客人的精心选择和座次安排广受好评。而同样广受好评的，还有餐桌装饰所显示出的雅致品味。异域的花朵、刺绣的桌布、古色古香的金银器皿，全都巧妙而和谐地摆放在一起。实际上，有很多人，特别是年龄尚小的男子，在道林·格雷身上看到了，或者说以为他们看到了，他们当年在伊顿或牛津时的梦想化为现实，即一种将真正的学者文化素养，和世界公民的优雅、独特、得体集于一身的形象。在他们看来，他似乎属于但丁所描述的那种寻求“以对美的崇拜来完善自我”的人。像戈蒂耶一样，他也是“视觉世界为之而存在”的那种人。

当然，对他而言，生活本身就是所有艺术中最原初、最伟大的一种，其他艺术似乎都只是为之所做的一种准备。所谓时尚，只是一种使真正美妙的事物变成一时的普世风潮所采取的途径；所谓公子派头，也只是以其自身的方式确立鲜明的现代之美的一种尝试。不必说，这两者都令他着迷。他的打扮，还有那些时不时在他的引领下出现的特殊风格，都大大影响了梅菲尔舞会上和蓓尔美尔街俱乐部窗边的精致青年。他们模仿他所做的一切，试图重现他那种翩翩佳公子式的随性魅力，可他自己并不真拿这当回事。

因为，他虽然十分乐意地接受了外界在他甫成年便奉予他的地位，而且想到他或许真能在这个时代的伦敦，成为《萨蒂利孔》的作者之于尼禄时代的罗马帝国那样的人物[1]，他确实感到

① 指《萨蒂利孔》的作者佩特罗尼乌斯。《萨蒂利孔》是他的长篇讽刺作品，表现了罗马帝国各个阶层的社会，尤其是当时奢靡的社会风尚。

一种微妙的快乐，但是在他内心深处，他想要的却不只是做一个“时尚裁判”，给人咨询怎么戴首饰，怎么打领带，怎么拿手杖之类的事。他追求的是建立某种新的生活体系，它应该有一套逻辑完备的哲学和条理分明的准则，把感官的精神升华作为最高目标。

感官崇拜往往要遭受谴责，这也是无可厚非的，因为对于那些比他们自身更加强大、他们自知与低等生命共通的激情和感觉，人们会产生一种本能的恐惧。但在道林·格雷看来，人们从未认识到感官的真正本质。它们之所以保持原始野蛮的动物性，正是因为世界总想用饥饿逼它们臣服，用痛苦把它们杀死，而没有试图把它们化作新的精神体验的元素，而这种新的精神体验的主要特点正是对美的敏锐本能。当他回顾人类的历史，总有一种缺失的感觉萦绕不去。有那么多的东西，被那么毫无意义地压抑着！一次次疯狂而蛮不讲理的拒绝、种种凶残的自我折磨和自我否决，其根源都在于恐惧，其后果则是堕落，而且要比人们想象出来的，因为无知而试图逃避的堕落还要可怕万倍。自然以其绝妙的讽刺，驱使修行的隐士和沙漠中的野畜同食，让避世的僧人和荒野中的走兽为伴。

是的，就像亨利勋爵曾经预言过的那样，要有一种新的享乐主义来重塑生活，将它从正在我们这个时代死灰复燃的、严苛丑陋的禁欲主义手中拯救出来。当然，这种新的享乐主义不排斥智力带来的享受，但它绝不接受需要牺牲任何情绪体验的理论或体系。实际上，它的目标就是体验本身而非体验的结果，无论这结果是苦还是甜。无论是杀死感官的禁欲主义，还是让感官迟钝的低俗放纵，它都不主张，而是要教会人专注于生命中那些短暂的时刻，虽然生命本身也不过就是转瞬即逝的一刻。

几乎每个人都有过这样的体验，要么是经过了一个无梦的夜晚，让我们几乎迷上了死亡；要么是经过一夜变态的欢愉和恐怖，让我们在黎明之前醒来。这时，大脑的暗室里扫过一些比现实本身更加可怕的幽灵——正是这些幽灵给诡异的故事灌注了生动的恐怖，给哥特艺术赋予了经久不衰的生命力。或许，哥特艺术尤其属于那些头脑饱受臆想折磨的人。慢慢地，晨光白色的手指一点点穿过窗帘，好像发着抖；呆滞的影子化为一个个奇妙的黑色形状，爬进房间的角落蛰伏起来。窗外传来鸟儿在树叶间的窸窣响动，或是人们外出上班的声音，又或是风的叹息与呜咽。风从山上吹来，徘徊在寂静的房子周围，好像害怕吵醒睡着的人们，却又必须得将睡眠从她紫色的巢穴中唤出来似的。朦胧的薄雾一层一层撩起，一点一点地，事物恢复了形状和色彩。我们看着晨曦用它那亘古不变的模式重又创造了世界。消失的镜子重新过上它们的模仿生活，熄灭的蜡烛仍然立在我们之前摆放的地方，旁边躺着那本我们之前在读、翻到一半的书或者那朵我们在舞会上戴的花，又或那封我们不敢看或已经看了太多遍的信。似乎什么都没变。我们熟悉的现实生活，从夜晚那不真实的阴影中重新浮现出来。我们不得不从之前停下的地方接着继续，心中浮起一种强烈的感觉，必须开始新一轮同样的流程，延续那些令人厌倦的刻板习惯；又或是滋生出一种疯狂的渴望，期待某一天早上我们抬起眼帘看到的是一个已经在黑暗中焕然一新的世界，好给我们惊喜。在这个新世界里，事物有了新的形状、新的色彩，大变了模样或是有了什么别的秘密；在这个新世界里，过去已经几乎或者彻底消失，至少没有留下任何能意识到的责任或后悔，能经得住回忆欢愉时的那几分苦楚、怀念快感时的那一点痛苦。

在道林·格雷看来，生命真正的目标，或者真正的目标之一，正是创造这样的世界。他寻找能让他立即感到新鲜和愉快的感觉，那些具有怪异元素的感觉，怪异正是浪漫爱情的核心。在这个过程中，他常常会采纳某些他明知和自己天性不符的思维方式，放任自己接受它们微妙的影响，然后，在捕捉了它们的色彩，满足了自己智力上的好奇以后，便漠然地把它们丢到一边。这种奇怪的漠然和真正的热忱并非冲突，实际上，根据一些现代心理学家的理论，前者往往是形成后者的一个条件。

曾经有谣言说他要参加罗马天主教的圣餐仪式[①]，这种罗马仪式确实一直很吸引他。这种日常的献祭，要比其他所有古代的献祭都更难受。它的元素之原始和简单，它对人类悲剧所蕴含的永恒的同情，都激荡着他的心。同样激荡着他的，还有它对感官认识的全然拒绝。他喜欢跪倒在冰冷的大理石地上，看神父穿着硬挺华丽的法衣，缓慢地用白色的双手拉开圣龛的遮盖，或高高地举起镶满珠宝的灯台形的圣体匣和白色圆饼。有的时候，人们会欣然认为这真的就是所谓的"圣饼"[②]，天使的面包。或是看神父穿着表现耶稣受难的长袍，把圣饼在圣餐杯里掰碎，为自己的罪孽猛击胸口。面色凝重的男孩子们，身着蕾丝装饰的猩红色袍子，在空中甩起冒烟的香炉，好像大朵大朵镀金的花一样，这些也都对他有着微妙的吸引力。出来的时候，他常常惊奇地看着那些漆黑的忏悔室，渴望坐在其中一间的暗影里，倾听善男信女们透过老旧的格栅低声诉说他们真实的人生故事。

但他从来没有犯过这个错误，去正式地接受任何教义或体系，使自己智识发展就此停滞，也不曾把一间只适合逗留一晚或在星月暗淡的夜里稍作停留的酒馆，误当作可以居住的家。神秘主义有一种把日常的事物变得陌生的神奇力量，还往往伴随着一种说不清的反道德主张，曾有一阵子很打动他；又有一阵他倾向

① 宗教仪式，神父赐予参与者面包和酒，这被认为是耶稣的身体和血液，吃下即代表和耶稣联为一体。进行圣餐前一小时需要"禁食"。

② 原文为拉丁文。

于德国达尔文主义运动那种唯物主义的教义，发现把人类的思想和情感都追溯到大脑中某粒珍珠似的细胞或是身体里某个白色的神经元有一种奇怪的乐趣，陶醉于精神全然依赖于特定的身体状况，无论病态还是健康、正常还是疾病这一理念。但是，正如之前所说的，对他而言没有哪一种关于生命的学说比生命本身更重要。他强烈地意识到，脱离了行动和实验，所有的理性猜想是多么贫瘠。他知道，感官也自有其精神上的奥秘在等待揭示，丝毫不比灵魂的奥秘少。

于是他一时研究起香水和它们的制作秘诀，忙着蒸馏浓重的精油、燃烧来自东方的芳香胶。他发现头脑中的任何一种情绪都能在感官中找到对应，于是致力于发现它们真正的关系，探索乳香为何会使人变得神秘，龙涎香为何能激荡人的心神，紫罗兰为何能唤起逝去爱情的记忆，麝香为何能叫人心神不宁，黄兰为何会激发不洁的想象；并常常试图发展一套真正的香水心理学，评估种种香味的功效，包括有香甜气味的植物根系、含花粉的带香花朵、芳香的油膏、沉黑的香木、叫人恶心的甘松、让男人疯狂的枳椇、据说能从灵魂中驱逐犹豫的芦荟。

过一阵又完全投入到音乐中。他有一个菱格装饰的长条房间，天花板涂成朱红和金黄色，墙壁漆成橄榄绿。他常常在此举办奇怪的音乐会。疯狂的吉卜赛人从小小的齐特琴上拽出狂野的音乐，披着黄头巾的严肃的突尼斯人在硕大的琵琶上拨动紧绷的琴弦，笑嘻嘻的黑人单调地敲击着铜鼓，戴着穆斯林头巾的纤瘦的印度人伏在猩红的垫子上吹起长长的芦笛或铜管，操纵——或假装操纵——蓄势待发的大蛇或那些可怕的有角的蝰蛇。当他的耳朵对舒伯特的优雅、肖邦的凄美、贝多芬的雄伟的和弦都失去反应的时候，便是这些野蛮的音乐用刺耳的间奏和尖利的啁哳激荡他的心神。他从世界各地搜罗最奇怪的乐器，不论是从已经消亡的古国坟墓中，还是从接触西方文明后幸存下来的少数原始部落那儿，凡是能找到的，他都爱抚弄一番。他有里约内格罗印第安人[①]神秘的“魔鬼琴”，这种琴不许女人看，就连年轻男孩也要经历斋戒和鞭笞之后才能得见；还有秘鲁人的土罐，这罐子能发出里约内格罗印第安人那种尖利的鸟叫；还有人骨做成的长笛，就像阿隆索·代·奥瓦列[②]在智利听到的那种；还有一种铿铿有声的碧玉，是在库斯科[③]附近发现的，能奏出一种奇特的甜美的音符。他还涂过一些葫芦，里面装着鹅卵石，摇晃起来玎玲作响；还有墨西哥人长长的号角，这种号角不是吹的，而是要表演者从管子里吸气；还有亚马逊部落刺耳的“图尔”，是整天坐在高高的树上放哨的哨兵用的，据说声音能传到三里格[④]外；还有一种阿兹特克长鼓，鼓上有两个会震动的木舌，敲击用的鼓槌上涂着用黏稠的植物汁液制成的弹性黏胶；还有阿兹特克人那种像葡萄一样串起来的约特尔铃铛；还有一种巨大的圆柱形的鼓，鼓上覆盖着大蛇的皮，就像贝尔纳尔·迪亚斯[⑤]和科尔特斯[⑥]一起进入墨西哥神庙中看到的那种一样，迪亚斯给我们生动地描述了它那忧郁的声音。这些乐器的奇妙特色都令他着迷不已。想到艺术也像自然一样，有她自己的怪物，有这种种外形丑怪、声音可憎的家伙，他感到莫名的欣喜。但是，一段时间以后他厌倦了这

---

① 巴西的一个土著民族。

② Alonso de Ovalle，智利的一位神父，著有《智利征服历史和阿劳卡尼亚战争》。

③ Cuzco，位于秘鲁南部。

④ league，旧时长度单位，一里格约等于五公里。

⑤ Bernal Diaz，指贝尔纳尔·迪亚斯·德尔·卡斯蒂略，十六世纪初的一个西班牙“征服者”，参与了西班牙在中美洲的征服战争。著有《征服新西班牙信史》，翔实地记载了他年轻时在中美洲的殖民活动。

⑥ 指Hernán Cortés，也是一位殖民时代活跃在中南美洲的西班牙“征服者”，以摧毁阿兹特克古文明，并在墨西哥建立西班牙殖民地而闻名。

些，宁愿坐在他的剧院包厢里，要么独自一人，要么和亨利勋爵一起，专注而愉快地聆听《唐豪瑟》[①]，在这部伟大艺术作品的序曲里观赏他自身灵魂的悲剧。

他一度研究起珠宝，穿着一件镶了五百六十颗珍珠的礼服，以法国海军上将安·德·茹瓦耶兹[②]的身份出现在一个化装舞会上。这个爱好让他沉迷了好些年，事实上，可以说持续了终生。他经常会花上一整天的时间，在盒子里摆弄他收集的各类宝石，比如平时是橄榄绿而在灯光下会变红的金绿宝石、带有银色线条的波光玉、开心果绿的橄榄石、玫瑰粉和酒黄色的黄宝石、鲜红的带有颤动的四芒星的红榴石、火红的肉桂石、橙色和紫色的尖晶石，还有红色蓝色层层交叠的紫水晶。他爱太阳石火红的金光，也爱月光石珍珠般的莹白和蛋白石里碎裂的彩虹。他从阿姆斯特丹购得了三颗体积巨大、色彩丰富的祖母绿，还有一颗令所有鉴赏家羡慕不已的“古品”绿松石。

他还发现了不少有关珠宝的精彩故事。在阿方索的《教士戒律》[③]中提到了一条蛇，眼睛是真的红锆石；在浪漫的亚历山大历史中，据说埃马西亚[④]的征服者在约旦河谷发现了“背上长着一圈真的祖母绿”的蛇。斐罗斯屈拉特[⑤]告诉我们，龙的脑子里有一颗宝石，而“通过展示金色的字母和猩红的长袍”可以使这个怪物陷入魔法的催眠将其杀死。而根据伟大的炼金术士

---

① Tannhauser，瓦格纳歌剧，讲述中世纪德国吟游诗人唐豪瑟受到美艳的爱神维纳斯的诱惑，在维纳斯堡纵情声色不能自拔。当他厌倦了这种生活，又重返人间。在瓦尔特堡的赛歌会上，唐豪瑟加入罗马朝圣者的行列请求“赎罪”而不得。得知唐豪瑟没有被赦免，他尘世中的恋人伊丽莎白祈愿，愿意牺牲自己的生命换取唐豪瑟的救赎。

② Anne de Joyeuse，法王亨利三世的宠臣。

③ 指Petrus Alphonsi编纂的一本拉丁文的寓言故事集，多是从阿拉伯语翻译而来。

④ Emathia，古代马其顿帝国一带的一个平原地区。

⑤ Philostratus，古希腊作家。

皮埃尔·德·博尼法斯的说法，钻石能使人隐身，印度玛瑙能使人雄辩，红玉髓能平息怒火，红锆石能诱发睡眠，紫水晶能驱除酒气，石榴石能驱魔，水纹石能使月亮失去颜色，透石膏①会跟随月亮盈亏，能发现盗贼的梅洛塞斯石只能被童子血克制。伦纳德·卡米卢斯②曾见过一种从刚杀的蟾蜍脑中取出的白色石头，是一种解毒剂。在阿拉伯鹿的心脏里发现的结石，是一种可以治疗瘟疫的神器。根据德谟克利特③的说法，在阿拉伯鸟的巢穴中有一种阿斯皮拉石④，能让佩戴者远离火灾危险。

锡兰国王曾在他的加冕仪式上手拿一颗大大的红宝石，骑马穿过他的城市。祭司王约翰⑤的宫殿门是“用红玉髓做的，里面嵌了角蛇的角，可以防止有人把毒药带进去”。侧面的三角屋顶上有“两个金苹果，里面有两个红榴石”，于是白天有金子可以发光，晚上有红榴石可以发光。洛奇⑥的异域传奇《美洲的玛格丽特》中说，在王后的寝宫中，人们可以看到“世界上所有的贞洁淑女，都是用白银雕琢而成，正透过绿宝石、红榴石、蓝宝石和绿翡翠的光滑镜面向外张望”。马可·波罗曾看到日本国的居民将玫瑰色的珍珠放入死者的口中。一个潜水员窃取了珍珠，将其敬献给佩罗兹国王⑦，一头海怪迷上了这颗珍珠，杀死了这个

---

① selenite，一种透明的石膏晶体。英文名来源于希腊文，原意为“月亮石”。

② Leonardus Camillus，意大利天文学家、矿物学家。

③ Democritus，古希腊哲学家，创立了原子论，认为物质是由一个个独立的粒子构成的。

④ Aspilates，一种传说中的阿拉伯宝石。

⑤ 中世纪的一个传说人物，传闻在东方充斥穆斯林和异教徒的地域中，存在由一名基督教祭司兼皇帝所统治的神秘国度。

⑥ Thomas Lodge（1557—1625），英国诗人、剧作家、散文家。《美洲的玛格丽特》是他的代表作品，讲述了莫斯科夫（今莫斯科地区的一个古代王国）国王的女儿和库斯科（今秘鲁南部）王子的爱情悲剧。

⑦ Perozes，曾率领波斯萨珊王朝的军队对抗东罗马帝国。

小偷，并为失去珍珠痛哭了七个月。当匈人把国王引诱到大坑里时，他把珍珠扔掉了——普罗科匹阿斯[①]讲述了这个故事——尽管东罗马帝国的阿纳斯塔修斯皇帝为它悬赏五百磅金币，但再也没有找到。马拉巴尔[②]国王曾向一个威尼斯人展示了一串由三百零四颗珍珠组成的念珠，他崇拜的每个神都有一颗。

据布朗托姆[③]说，当亚历山大六世的儿子瓦伦蒂诺公爵访问法王路易十二时，他的马载满了金叶子，他帽子上有两排红宝石，发出耀眼的光芒。英王查理骑马时用过一副坠了四百二十一颗钻石的马镫。理查二世有一件价值三万马克的大衣，上面缀满巴拉斯红宝石。霍尔[④]描述亨利八世在加冕前去往伦敦塔的路上，穿了“一件金线织就的外套，胸甲上绣满钻石和其他宝石，脖子上还围了一条宽大的佩带，缀着大颗大颗的红色尖晶石”。詹姆斯一世的宠妃们都戴着金丝扎成的祖母绿耳坠。爱德华二世曾送给皮尔斯·加维斯顿[⑤]一套钉着红锆石的红金色盔甲、一个绿松石镶边的金玫瑰领圈和一顶缀满珍珠的头盔。亨利二世戴过一副镶满珠宝的及肘手套，还有一只缝了十二颗红宝石和五十二颗大珍珠的驯鹰手套。“鲁莽查理”，家族最后一位勃艮第公爵，他的冠冕坠着梨形的珍珠，还镶嵌了蓝宝石。

过去的生活是多么精致啊！那时的排场和装饰是多么华丽！哪怕读一读这些逝者的奢华，也觉得很美妙。

接着，他把注意力转向了刺绣以及在北欧国家寒冷的房间

---

① Procopius，东罗马帝国的著名历史学家。

② Malabar，位于印度次大陆西南部。

③ Pierre de Bourdeilles（约1537—1614），法国军人、传记作家、历史学者。曾任布朗托姆修道院院长，故人称布朗托姆（Brantome）。

④ Edward Hall（约1496—1547），英国律师、历史学家，因著有“霍尔编年史”而知名。

⑤ Piers Gaveston，爱德华二世的宠臣。

里充当壁画的挂毯。当他研究这个问题时——他一直有一种非凡的能力，无论有了什么爱好都能在当下完全沉浸其中——他回顾时间给这些美好事物带来的毁灭，几乎感到有些悲伤。至少他已经躲过了这一点。一个又一个夏天，黄色的水仙花一次次盛放又一次次死去，恐怖的夜晚重复着可耻的故事，他却始终没有改变。冬天从来不曾破坏他的容颜，花朵般的绽放也不曾沾染一丝污痕。而那些物质的东西是多么不同！它们到哪儿去了？那件棕色的少女们为讨雅典娜欢心而做的、曾让众神在上面与巨人作战的紫色袍子哪儿去了？尼禄在罗马斗兽场上张开的巨大天幕，那张描绘着星空和阿波罗战车的紫色泰坦巨帆哪儿去了？他渴望看到那条为太阳神祭司制作的奇特餐巾，上面摆放着所有能在宴会上享用的美味佳肴；渴望看到奇尔佩里克国王那匹绘有三百只金色蜜蜂的停尸布；还有那件激起了庞特斯主教愤怒的、带有"狮子、豹子、熊、狗、森林、岩石、猎人——实际上，是一切画家可以从自然界复制的东西"的精美长袍；还有那件奥尔良的查理[1]曾经穿过的、袖子上绣着一首歌、歌词开头是"夫人，我很快乐"[2]的大衣。伴奏的音乐是用金线绣上去的，用的是当时的方形音符，每个由四颗珍珠组成。他读到兰斯的宫殿中为勃艮第的约娜王后[3]准备的房间，装饰了"一千三百二十一只刺绣的鹦鹉，标记着国王的徽章，还有五百八十一只蝴蝶，蝴蝶翅膀上也同样饰有王后的徽章，整个都是金子做的"。凯瑟琳·德·美第奇有一张为她制作的黑色天鹅绒的灵床，满是月亮和太阳的图案，床帘是锦缎的，金银两色的底面上装饰着叶环和花环的图案，边缘的流苏是珍珠的纹绣。房间里挂着一排排王后的用品，

① 即奥尔良公爵查理一世。法国国王查理六世之弟、奥尔良公爵路易一世之子。

② 原文为法语。

③ 法国瓦卢瓦王朝国王腓力六世的第一任妻子。

用小块的黑天鹅绒托着，下面衬着银色的底布。路易十四的寝宫里有黄金绣成的十五英尺高的少女像柱[①]。波兰国王索别斯基的大床是用士麦那[②]的金缎制成，上面用绿松石绣出《古兰经》里的诗句。床的支架是镀金的银质品，镌刻精美，并镶了大量珐琅和珠宝的徽章。这床是从当年维也纳城前土耳其人的营地里夺来的，穆罕默德的旗杆曾挺立在它颤动的鎏金顶篷下。

就这样，整整一年他都在努力收集他能找到的最精美的纺织和刺绣样品，有华美的德里平纹布，上面用金线织出掌状叶片的精美纹样、缝着甲虫色彩斑斓的翅膀；有达卡的薄纱，这种纱因其透明的质感在东方被称为“编织的空气”“流动的水”“夜里的露珠”；还有爪哇岛花纹奇特的布料、中国精美的黄色挂幅、用绣着花鸟和各色图案的橙褐色绸缎或细腻的蓝色丝绸装订的书、匈牙利制作的网面蕾丝的面纱、西西里岛的锦缎和硬挺的西班牙天鹅绒，还有格鲁吉亚的装饰着镀金钱币的织物和日本的袱纱，上面有泛绿的黄金和毛色绝美的鸟儿。

就像对与教会典仪有关的一切一样，他对牧师法衣也有一种特殊的热情。在他家西首的长廊上有两排雪松做的柜子，柜子里存放了许多罕见而美丽的华服，这才是基督的新妇[③]真正该穿的衣服。她必须穿紫色[④]，戴珠宝，用细麻布包裹她因自求的折磨而苍白憔悴的身体、因自加的痛苦而伤痕累累的腰肢。他有一件华丽的法衣，底面是深红色的丝绸和金线织成的锦缎，上面重复着六边形花朵托着金石榴的图案，花朵两边用细小的珍珠摆成菠

① Caryatides，雅典神庙中的一种，将柱子雕成少女的形象。

② Smyrna，土耳其古城，即今伊兹密尔，是爱琴海地区最古老的城市之一。

③ The Bride of Christ，喻指基督教会，耶稣以此表明基督徒与他之间的关系如同婚约。

④ 古时紫色因染料难以获得而被视为一种尊贵奢华的颜色。

萝的形状。绣带[1]被划分为多个板块，代表了圣母的各种生活场景，而圣母的加冕仪式则用彩色的丝绸绘制在帽兜上。这是十五世纪意大利的作品。另一件法衣是绿色天鹅绒底的，上面绣着一团团心形的老鼠簕叶子，从中延伸出长柄的白花，用银线和彩色的水晶勾勒出各处细节。胸前系法衣的领针上有一个用鼓起的金线绣成的六翼天使的头。绣带是红金两色的丝绸织成的底面，上面点缀着许多圣人和殉道者的徽章，包括圣塞巴斯蒂安[2]。他还有各种十字褡[3]，有琥珀色丝绸做的、蓝色丝绸和金色锦缎做的、用黄色丝缎和金色的布做的，上面有基督受难和被钉十字架的图案，并绣有狮子、孔雀和其他徽记；还有白色缎子和粉色锦缎做的加冕服，装饰着郁金香、海豚和百合花；深红色天鹅绒和蓝色亚麻布的祭坛盖布；还有许多圣餐布、圣杯罩布和汗巾。在放置这些东西的神秘房间里有某种东西激荡着他的想象。

因为这些奇珍异宝和他搜罗到自己舒适宅邸中的种种物事，对他而言都是遗忘的手段，使他能暂时逃避那有时几乎强烈得叫人无法承受的恐惧。那间他度过了大量童年时光的房间如今孤独地紧锁着。当那幅可怕的画像用变化的模样向他展示出他生活中实际的堕落，他便亲手将它挂到密室的墙上，并在前面垂下那匹紫金色的棺罩做帘幕。他会连着几个星期不去那里，忘记画上那个丑陋的东西，然后重获轻松的心情、舒畅的愉悦，热情地投入到当下。接着，突然某一个晚上，他会从房子里偷偷溜出去，去蓝门菲尔兹[4]附近的肮脏地界，待在那里，一天又一天，直到被人赶出来。回来之后他便坐到画像前，有时候既嫌恶画像也厌弃

① orphreys，指法衣上正面前襟、肩部背部等条带状的一些装饰图案。

② St. Sebastian，三世纪时的一位基督教圣徒，因虔信基督而受到古罗马皇帝的迫害。

③ chasuble，举行弥撒时神父穿的无袖长袍。

④ Blue Gate Fields，伦敦旧时一个非常著名的贫民窟。

自己，但有的时候充满了一种个人主义的骄傲，其实半是对罪恶的痴迷，半是带着隐隐的快感，微笑地欣赏那个承受了本该由他自己承受的负担而愈发走形的虚影。

几年后，他已经无法忍受长期离开英格兰，便放弃了他和亨利勋爵在特鲁维尔[1]共有的那套别墅，还有他们曾多次在阿尔及尔过冬所住的那套小小的带围墙的白房子。他讨厌和那幅画分开，它已经成了他生活中重要的一部分。他也害怕自己不在的时候可能有人闯入房间，尽管他已经在房门上加了结实的栏杆。

他很清楚这画并不能向他们透露什么。确实，在那张脸的种种卑琐和丑陋之下，画像仍然保有和他之间明显的相似；但这又能说明什么呢？谁要是以此奚落他，他只会一笑了之。这又不是他画的，画像看起来卑劣可耻跟他有什么关系？就算他告诉他们实情，他们会信吗？

但他还是害怕。有时候，他本来在自己诺丁汉郡的豪宅里待着，正在招待那些和他同一阶层的年轻的时髦男士——他们是他的主要游伴——用自己铺张豪奢纵情声色的生活方式震惊乡里，却突然抛下客人们匆匆赶回城里，确认那扇门没有被动过，画像还在原位。如果画被偷了怎么办？想想就让他后背发凉。那样的话外界肯定就会知道他的秘密。或许世人已经有所怀疑。

因为，虽然他有很多拥趸，但也有不少人对他不信任。他差点被一个伦敦西区的俱乐部拒绝，而凭借他的出生和社会地位本来是完全可以让他成为其中的一员。据说还有一次，当一位朋友带他走进丘吉尔俱乐部的吸烟室时，贝里克公爵和另一位绅士都大动干戈地站起身走了出去。他二十五岁以后便有了各种奇怪的传闻。有谣言说有人看到过他在白教堂偏远片区的一家低等娱乐

---

① Trouville，法国的一个海滨城市。

场所和外国水手斗殴，还说他和偷东西、造假币的人厮混，了解他们的行业内幕。他不时的长期销声匿迹也被传得沸沸扬扬，等他再度出现在社交场上时，男人们便在角落里窃窃私语，或者经过他时一声冷笑，要么是用冰冷的探寻的目光看着他，似乎铁了心要找出他的秘密。

当然，对于这些傲慢无礼试图冒犯的行为，他都不以为意。同时在大多数人看来，他那种坦诚而活泼的举止、迷人的孩子气的微笑，还有那似乎从未离开他的美好青春的无限优雅，本身就已经足够回应那些污蔑——他们便是这样称呼那些有关他的传言。但是，值得注意的是，一些曾经和他无比亲密的人，在一段时间之后似乎开始避之不及。那些疯狂地爱恋过他，为了他甘冒天下之大不韪挑战世俗常规的女人，也被发现只要道林·格雷进了房间，便会因羞愧或恐惧而脸色发白。

但这些语焉不详的丑闻只是在很多人眼中进一步增加了他那种奇特而危险的魅力。他的巨额财富无疑是一个保险因素。社会——至少是文明社会——从来就不乐意相信任何会对那些既富有又迷人的人物造成伤害的东西，它本能地感到礼节举止比道德更重要，而且，在它看来哪怕最可敬重的品质，其价值也远远不如拥有一个好厨师。毕竟，如果一个人给你提供了劣质的酒菜，再跟你说他的私人生活无可指摘实在是十分无力的安慰。正如亨利勋爵有一次说到这个话题时讲的，就算是最重要的美德，也赎不回开胃菜冷掉的罪。他的观点或许很有道理，因为良好社会的准则是，或者应该是，和艺术的准则一样：形式至关重要。形式上应该具有典礼一般的庄严和不真实感，应该把浪漫剧那种虚情假意的特点与叫我们愉快的机智和美结合起来。虚情假意真是那么糟糕的东西吗？我看不然，它只不过是我们创造人格分身的一个方法罢了。

至少，道林·格雷是这么看的。有些人把人的自我当作一种简单、永久、可靠、单一的东西，而他常常惊叹于这种心理的浅薄。对他而言，人这东西有着丰富的生活和丰富的感觉，是一种复杂多样的生物，承载着种种思想和热情的遗产，血肉里沾染着已经死去的人们那些怪诞的病症。他喜欢漫步在他乡间别墅中那个凄清的画廊里，看画像上那些曾和自己流着同样的血的人。这是菲利普·赫伯特，弗朗西斯·奥斯波恩曾在他有关伊丽莎白和詹姆斯王朝的回忆录里，描述他“因其俊美的容颜受到朝廷的优待，但美貌未能保持太久”。他有时过的是不是就是赫伯特年轻时的生活？是不是有什么奇怪的毒菌一代代传下来，传到了他身上？是不是就是因为隐约有一种红颜凋零的感觉，他才会在巴兹尔·霍沃德的画室里，几乎是毫无理由地突然吐出那个改变了他一生的疯狂祈祷？这里站着的是安东尼·谢拉德爵士，身着大红绣金的紧身上衣，外套上缀满珠宝，轮状皱领和袖口绲着金边，一顶银黑色的盔甲摆在脚边。这个男人的遗产又是什么呢？那不勒斯乔万娜女王的这位情人是否给他遗传了一些罪恶和羞耻呢？会不会他自身的行为其实只是这个死去的男人当年不敢实现的梦想？这儿，在已经褪色的画布上，伊丽莎白·德弗洛微笑着，她戴着薄纱的兜帽，穿着珍珠白的三角胸衣、粉红色的镂空袖子，右手拿着一朵花，左手攥着一个绘着白色和香槟色玫瑰的珐琅项圈。旁边的桌子上放着一把曼陀林和一个苹果，小巧的尖头鞋上有大大的绿色玫瑰样装饰。他知道她的故事，还有那些关于她多个情人的古怪传言。他的身体里是否也残存了某些她的气息呢？那两只椭圆形的眼皮耷拉的眼睛似乎在好奇地看着他。这个油头粉面、打扮入时的乔治·威洛比呢？他看起来多么邪恶！一张脸阴郁而黝黑，肉感的嘴唇似乎带着鄙夷的弧度。细长发黄的手上缠着精致的蕾丝，手指上戴满了戒指。他是那种十八世纪的纨绔公子，年轻时是费拉斯勋爵的朋友。第二任贝肯翰勋爵呢？他有过一段荒唐岁月，曾是摄政王[①]的伙伴，参与见证了那场和菲茨赫伯特太太的秘密婚礼。瞧他那栗色的卷发、傲慢的姿态，他看起来多么骄傲多么英俊！他又遗留下了怎样的热情呢？他在外界的名声很臭，是他领头在卡尔顿宫纵酒狂欢。嘉德星章[②]在他胸前闪闪发亮。他的旁边挂着他妻子的画像，一个身穿黑衣，面色苍白的薄唇女人。她的血也在他的身体里激荡。这一切是多么奇妙啊！还有他母亲，她那张汉密尔顿夫人[③]似的脸庞和她那湿润的、沁着葡萄酒似的嘴唇——他知道自己从她那里继承了什么。他的美和对他人之美的热爱，都源自她。她穿着宽松的酒神巴克斯般的裙子冲着他笑，头发上有葡萄藤的叶子，手握的杯子里溅出一点紫色。画中人鲜活的血色已经褪去，但那双眼睛依旧有着动人的深邃和光芒。似乎不论他走到哪儿，这双眼睛都跟着他。

但人不仅有血统上的祖先，还有文学上的祖先，或许在风格气质上还要更接近后者中的很多，而且文学血脉的影响显然更加明确。在道林·格雷看来，仿佛整个历史不过是他人生的记录。倒不是说他实实在在地这么活过一遭，而是说他的头脑和各种热情生出了想象，而想象又为他创造了历史中的生活。那一个个在世界舞台上转瞬即逝的人物，犯下了如此壮丽又如此美妙的罪孽，那一个个怪诞可怕的角色，他觉得自己全都认识，似乎他们的人生以某种神秘的方式化为了他自己的人生。

在那部深刻影响了他一生的精彩小说中，主人公便深谙这

① 即后来的乔治四世国王，以骄奢淫逸、好吃懒做著称，后文的Mrs. Fitzherbert是他的情妇，卡尔顿宫是他的宅邸。

② 嘉德骑士勋章中的星章。嘉德勋章是英国荣誉体系中级别最高的骑士勋章，因此其星章需要佩戴在其他勋章之上。

③ Dame Emma Hamilton（1765—1815），英国著名的美女，出身贫寒，因美貌成为多位贵族的情人。画家乔治·罗姆尼以她为模特创作了很多著名的画像。

种奇特的幻想。在第七章，他讲述了自己如何头戴月桂冠——以免被闪电击中——化作提比略[①]，坐在卡普里岛的花园里，阅读有关埃利芬提斯[②]的下流书籍，小矮人和孔雀在身旁昂首阔步，吹笛子的乐师打趣着甩香炉的侍从；也曾作为卡利古拉[③]，在马厩里与绿衫骑师们一道痛饮，在象牙马槽里和额佩宝石的骏马共进晚餐；又变成图密善[④]，穿行在铺着大理石镜面的走廊里，用憔悴的眼睛寻找那把将终结他生命的匕首的倒影，饱受无聊的折磨——就是那种可怕的"生之倦怠"[⑤]，这种感觉常常伴随着那些一生所求无不唾手可得的人；也曾透过一块透明的绿宝石窥看马戏团红火热闹的表演，乘着镶珠饰紫的轿子，名为银蹄的驴子拉着他穿过石榴大街，来到黄金殿，听人们在他经过时欢呼尼禄·恺撒[⑥]；再化为埃拉伽巴路斯[⑦]，脸上涂着颜料，耽于脂粉女

---

① Tiberius，罗马帝国第二任皇帝，个性深沉阴郁，是一个暴虐、好色的形象。

② Elephantis，希腊神话人物，是利比亚国王达那俄斯的女人。达那俄斯有五十个女儿，都听从父命在新婚之夜杀死了丈夫，只有长女没有对丈夫林叩斯下手。达那俄斯的女儿们犯下罪行，在死后永远受到惩罚，永无止境地往无底桶里灌水。

③ Caligula，罗马帝国第三任皇帝，经元老院认可，在提比略驾崩后继承了他的所有权力，被认为是罗马帝国早期典型的暴君。他在位时期，建立恐怖统治，神化皇权，行事荒唐暴虐，曾大肆兴建公共建筑，不断举行各式大型欢宴活动，使帝国的财政急剧恶化。

④ Domitian，罗马帝国第十一任皇帝，在任时发展了经济，修建日耳曼长城巩固了边防，也发起了多次战争。受到人民和军队的欢迎，但被罗马元老院视为专横独裁的暴君。在一场阴谋中被刺杀，终年44岁，同时也宣告了弗拉维王朝的终结。

⑤ 原文为拉丁文。

⑥ Nero Caesar，罗马帝国第五任皇帝，是历史上著名的暴君。其荒淫残暴，但喜好艺术、建筑。后世关于他的史料与创作相当多，普遍对他的形象描述不佳。世人称之为"嗜血的尼禄"。

⑦ Elagabalus，罗马帝国塞维鲁王朝的皇帝，十分美貌，以女性化风格和行为怪诞著称。其信奉太阳神而不崇奉其他的罗马诸神。他为太阳神选择了月神阿斯塔特为妻，并迫使臣民给这对新婚夫妇送了大量礼物。

红，并从迦太基请来月亮，用神秘的婚礼把她嫁给太阳。

道林一遍又一遍地读着这个奇妙的章节以及紧接着的两章。这两章就像一些别致的挂毯或工艺精巧的珐琅，描绘出一个个邪恶而又美丽的形象，被罪恶、血腥和厌倦变得凶残或疯狂：谋杀妻子的米兰公爵菲利波①，他在她的嘴唇上涂上猩红的毒药，好叫她的情人从爱抚的尸体上吮吸死亡；人称“保罗二世”的威尼斯人彼得罗·巴尔博②，他曾出于虚荣心想获得“美丽”的赞誉，以可怕的罪恶为代价买来一顶价值二十万弗洛林③的头饰。用猎犬追赶活人的吉安·马利亚·维斯孔蒂④，被杀之后一个爱他的妓女给他的尸体盖上玫瑰花；骑着白马的波吉亚⑤，斗篷上还沾着佩罗托的血，身旁是同样骑着马的残害手足者⑥；年轻的佛罗伦萨红衣主教皮埃罗·里亚利奥，希克斯图四世⑦的孩子和宠臣，能与他的美貌相媲美的只有他的放荡，他曾用白红两色的丝绸搭棚子，摆满仙女和马人，接待阿拉贡的莱奥诺拉⑧，还给一个男孩镀上金，让他在宴会上扮演甘尼米德或海拉斯⑨；只

---

① Filippo Maria Visconti（1392—1447），米兰公爵，以不忠为名处死了自己的第一任妻子。

② Pietro Barbo（1417—1471），1464年当选为教皇。他容貌俊美，获选为教皇时提议以Formosus为称号，意为“漂亮的人”。他生活十分奢侈，喜好追求华服、首饰。这里所说的他的“可怕的罪恶”没有清楚的指向，有人认为是指对柏拉图派学者的迫害。

③ 金币名，是文艺复兴时期的重要货币。

④ Gian Maria Visconti（1388—1412），第二任维斯孔蒂米兰公爵，以残暴著称，死于刺杀。

⑤ Roderick Borgia（1431—1503），即教皇亚历山大六世，文艺复兴时期非常有争议的一位教皇，富有政治才能。佩罗托是他的宠臣，被人谋杀，死在了波吉亚怀中。

⑥ 指波吉亚的长子恺撒·波吉亚，他杀害了自己的弟弟。

⑦ Sixtus IV（1414—1484），1471年出任教皇，Pietro RiaRio是他的侄子。

⑧ Leonora of Aragon（1405—1445），葡萄牙王后，阿拉贡国王斐迪南一世的女儿。

⑨ Ganymede和Hylas，都是希腊神话里的美少年。

能通过死亡的场景治愈犹豫的埃泽林[①]，他对鲜血的热爱就像其他人对红酒的热爱一样，据说他是恶魔之子，曾经以自己的灵魂为赌注与父亲对赌，却在骰子上作了弊；讽刺性地以“无辜者”为名的乔瓦尼·巴蒂斯塔·西博[②]，曾让一个犹太医生把三个少年的血注入他麻木的血管；伊索塔的情人、里米尼的领主西吉斯蒙多·马拉泰斯塔[③]，他的画像被人在罗马当作上帝和人类的敌人烧毁，他用餐巾勒死了波利塞纳，用绿宝石杯给吉内芙拉·德·埃斯特下毒，还曾为了纪念一段可耻的感情建造一座异教教堂作基督教崇拜；疯狂爱慕弟弟的妻子以至于被麻风病人警告他即将发疯的查理六世[④]，他生病的大脑日益古怪，唯有画着各种有关爱、死亡和疯狂的图像的萨拉森卡牌[⑤]可以纾缓；还有身穿镶边坎肩、头戴珍贵珠冠、一头茂密卷发的格里弗内托·巴格廖尼[⑥]，他和阿斯托尔的新娘一起杀死了阿斯托尔，和西蒙内托的侍从一起杀死了西蒙内托，他是如此英俊，以至于当他躺在佩鲁贾的黄色广场上，那些恨他的人也只能选择哭泣，曾经诅咒

---

① Ezzelino III da Romano（1194—1259），意大利北部的一个封建领主，以暴虐著称。

② 指教皇英诺森八世（1432—1492），原名Giovanni Battista Cybo。“英诺森”即Innocent，意为“无辜”。本人身体多病而缺乏威信，当选前夜，罗马街头甚至爆发动乱，他通过贿赂选举教皇的枢机主教团才得以当选。

③ Sigismondo Malatesta（1417—1468），马拉泰斯塔家族的一个杰出成员，富有军事才干，曾指挥威尼斯军队对抗奥斯曼帝国。吉内芙拉是他的妻子和侄女。

④ Charles VI（1368—1422），法兰西国王，因精神病被称为“疯王”。他早期励精图治，减免税赋，深受人民爱戴，被称为“可爱的查理”。相传曾经有一个麻风病人抓住他的马警告他会被人背叛，有很多表现该场景的画作。

⑤ 一种早期的塔罗牌。

⑥ Grifonetto Baglioni（1477—1500），以英俊闻名。巴格廖尼家族是佩鲁贾地区的领主，由于权力斗争，格里弗内托率领其他家族小辈在阿斯托尔的婚礼上发动血腥事变，杀害了很多宾客，但很快他自己也被人杀死。西蒙内托是阿斯托尔的表亲；阿塔兰塔是格里弗内托的母亲。

他的阿塔兰塔也为他祝福。

他们全都有一种可怕的魅力。他在夜里与他们相见，然后他们在白天侵扰他的想象。文艺复兴时期有各种奇怪的下毒方法——一个头盔、一把点燃的火炬、一只刺绣的手套和一把镶着珠宝的扇子、一个镀金的香盒、一条琥珀的手链都能用来下毒。道林·格雷却中了一本书的毒。有些时候，他只是把邪恶视为一种可以实现他美的理念的形式。

第十二章

正如他后来常常回忆起的，那天是十一月十九日，他三十八岁生日的前夜。

他刚在亨利勋爵家吃过晚饭，大约十一点的时候走着回家。夜里很冷，雾很重，他裹着厚厚的皮草。在格罗夫纳广场和南奥德利街的街角，一个男人在雾色中经过他身旁，走得很快，灰色的大衣领子立起，手里拿着一个包。道林认出了他，是巴兹尔·霍沃德。一种他无法解释的奇怪的恐惧感攫住了他。他不露声色地向家的方向加快了速度。

但霍沃德看到他了。道林听见他先是在人行道上停住脚步，接着追了过来。不一会儿，他的手就抓住了自己的胳膊。

“道林！真是太巧了！我从九点钟就一直在你的藏书室里等你，最后实在是不忍心让你的仆人太累了，就让他去睡觉，他就把我送出来了。我要坐午夜的火车去巴黎，走之前特别想见见你。我觉得刚刚走过的是你，看着像是你的毛皮大衣，但我不太肯定。你没认出我吗？”

“这么大雾呢，亲爱的巴兹尔。哎呀，我连格罗夫纳广场都认不出来了。我估摸着我家就在附近，都不敢肯定。真可惜你要走了，我好几年没见你了。但我想你应该很快就会回来吧？”

“不，我要离开英国六个月。我打算在巴黎弄个画室，直到完成我现在脑子里那幅伟大的画。不过，我不是来说自己的事的。正好到了你家门口，让我进去坐会儿，我有事跟你说。”

“我很乐意，但是你不会错过火车吗？”道林·格雷懒懒地说着，一面走上台阶，用钥匙开了门。

灯光从浓雾里勉强挤出来，霍沃德看看表。

“我有的是时间。”他答道，“火车十二点十五之前走不了，现在才十一点呢。实际上，刚刚我正要去俱乐部找你。你看，我不会因为行李耽搁，我已经把重的东西都送过去了，现在随身带的就这个包，二十分钟就能到维多利亚站。”

道林看着他微微一笑。“真是时髦画家出门的样子！一个旅行包，一件大风衣就行了！进来吧，别让雾气进屋了。先说好，你可别谈什么严肃的事。这年头没有什么是严肃的，至少不该有。”

霍沃德摇着头进了门，跟着道林进了藏书室。大大的开放壁炉里正烧着旺旺的柴火。台灯亮着，一张小小的嵌花木桌上放着一个敞开的荷兰银酒壶，还有些苏打水和几个大大的平底雕花玻璃杯。

“你看，你的仆人给我弄得宾至如归的，道林，给我拿来了一切我想要的东西，包括你最好的金蒂香烟。他可真是太热情了。比起你以前请的那个法国人，我更喜欢他。说起来，那个法国人哪儿去了？”

道林耸耸肩。“我想他是娶了拉德利夫人的侍女，把她在巴黎捧成了英国女裁缝吧。我听说那边现在很流行英国风。法国人挺傻的，是不是？不过，你知道吗，作为仆人他一点不差。我从没喜欢过他，但也没什么可抱怨的。人们经常会想象一些很荒唐的事情。他其实对我挺忠心的，走的时候他还挺舍不得。再来一杯白兰地加苏打吗？还是喝点莱茵白葡萄酒加赛尔兹气泡水？我自己都是喝这个。隔壁肯定还有一些。”

“谢谢，我不能再喝了。”画家说着，取下帽子和外套，扔到他放在角落的旅行包上。“现在，我亲爱的伙计，我想跟你严肃地谈一谈。别这么皱着眉，你这是让我为难。”

“什么事？”道林没好气地嚷着，一下子倒在沙发上，“我希望别是关于我自己的。今晚我已经腻烦我自己了，但愿是关于别人的。”

“就是关于你的。”霍沃德用一种低沉严肃的语气答道，“而且我必须要跟你说。应该只需要占用你半个小时。”

道林叹了口气，点起一支香烟。“半个小时！”他咕哝着。

“这不是什么过分的要求，道林，而且我说的全都是为了你好。我觉得应该要让你知道，现在伦敦流传着很多关于你的非常难听的话。”

“我一点也不想知道。我喜欢别人的丑闻，对自己的丑闻可不感兴趣。那没有新鲜感。”

“你必须要感兴趣，道林。每个绅士都对自己良好的名声感兴趣。你不想让别人把你说成什么低劣堕落之徒吧。当然，你有地位有财富，诸如此类的，但是地位和财富不是一切。注意，我完全不相信这些谣言。至少，我见了你便无法相信。罪恶是会写在人脸上的，是无法隐藏的。人们有时会说起秘密的罪孽，压根儿没有这种事。如果一个人做下罪孽，那一定会显现在他嘴边的线条上，显现在下垂的眼睑上，甚至显现在双手的模样上。有人——我不说名字，但是你认识的人——去年来找我画像。我在那之前从没见过他，也从没听说过他的事情，虽然从那以后听到了不少。他给我开了个很高的价格。我拒绝了，因为他手指的形状有某种让我讨厌的地方。我现在知道了，我当时对他的猜想是非常正确的。他的生活非常可怕。但是你，道林，以你这样纯洁、灿烂、天真的脸庞，这样令人赞叹的无瑕的青春——我没法相信任何对你不利的事情。可是我很少见到你，你现在也从来不到我画室里来了。当我见不到你而又听见人们窃窃私语那些关于你的丑话，我不知道该说什么。道林，为什么贝里克公爵这样的人会在你进入俱乐部时走人呢？为什么伦敦这么多绅士不肯到你家里来，也不肯邀请你去他们家呢？你以前和斯塔夫利勋爵挺要好的啊。我上周吃饭的时候碰到他，谈话时说起你，关于你借给达德利展览的那些小像。斯塔夫利噘起嘴，说你或许有着最佳的艺术品位，但绝不能允许任何一个心灵纯洁的姑娘认识你这样的男人，也不该让任何一个贞洁的女子和你坐在同一个房间里。我提醒他我是你的朋友，并问他说的是什么意思。他跟我说了，当着所有人的面大剌剌地说出来。他说得实在太可怕了！为什么你的友谊对年轻男子有这样致命的危险？比如卫队里那个自杀了的可怜的男孩，你曾是他要好的朋友。比如亨利·阿什顿爵士，因为名誉受损而不得不离开英国，你以前和他形影不离。还有亚德里安·辛格顿，怎么会落得这么一个可怕的结局？还有肯特勋爵的独子和他的职业生涯？我昨天在圣詹姆斯街碰到他父亲，他似乎已经被耻辱和悲伤击垮了。还有年轻的珀斯公爵？他现在过的是什么日子？还有哪个绅士愿意跟他交往？”

“住口，巴兹尔。你对自己讲的东西根本一无所知。”道林·格雷说，他咬着嘴唇，声音里透着无尽的鄙夷，“你问我为什么我一进房间，贝里克公爵就要走，那是因为我对他的生活一清二楚，而不是因为他对我的生活有任何了解。他的血管里流着那样的血，他自己的经历又能有多干净？你问我亨利·阿什顿和年轻的珀斯的事，一个人的罪恶和另一个人的放荡难道都是我教的？如果肯特的傻儿子要从大街上找老婆，关我什么事？如果亚德里安·辛格顿要把他朋友的名字写在纸条上，难道要我来帮他保密？我知道英国人是怎么传闲话的。中产阶级在他们恶心的餐桌上宣扬他们那些道德偏见，鬼鬼祟祟地讨论他们所谓的上流社会的‘放荡’，假装他们生活在光鲜体面的圈子里，假装和他们诽谤的人关系密切。在这个国家，只要一个人有地位有头脑，就足够让所有人都来嚼他的舌根。而这些自诩道德的人自己又过着什么样的生活呢？我亲爱的朋友，你忘了我们生活在伪君子的大本营。”

“道林！”霍沃德吼道，“问题不在于这个。英国是一团糟我知道，英国社会也是烂透了。正因如此，我才希望你能好好的。你没有。人们有权从一个人给朋友的影响来判断他的为人。你的朋友似乎彻底失去了荣誉、善良和纯洁，你给他们灌输的都是对享乐的疯狂追求。他们已经堕入深渊，是你把他们引到那里去的。是的，是你引导他们的，可你还笑得出来，因为你正在笑。后面还有更糟糕的。我知道你和哈利现在形影不离。就算不为了别的，就为了这个，你也不该让他姐姐的名字变成笑柄。”

“当心，巴兹尔，你别太过分了。”

“我必须要说，你也必须要听。你一定要听。你刚认识格温德伦夫人的时候，她还从来没有沾上过一丝丑闻。现在，伦敦还有一个体面的女人愿意跟她一起乘车逛公园吗？天呐，就连她的孩子也不被允许和她一起生活。还有其他的传言——说你在黎明的时候从一些见不得光的屋子里钻出来，说你乔装打扮去伦敦最下流的娱乐场所。是不是真的？这些能是真的吗？第一次听说的时候，我哈哈大笑。现在我再听到这些话，只觉得不寒而栗。还有你那个乡村别墅，你在那里过的什么生活？道林，你不知道人们都是怎么说你的。我不会跟你说‘我不是想教训你’。我记得哈利有一次说，每一个想当一会儿业余神父的人都会这么开头，然后就食言。我确实是要教训你。我想让你过一种让世人尊敬的生活，我想让你有个干净的名声，有个良好的履历，我想让你摆脱你交往的那些不三不四的人。别这么耸耸肩膀不以为然。别这么无所谓的样子。你能发挥巨大的影响，那就让它是好的影响，而不是坏的影响。他们说你能腐化每一个和你亲近的人，说只要你进到一个屋子里，丢脸的丑事就要跟着上门。我不知道是不是真的这样，我哪里知道？但有人这么说。我听说了一些似乎无可置疑的事。格洛塞斯特勋爵是我在牛津时最好的朋友之一。他妻子临死前一个人住在蒙通的别墅里，他给我看了她临终前给他写的一封信。这是我读过的最可怕的忏悔书，其中影射了你的名字。我告诉他这是无稽之谈——我说我十分了解你，说你根本做不出那样的事。了解你？我不知道我是否真的了解你？我必须要见到你的灵魂，才能回答这个问题。”

“见到我的灵魂！”道林·格雷喃喃说着，从沙发上站起身，因为恐惧几乎面无血色。

“是的。”霍沃德严肃地答道，低沉的声音中满是悲哀，“见到你的灵魂。但只有上帝才能做到。”

年轻些的男子嘴里发出苦涩的笑。“那就让你亲眼看看，就在今晚！”他叫着，从桌子上拿了一盏灯，“来吧！是你亲手创作的，怎么能不让你看呢？你要是愿意，尽管去说给世人听，没有人会信你。如果他们真信了，只会因此更加喜欢我。我比你更清楚这个时代，虽然是你总喋喋不休地谈论它。来吧，我都告诉你。你一口一个腐化堕落说得够多了，现在就让你面对面地好好看看它。”

他吐出的每一个字都带着一种骄傲的疯狂。他用他那孩子气的暴躁跺着脚。想到终于有人要分享他的秘密，想到这个画出了他一切耻辱之源的画家将会为自己的所作为所为一辈子背负恐怖的记忆，他感到一种可怕的快乐。

“是的。”道林接着说，向霍沃德靠近一步，死死地盯着他严厉的双眼，“我给你看我的灵魂，你会见到你以为只有上帝才能看见的东西。”

霍沃德吃惊地往后一退。“这是亵渎神明，道林！”他喊道，“不许你说这样的话，这样说太可怕了，而且也没有任何意义。”

“你认为是这样吗？”他又笑了。

“我知道是这样。至于我今晚跟你说的事，我是为了你好才说的。你知道我一直都是你忠实的朋友。”

“别碰我！你要说什么赶紧说完。”

一阵痛苦的抽搐在画家脸上闪过。他停了一会儿，一股强烈的怜悯笼罩了他。毕竟，他有什么权利窥探道林·格雷的生活？如果他真的做了哪怕一点点谣言编排他的那些事，他该经受了多大的折磨啊！于是他站直身体，走到火炉旁，站在那里，看着燃烧的木柴那霜花般的灰烬和跳动的火焰。

“我等着呢，巴兹尔。”年轻人用生硬而清晰的声音说。

他转过身。“我要说的是，”他大声说，“对于那些针对你的可怕的指控，你必须给我一个答复。如果你跟我说这些从头到尾都不是真的，我就会相信你。否认吧，道林，否认这一切！难道你看不出来我正在遭受什么吗？上帝啊！不要告诉我你很坏，很堕落，很可耻。”

道林·格雷微微一笑，嘴唇弯起一个轻蔑的弧度。“上楼，巴兹尔。”他轻轻地说，“我每天都会记日记，写完就一直放在那个房间里。只要你跟我来，我就给你看。”

“我跟你去，道林，如果你希望这样的话。我想我已经错过火车了，这不要紧，我可以明天走。但是今晚别让我读东西了，我只想要一个简单的回答。”

“上了楼就给你回答。我在这儿没法给你。你不用读很久的。”

第十三章

他走出房间，迈步上楼，巴兹尔·霍沃德紧随其后。他们脚步很轻，人们夜里总是本能地这么做。台灯在墙壁和台阶上投射出鬼魅般的影子。一阵风吹来，把几扇窗户弄得簌簌作响。

到了顶层，道林把台灯放在地板上，然后拿出钥匙，转动门锁。“你坚持要知道吗，巴兹尔？”他压低声音问。

“是的。”

“我很高兴。”他微笑着回答。然后，他有些突兀地补充道：“你是这个世界上唯一一个有权知道我所有事情的人。你对我的人生起到的作用远比你以为的要大。”接着，他拿起灯，打开房门走了进去。一股寒气从他们身边穿过，灯火蹿了一下，昏黄的火焰闪动着。他打了个冷战。“关上你身后的门。”他低语道，一边把灯台放到桌上。

霍沃德迷惑地打量四周。房间看起来已经好多年没人住过了。一幅褪色的弗拉芒挂毯，一幅布帘盖住的画，一口意大利的大箱子，还有一个空荡荡的书架——除了一把桌子、一把椅子，似乎这就是房间里仅有的陈设。当道林·格雷点起壁炉台上残存的半截蜡烛时，他看到到处都覆满灰尘，地毯上也破了洞。一只老鼠在壁板后面窸窣翻动，房间里弥漫着一股潮湿的霉味儿。

“你认为只有上帝才能看见灵魂吗，巴兹尔？把那帘子拉开，你就能看见我的。”

说话的声音冰冷而残酷。“你疯了，道林，要么就是在演戏。”霍沃德咕哝着，皱起眉头。

“你不肯吗？那我就自己来了。”年轻人说。他将帘子从杆子上一把扯下，扔到地上。

借着微弱的灯光，画家看到画布上那张恐怖的脸正笑盈盈地看着自己，不由得发出一声惊恐的尖叫。画像的表情中有某种东西让他感到满心的恶心和厌恶。老天爷！他现在看着的就是道林·格雷的脸啊！那种恐怖——不论那到底是什么——还没有彻底毁掉那惊人的美，日渐稀疏的发丝中仍然残留了一些金色的光泽，满是肉欲的嘴巴上也还有几许红润，浮肿的双眼还保留了一点动人的蓝色，高贵的曲线还没有从精雕细琢的鼻孔和精心塑造的脖子上彻底消失。没错，这就是道林本人。但是谁画的？他似乎认出了自己的笔触，这画框也是他本人的设计。难道……这想法太过疯狂，让他感到害怕。他抓过燃烧的蜡烛，举到画像前。左下角正是他自己的签名，修长的字母依然透着鲜艳的朱红。

这肯定是谁弄的拙劣戏仿，是不怀好意的下作的讽刺。他从没画过这种东西。但是，这确实是他本人的画，他心里明白，感觉自己的血液在一瞬间从炽热的烈火变成了瘫软的冰。他自己的画！这是什么意思？它为什么变了？他转过身，用一双病人般的眼睛看着道林·格雷。他嘴角抽动，口舌发干，似乎一句话也说不出来。他用手捂住额头，上面已经挂满汗水。

年轻人靠着壁炉台，带着一种奇怪的表情看着他，就像是沉浸在伟大的艺术家表演的一出戏里似的，既没有真正的悲哀，也没有真正的喜悦，仅仅是作为观众的热情，或许眼中还闪烁着一丝胜利的光彩。他摘下自己外套上戴的花，嗅着花香，或者假装在嗅。

“这是什么意思？”终于，霍沃德喊道。他的声音落在自己耳中显得尖利而怪异。

“很多年前，我还是个男孩的时候，”道林·格雷说着，揉碎了手中的花，“你遇见我，奉承我，教我为自己的美貌生出虚荣。有一天你把我介绍给你的一个朋友，他跟我阐述青春的奇妙，而你完成了一幅我的画像，给我揭示了美的神奇。在那个疯狂的时刻——即使是现在我也不知道有没有后悔——我许了一个愿，或许你可以称之为一个祈祷……”

“我记得！噢，我记得非常清楚！不，那种事是不可能的！这屋子太潮了，霉气侵染了画布，我用的颜料里面有些该死的矿物质毒素。我告诉你那种事是不可能的。”

“啊，什么事不可能？”年轻人喃喃着走到窗户边，把额头贴到冰冷的蒙着雾气的玻璃上。

“你跟我说你已经把画毁了。”

“我说错了。是它毁了我。”

“我不相信这是我的画。”

“难道你看不到其中蕴含着你的理想？”道林苦涩地说。

“我的理想，用你的话来说……”

“是用你自己的话来说。”

“我的理想没有任何邪恶、任何可耻的东西。你当初对我来说就是那样的理想，是一生罕见的。这是一张酒色之徒的脸。”

“这就是我的灵魂的脸。”

“天啊！我究竟崇拜了一个什么东西！这是恶魔的眼睛。”

“我们每个人身体里都包含着天堂和地狱，巴兹尔。”道林吼着，疯狂的动作透出绝望。

霍沃德转回身，凝视着画像。“我的上帝啊！如果这是真的，”他叫道，“如果你真是过着这样的生活，天啊，你一定比那些中伤你的人想象得还要糟糕！”他再次举起灯台细细查看。画像表面似乎并没受什么影响，还像他当初完成时那样。看来，这种丑陋和恐怖的感觉是发自内部的。通过某种内在生命的奇怪活动，罪恶的麻风慢慢侵蚀了它。在积水的坟墓里腐烂的尸体也没有这么可怕。

他的手抖了一下，蜡烛从烛台上掉下来落到地板上，发出噗噗的声音。他用脚踩灭了烛火，然后坐进桌边那把颤巍巍的椅子里，把脸埋进手掌中。

“上帝啊，道林，真是教训啊！可怕的教训！”没有回应，但他能听见年轻人在窗户边啜泣的声音。“祷告吧，道林，祷告。”他喃喃说，“教给小孩子的那些话怎么说来着？‘不要将我们引入诱惑；原谅我们的罪孽，涤净我们的邪恶。’我们一起念。你虚荣的祈祷有了回应，你悔罪的祈祷也会有回应的。我以前崇拜你太过了，我受了惩罚。你也自我崇拜太过了。我们都受到了惩罚。”

道林·格雷缓缓转过身，用迷蒙的泪眼看着他。“来不及了，巴兹尔。”他支吾着说。

“没有什么来不及的，道林。我们都跪下来，试试能不能想起什么祷告。是不是有一段这么说的，‘尽管你的罪恶鲜红如血，但我会让它们变得雪般洁白’？”

“这些话现在对我毫无意义。”

“嘘！别这么说！你已经做了足够的恶了。我的上帝啊！你看那个该死的东西是不是正在对我们狞笑？”

道林·格雷看了看画像，突然一阵无法控制的对巴兹尔·霍沃德的恨意攫住了他，就好像画上的形象透过那笑盈盈的嘴唇在他耳边低语给他灌输的一样。一种困兽的疯狂在他体内翻腾，他讨厌这个坐在桌边的男人，胜于他这辈子讨厌的任何东西。他狂乱地扫视四周。画像的胸脯正对着他，那顶上有什么东西闪闪发亮，吸引了他的目光。他知道那是什么。那是一把刀，是他几天前拿上来割绳子结果忘记拿走的。他慢慢靠近那把刀，在这个过程中经过了霍沃德身边。一走到他身后，他就攥住刀转过身。霍沃德在椅子里动了一下，好像要站起来。他冲向霍沃德，把刀扎进耳后的大血管里，然后把男人的脑袋摁在桌子上，捅了一刀又一刀。

一声沉闷的呻吟，还有可怕的人被血噎住的声音。胳膊挣扎着往上伸了三次，在空气中挥动着扭曲的、指头僵硬的手。他又捅了两次，但男人再也不动了。有什么东西在地板上淌开。他又等了一会儿，仍然按着霍沃德的脑袋。然后他把刀扔到桌上，听着。

什么都没听见，只有液体一滴一滴落在破败地毯上的声音。他打开门走到楼梯口。房子里静悄悄地，一个人影都没有。有几秒钟的时间，他俯在栏杆上凝视下方漆黑的深井里浓浓的黑暗，接着拿出钥匙，回到房间，把自己锁在里面。

那东西仍然坐在椅子里，趴在桌上，耷拉着脑袋，驼着背，垂着长长的胳膊。要不是脖子上那鲜红的参差的切口和桌子上缓缓扩大的黑色的血泊，别人会以为这个人只是睡着了。

一切发生得真快啊！他感到一种奇怪的平静，便走到窗边，打开窗户来到阳台上。风已经把雾吹散了，天空像是一屏巨大的孔雀尾巴，闪烁着无数只金色的眼睛。他俯视着地面，看到警察正在巡逻，用手里的灯笼远远地照了一遍各家静悄悄的房门。一驾经过的马车红彤彤的大灯在街角亮了一下，然后又消失了。一个女人正沿着轨道慢慢挪动，脚步有些蹒跚，围巾在空气里翻动。她时不时停下来回头张望，有一次还用粗嘎的嗓音唱起歌。

警察踱步过来跟她说了点什么，她便大笑着，跌跌撞撞地走开了。一阵猛烈的大风吹过广场。煤气灯都闪了一下，变成蓝色，光秃秃的树把黑黢黢的虬枝铁干前后摇晃起来。他打了个冷战，走回房间，关上身后的窗。

走到门边，他转动钥匙开了门。他甚至没有看一眼那个被杀的男人。他觉得整件事的秘诀就在于不要去了解具体的情况。画了那幅致命的画像造成他一切悲剧的那个朋友从他的生活里消失了。这就够了。

然后，他想起了那盏台灯。这可是一件非常稀有的摩尔工艺品，暗银的底上嵌了蔓藤纹的亮钢，还点了几颗砺面绿松石。说不定仆人见不到它会问起来的。他犹豫了一会儿，然后转回去从桌子上拿起台灯。他不由得看了看那个死物。果真一动不动！那两只长长的手看起来惨白！简直像一具可怕的蜡像。

关上身后的门，他蹑手蹑脚地爬下楼。木板吱吱嘎嘎，仿佛发出痛苦的呼喊。他好几次停下来等待。不，一切都很安静，只有他自己的脚步声。

走到藏书室，他看到了角落里的旅行包和外套。这些得藏起来。墙板里有一个暗格，藏着他自己那些古怪的乔装用品。他打开暗格，把东西放了进去。回头他可以轻松地把它们烧掉。然后他掏出表来。现在是一点四十。

他坐下来开始思考。每年——几乎是每个月——都有人因为他刚刚做的这种事被绞死。空气中弥散着谋杀的疯狂气息。是某颗红色的星星靠地球太近了……不过，又有什么证据指证他呢？巴兹尔·霍沃德十一点就离开了他家。没人看到他又回来。仆人基本都在塞尔比华府，他的贴身男仆早就睡下了……巴黎！没错，巴兹尔是去巴黎了，坐的是午夜的火车，像他计划的那样。考虑到他那些古怪的保密习惯，要好几个月才会有人怀疑。几个月！那时候早就什么痕迹都销毁了。

一个突然的想法击中了他。他穿上毛皮外套，戴上帽子，走到大厅里。他在那里停住了，听着外面人行道上警察缓慢的脚步声，看着窗户上反射的牛眼灯的光束。他等待着，屏住了呼吸。

过了一会儿，他拉开门闩，溜了出去，轻轻关上身后的门。然后他开始按门铃。过了大约五分钟，他的男仆出现了，衣衫不整，睡眼惺忪。

“抱歉我不得不叫你起来，弗朗西斯。”他边说边进门，“但我忘记带钥匙了。现在几点了？”

“两点过十分，先生。”男仆答道，看了看钟，眨着眼睛。

“两点过十分？都这么晚了！你明天一定要九点叫我起床，我有事要做。”

“好的，先生。”

“今天晚上有人找我吗？”

“霍沃德先生来过，先生。他在这儿待到了十一点，然后就去赶火车了。”

“哦！可惜没见到他。他留什么口信了吗？”

“没有，先生，只是说他如果没在俱乐部找到你，就从巴黎给你写信。”

“那就行，弗朗西斯。别忘了明天九点叫我。”

“不会的，先生。”

男人趿着拖鞋沿着走廊晃晃悠悠过去了。

道林·格雷把帽子和外套扔到桌上，进了藏书室。有一刻钟时间，他都在房间里来回踱步，咬着唇思考。然后他从书架上拿下蓝皮书翻找起来。“艾伦·坎贝尔，梅菲尔赫特福德街152号。”没错，这就是他要找的人。

第十四章

第二天早上九点，仆人用茶托端着一杯热可可进来，拉开了百叶帘。道林正侧着身子，枕着胳膊，安然酣睡。他看起来就像一个玩累了或者学习累了的男孩。

仆人不得不在他肩膀上拍了两次才把他唤醒。当他睁开眼睛的时候，嘴上掠过一个若有若无的微笑，仿佛刚刚做了一个美梦似的。但他其实完全没有做梦，他这一晚没有受到任何欢快或痛苦的形象侵扰。但青春总是毫无理由地微笑，这正是它的一大魅力。

他转过身，趴在自己的手肘上，开始喝可可。十一月绵柔的阳光洒进房间。天空明亮，空气中有怡人的温暖，几乎像是五月的早晨。

渐渐地，前一天晚上的事情迈着静悄悄的、沾着血迹的脚步潜入他的头脑，一切又清清楚楚地重现在脑海中。回想起自己遭受的折磨，他不由瑟缩了一下，有那么一会儿，那种奇怪的对巴兹尔·霍沃德的厌恶之情又回来了，就是这种厌恶让他在巴兹尔坐在沙发上时杀了他。激荡的心情叫他浑身发冷。那个死去的男人现在也还坐在那里，晒着太阳呢。多可怕啊！这些丑陋的东西是属于黑暗的，不该属于白日。

他觉得如果自己再纠结这些发生过的事情就会生病或者发疯。有些罪恶的迷人之处更多在于回忆而不在于发生的过程，有些奇怪的胜利对虚荣心的满足胜于对激情的满足，带来的智力上的愉悦，强过它们带来的——或能够带来的——任何感官上的愉悦。但这不是其中任何一种，这件事是要从脑海中驱逐出去的，是要用罂粟麻痹的，是要一早掐死否则反而会受制于它。

半点的钟声响起时，他扶了扶额头，然后匆忙起床，比平时更加精心地打扮了一番，尤其小心地选择了领带、围巾别针，还反复换了几次戒指。他花了很长时间吃早餐，品尝着每一道菜肴，一面跟男仆说着自己打算给塞尔比的仆人们制作的新制服，又过了一遍信件。有些信让他莞尔一笑，有三封让他厌烦，还有一封他读了好几遍，然后带着薄怒撕了个粉碎。正如亨利勋爵曾经所说的，“讨厌的东西啊，女人的记忆！”

喝完一杯黑咖啡，他用餐巾慢慢擦了擦嘴，示意男仆等一下，然后走到书桌边，坐下写了两封信。他把一封放进自己的口袋，另一封交给了男仆。

“把这个送到梅菲尔赫特福德街152号，如果坎贝尔先生不在城里的话，就问一下他的地址。”

等到独自一人时，他马上点起一支烟，开始在一张纸上画起素描，先是画了几朵花和建筑的碎片，然后画起人脸。突然，他注意到自己画的每张脸似乎都与巴兹尔·霍沃德有一种奇妙的相似。他皱起眉头，起身走到书柜前随手拿起一册书。他下定决心，除非有绝对的必要，否则他绝不去想发生的事情。

在沙发上伸懒腰的时候，他看了看书的扉页。是戈蒂耶的《珐琅和雕玉》，夏彭蒂耶书店出的日本和纸版，有雅克马[1]的

① Jules Jacquemart（1837—1880），法国著名的蚀刻师。

蚀刻，用橘绿色的皮革装订，带有鎏金花纹和石榴图案的设计。这是亚德里安·辛格顿给他的。他翻动着书页，目光落在了写拉肯内尔之手的那首诗上[①]。那只冰冷枯黄的手“尚未洗净折磨的痕迹”，长着红色的绒毛和“动物似的手指”。他瞧瞧自己白皙纤细的手指，不由自主地微微颤抖。他接着往下读，直到看到那些关于威尼斯的可爱诗节[②]。

看，伴着美妙的音阶
一颗颗明珠缀在胸前
亚得里亚的维纳斯
洁白的身躯从水中升起

碧波上的一道道桥拱
追随着高低起伏的旋律
犹如无数隆起的胸脯
被爱的叹息鼓动

小船靠岸将我放下
将它的锁链系上柱子
就在一道大理石的台阶前
正对它粉色光洁的表面

① 《珐琅和雕玉》中的一首诗，标题即 Lacenaire，描绘了一个被处死的杀人犯Lacenaire的手，讨论了罪恶、欲望、暴力，以及由此带来的惩罚和覆灭。原文为法文，此处转译自英文版。

② 指诗集中《威尼斯狂欢节变奏曲》的第二首，描写了水中泛舟的场景。

多美啊！读着这些诗，你就像是坐着一艘黑色的贡多拉[①]，追随着银色的船头和飘动的帘幕，沿着碧绿的水道漂行于粉红和莹白的城市之间。这些简简单单的诗行，在他眼中就仿佛划向利多岛[②]时跟在身后的一道道碧蓝的直线。一道道从眼前突然划过的色彩让他想起那些一闪而过的脖子上缤纷艳丽的鸟儿。它们绕着高大的蜂窝般的钟楼飞来飞去，或是迈着无比庄重优雅的步子，穿越昏暗的、落满灰尘的拱廊。他半闭着眼睛靠在沙发上，一遍又一遍地对自己念着：

就在一道大理石的台阶前
正对它粉色光洁的表面

整个威尼斯都在这两句话里。他想起他在那里度过的秋天，想起一段让他陷入疯狂而快乐的狂欢的美妙爱情。处处都有浪漫的故事。但威尼斯，就像牛津一样，保留了浪漫的背景，而对真正的浪漫主义者来说，背景就是一切，几乎就是一切。巴兹尔当时也和他一起待了一段时间，简直为丁托列托[③]着了魔。可怜的巴兹尔！那样的死法多么可怕啊！

他叹了口气，再次拿起那卷书，试图忘记。他读到燕子在士麦那的小咖啡馆里飞进飞出，朝圣的穆斯林教徒坐在那里数他们的琥珀珠子，裹头巾的商人抽着长长的流苏烟斗，彼此严肃地交

① Gondola，威尼斯特有的一种船，船体狭长、平底，通体漆黑，船头船尾会有翘起的装饰，也被称为“凤尾船”。

② Lido，威尼斯附近一个小岛，是著名的游乐景区。

③ Tintoret（1519—1594），意大利文艺复兴晚期著名画家，和提香、委罗内塞并称威尼斯画派“三杰”。

谈。他读到巴黎协和广场上的方尖碑①，在缺乏阳光的孤独流放中把花岗岩化作了眼泪，它渴望回到炎热的、开满莲花的尼罗河边，再见一见那里的斯芬克斯、玫瑰红的朱鹭、爪子镀金的白色秃鹰，还有眼睛小得像绿宝石一样、在热腾腾的绿色淤泥中爬行的鳄鱼。他咂摸着那些从吻痕斑斑的大理石上吸收音乐的诗句，听它们描绘那座被戈蒂耶比作女低音的奇特雕像，那个躺在卢浮宫斑岩室里的“迷人怪物”。但过了一会儿，书从他手里掉了下来。他紧张起来，一阵可怕的恐惧笼罩了他。万一艾伦·坎贝尔不在英国怎么办？等他回来已经过了好几天了。也许他会拒绝过来。那时他能怎么办？现在每一刻都至关重要。

他们曾是很好的朋友，那是五年前了——实际上，当时他们简直形影不离。后来这种亲密关系突然就结束了。现在每当他们在社交场合见面时，只有道林·格雷会露出微笑：艾伦·坎贝尔从来不笑。

他是一个非常聪明的年轻人，尽管对视觉艺术没有真正的鉴赏力，而且他仅有的那点对诗歌之美的感受力，也都是从道林那里获得的。他主要的智力爱好在于科学。在剑桥时，他花了大量时间在实验室工作，并在那年的自然科学专业里取得了不错的成绩。事实上，他现在仍然致力于研究化学，并弄了一个自己的实验室，常常整天把自己关在里面。这让他的母亲非常恼火，因为她一心想让他参加议会选举，并模糊地认为化学家就是开处方的。不过，他也是一位出色的音乐家，小提琴和钢琴比大多数业余爱好者演奏得好。事实上，正是音乐让他和道林·格雷走到了一起——音乐以及道林那种似乎只要他愿意就能发挥出来

① 埃及卢克索神庙的入口处的一个方尖碑，有超过三千年的历史，1833被迁至巴黎，放在协和广场中央。

的说不清的吸引力——事实上，他也常常在不知不觉中发挥着这种吸引力。他们是在伯克希尔夫人家遇上的，就在鲁宾斯坦演出的那个晚上，在那之后，就总是在歌剧和任何有好音乐的地方相伴出现。他们的紧密关系持续了十八个月。坎贝尔总是要么在塞尔比华府，要么在格罗夫纳广场。对他来说，正如对许多其他人一样，道林·格雷就代表了生活中一切美好和迷人的东西。他们之间是否发生过争吵，没有人知道。但人们突然发现他们见面时几乎不说话了，凡是道林·格雷出席的聚会，坎贝尔似乎都会早早离开。而且他变了——有时奇怪地陷入忧郁，几乎开始讨厌听到音乐，自己也绝不肯演奏，当有人叫他表演时，他给的借口就是自己太沉迷科学，没有时间练习。这当然也没错。他对生物学的兴趣似乎与日俱增，他的名字还在一些科学评论中出现过一两次，涉及某些古怪的实验。

这就是道林·格雷在等的人。他几乎每一秒钟都瞟向时钟。随着时间一分一秒地过去，他变得非常焦躁。终于，他站起来，开始在房间里来回踱步，看起来就像是一个困在笼中的美丽生灵。他静静地跨着大步，一双手异常冰冷。

这种情绪让人难以忍受。他觉得时间似乎在拖着沉重的脚步一点点爬行，而他却被飓风卷向某个黑色悬崖嶙峋的边缘。他知道那里有什么在等着他；实际上，他已经看到了，于是颤抖着，用汗湿的双手压住火热的眼睑，仿佛要夺走视觉本身的头脑，把眼球赶回它们的洞穴。没有用。大脑有它自己的食物，正在大快朵颐，而想象已经被恐怖变得十分可怕，被痛苦扭曲成了一个活物，像一个肮脏的木偶在舞台上旋转跳跃，透过不停变换的面具咧嘴大笑。然后，突然，时间在他面前停止了。是的。那个盲目的、慢腾腾喘息的东西不再爬动，而时间已死的可怕念头敏捷地冲上前来，从坟墓里拽出一个可怕的未来，拿给他看。他盯着它。它的恐怖让他彻底僵住。

终于，门开了，他的仆人走了进来。他瞪大的眼睛转向他。

“坎贝尔先生来了，先生。”男人说。

他干渴的嘴唇里发出一声释然的叹息，脸上恢复了血色。

“马上请他进来，弗朗西斯。”他感到恢复了自我，胆怯的情绪消失了。

男人鞠躬退下了。不一会儿，艾伦·坎贝尔走了进来，看起来非常严肃，脸色十分苍白，这种苍白因为他煤黑色的头发和暗沉的眉毛而显得更加强烈。

“艾伦！你真好，感谢你能过来。”

“我本来打算再也不进你家门了，格雷。但你说是生死攸关的问题。”他的声音冰冷而坚硬，说得很慢很慎重。他看向道林的目光透着淡定和探寻，还有一分轻蔑。他的手一直放在大衣口袋里，似乎没有注意到对方跟他打招呼的动作。

“是的，是生死攸关的问题，艾伦，而且不只是一个人的生死。坐下吧。”

坎贝尔在桌边的椅子上坐下，道林坐在他对面。两个人的目光相遇，道林的眼中是无限的同情。他知道他要做的事情很过分。

一阵紧张的沉默过后，他倾过身子，静静地说起来，留心着每一个字在他找来的这个人脸上产生的效果：“艾伦，在这所房子楼上一个锁着的房间里，一个除了我没有人可以进入的房间，有一个死人坐在桌子边。他已经死了十个小时了。不要动，也不要那样看着我。这个人是谁，他为什么会死，他怎么死的，都与你无关。你要做的是——”

“停下，格雷！我不想再知道更多。无论你告诉我的是真是假，我都不关心。我完全拒绝被卷进你的生活。你那些可怕的秘密都自己留着吧，我对它们不再感兴趣了。”

“艾伦，你一定会感兴趣的，这个一定会让你感兴趣。我非常对不起你，艾伦，但我没有办法。你是唯一能够拯救我的人，我不得不把你卷进这件事。我别无选择。艾伦，你懂科学，你知道化学这一类的东西。你已经做过实验。你要做的就是销毁楼上的那个东西——销毁它，使它不留下任何痕迹。没人看到这个人进了这个房子。事实上，此刻他应该在巴黎。几个月内都不会有人找他。等有人找他的时候，这里绝对不能有他的痕迹。你，艾伦，你必须把他和属于他的一切都变成灰烬，让我撒到空气里。”

“你疯了，道林。”

“啊！我就等着你叫我道林呢。”

“你疯了，我跟你说——疯狂到以为我还会为你抬一根手指头，疯狂到做出这样恐怖的坦白。我不想和这件事扯上任何关系，不管到底是什么事。你认为我会为了你而毁掉我的声誉吗？你造了什么孽与我何干？”

“是自杀，艾伦。”

“我很高兴是这样。但是谁逼得他自杀的？是你吧，我猜。”

“你仍然拒绝为我做这件事吗？”

“我当然拒绝。我绝对不想和它扯上任何关系。我不在乎你会蒙受什么耻辱，那都是你应得的。我可不怕看到你丢脸，公开丢脸。世界上那么多人，你怎么偏偏还敢让我卷进这桩恐怖的事？我本以为你会更懂人的性格。看来你的朋友亨利·沃登勋爵虽然教了你不少东西，却没教你多少心理学知识。什么都不能引诱我挪动一步给你帮忙，你找错人了。去找你的那些朋友吧，别来找我。”

“艾伦，是谋杀。我杀了他。你不知道他让我遭受了什么。不管我的生活成了什么样子，他对这种生活的创造或者说毁灭要负的责任都要比可怜的哈利更多。或许这并非他的本意，但结果是一样的。”

“谋杀！天哪，道林，你已经沦落到这个地步了吗？我不会告发你，这不关我的事。再说，我不插手，你肯定会被逮捕。没有人犯罪的时候不犯蠢。但我不会和这事扯上任何关系。”

“你必须和它扯上关系。等等，等一下；听我说，只要听就行，艾伦。我请你做的只是一项科学实验。你常去医院和停尸房，你在那里做的恐怖事情没有影响你。如果在某个可怕的解剖室或腥臭的实验室里，你发现这个人躺在一张铅制的桌子上，身下是一道道红色的流过血的沟壑，你只会把他看作一个了不起的研究对象，而不会有任何反应。你不会认为自己做错了什么，相反，你很可能会觉得你在造福人类，增加世界的知识量，满足智力上的好奇心啥的。我想让你做的只是你以前经常做的事情。事实上，销毁一具尸体远远没有你惯常做的工作可怕。而且，记住，这是唯一对我不利的证据。如果它被发现，我就完了；而且除非你帮我，它肯定会被发现。”

“我没有帮你的意愿，你忘了这一点。我对这整件事无所谓，它与我毫无关系。”

“艾伦，我恳求你。想想我现在的处境。就在你来之前，我差点因为恐惧而晕倒。有一天或许你自己也会体会到恐惧。不！别去想那个。纯粹从科学的角度来看待这个问题。你向来不过问你做实验的尸体来自哪里，现在也别问。我已经跟你说得太多了。但是我恳求你这样做。我们曾经是朋友，艾伦。”

“别提起那段日子，道林——已经逝去了。”

“逝去的东西有时也会驻留不去。楼上的那个人就不会走。

他正坐在桌子前，低着头，伸着胳膊。艾伦！艾伦！如果你不帮我，我就完了。天啊，他们会绞死我的，艾伦！你不明白吗？他们会因为我做的事而绞死我。”

“再这么纠缠下去没有好处。我绝对拒绝。你居然提出这样的要求，真是疯了。”

“你拒绝？”

“是的。”

“我恳求你，艾伦。”

“没用的。”

同样的同情之色浮现在道林·格雷的眼睛里。然后他伸手拿起一张纸，在上面写了点什么。他读了两遍，小心翼翼地折好，然后把它推到桌子对面。做完这些，他站起来，走到窗前。

坎贝尔惊讶地看着他，然后拿起那张纸，打开了它。他读着，脸色变得惨白，倒在了椅子上。一阵可怕的恶心感席卷了他，他感觉自己的心脏好像在某个空荡荡的洞里死命狂跳。

经过两三分钟可怕的沉默，道林转过身，走到他身后，把手搭到他肩膀上。

“对不起，艾伦。”他喃喃说道，“但你让我别无选择。我已经写好了一封信，就在这里。你看看地址。如果你不帮我，我就会把它寄出去。如果你不帮我，我会寄的。你知道结果会怎样。但你会帮我的。你现在不可能拒绝了。我本来想免了你这遭。你得承认这一点，可不能冤枉我。你刚刚很严厉，很尖刻，很过分。从来没有人敢像你刚刚那样对待我——至少活着的人里没有。我都承受了。现在该由我来发号施令了。”

坎贝尔把脸埋进手里，一阵颤抖贯穿身体。

“是的，现在轮到我发号施令了，艾伦。你知道是什么。事情很简单。来吧，别把自己搞得这么紧张。事是一定要做的。面对它，做掉它。”

坎贝尔的嘴里发出一声呻吟，他浑身发抖。壁炉台上时钟的滴答声对他来说似乎是把时间分成了一个个痛苦的原子，每一个都艰难得没法承受。他觉得好像有一个铁环在他的额头上慢慢收紧，似乎那种身败名裂的危险前景已经降临到他身上。压在他肩上的那只手像铅一样沉重，让人无法忍受，似乎要把他压垮。

“来吧，艾伦，你必须马上决定。”

“我不能这么做。”他机械地说，好像语言可以改变什么。

“你必须做。你没有选择。不要拖延。”

他犹豫了一会儿。“楼上房间里有火吗？”

“有，有一个带石棉的煤气灯。”

“我得回家从实验室拿些东西。”

“不行，艾伦，你不能离开这房子。把你想要的东西写在便签上，我的仆人会搭车去把东西拿来给你。”

坎贝尔潦草地写了几行字，吸了吸墨，然后在信封上写上交给他的助手。道林拿起纸条，仔细读了一遍，然后按铃把它交给了他的男仆，并命令他尽快带上东西回来。

大厅的门关上时，坎贝尔一惊，接着从椅子上站起来，走到烟囱旁。他痛苦地发着抖。在将近二十分钟的时间里，两个人都没有说话。一只苍蝇在房间里大声地嗡嗡乱飞，时钟的滴答声就像铁锤在敲击。

当钟敲响一点时，坎贝尔转过身，看着道林·格雷，发现他的眼睛里满是泪水。那张悲伤的脸上透着纯洁和精致，却似乎因此激怒了他。“你这个混蛋，绝对的混蛋！”他喃喃地说。

“嘘，艾伦。你拯救了我的人生。”道林说。

“你的人生？天哪！都是什么样的人生啊！你已经堕落了又堕落，现在已经达到了犯罪的顶峰。我做那事——你强迫我做的事——心里想的可不是你的人生。”

“啊，艾伦。”道林叹息着低声说，“我希望你对我能有我对你千分之一的怜悯。”他说着转过身去，静静站着看外面的花园。坎贝尔没有回答。

大约十分钟后，门上传来敲门声。仆人进来了，手里拿着一个装化学品的大红木箱子，还有一长卷铂钢丝和两个形状相当奇特的铁夹子。

“要我把东西放在这里吗，先生？”他问坎贝尔。

“是的。”道林说，“弗朗西斯，恐怕我还有一件差事要交给你。里士满那个给塞尔比供应兰花的人叫什么名字？”

“哈登，先生。”

“是的——哈登。你马上去里士满，亲自去见哈登，告诉他要给我送之前订购的兰花的两倍，而且白色的花要尽可能少。事实上，我一朵白色的都不想要。今天天气很好，弗朗西斯，里士满是个非常漂亮的地方——不然的话我不会为此麻烦你。”

“不麻烦，先生。我什么时候回来？”

道林看了看坎贝尔。“你的实验需要多长时间，艾伦？”他的声音平静而淡然。房间里有第三个人在场似乎给了他莫大的勇气。

坎贝尔皱着眉头，咬着嘴唇。“大约需要五个小时。”他答道。

“那么你七点半能回来就够了，弗朗西斯。或者留在那儿也行，只用把我外出要穿的衣服准备好就行，然后你整个晚上就自由活动吧。我不在家吃晚饭了，所以用不着你。”

“谢谢你，先生。”男人说着，离开了房间。

“现在，艾伦，一刻也不能耽误。这个箱子可真重！我替你拿着，你拿其他东西。”他语速很快，一副权威的架势。坎贝尔感觉被他支配着。他们一起离开了房间。

他们到达顶楼时，道林拿出钥匙，在锁里转动。然后他停了下来，眼中出现了不安的神色。他打了个寒战。“我想我不能进去，艾伦。”他喃喃道。

“这对我来说不算什么。我不需要你。”坎贝尔冷冷地说。

道林把门打开一半。这时，他看到他的肖像在阳光下不怀好意地乜斜着眼。在它前面的地板上，躺着那道被扯下的布帘。他想起是前一天晚上，有生以来第一次，他忘了把那幅致命的画藏起来。他正要冲上前去，突然打了一个冷战，缩了回来。

那讨厌的红色露珠是什么？正在一只手上闪着光，湿答答、亮晶晶的，好像画布流了血似的？多可怕啊！——一时之间，这在他看来比他知道的那个瘫在桌子上默不作声的东西还要可怕。那个东西落在血迹斑斑的地毯上的歪斜丑陋的影子告诉他，它没有动过，还跟他离开时一样仍在原地。

他深吸一口气，把门开得更大一些，半闭着眼睛，偏着头，快步走了进去，下定决心不看那死人一眼。然后，他弯下腰，捡起金紫相间的幕布，甩到画像上。

他停在那里，有些害怕转身，眼睛死死盯着面前繁复的图案。他听到坎贝尔把那个沉重的箱子、那些铁器，以及那项可怕工作所需要的其他东西都拿了进来。他开始想坎贝尔和巴兹尔·霍沃德有没有见过面，如果有的话，他们对彼此有什么看法。

“现在走开。”他身后传来一个严厉的声音。

他转身匆匆出门，只发觉死者已被推回椅子上，坎贝尔正注视着一张明亮的黄色的脸。下楼时，他听到钥匙在锁里转动的声音。

坎贝尔回到藏书室时，已经七点过很多了。他脸色苍白，但十分平静。“我已经做了你要我做的事。”他低声说，“那么就此别过吧。我们再也别见了。”

“你把我从毁灭中拯救出来了，艾伦。我绝不会忘记这一点。”道林简单地说。

坎贝尔一走他就上了楼。房间里有一股可怕的硝酸气味，但一直坐在桌子旁的那个东西不见了。

第十五章

那天晚上八点半，道林·格雷穿着精致的衣服，扣眼里别着一大束帕尔玛紫罗兰，被鞠着躬的仆人迎进了纳布罗夫人的客厅。他的额头因为紧绷的神经而不住跳动，他感到极度的兴奋，但当他弯腰亲吻女主人的手时，神态却一如平时那样轻松优雅。或许，一个人最轻松自如的时候就是需要扮演一个角色的时候。任何一个那天晚上看到道林·格雷的人，都绝对无法相信他刚刚经历了一场我们这个时代最恐怖的悲剧。那纤细的手指不可能拿起刀犯下罪恶，那张微笑的嘴也不可能对上帝和善意发出过怒吼。就连他自己也不禁惊叹于举止的平静。有一刻，他强烈地感受到双面生活的可怕乐趣。

这是一个小聚会，是纳布罗夫人匆忙召集起来的。她是一个非常聪明的女人，有着亨利勋爵所谓的“真正卓越的丑陋的遗迹”。她的丈夫是我们最乏味的大使之一，而她已证明自己是一个优秀的妻子。她将丈夫妥善安葬到了一处大理石陵墓中，是她自己设计的，又把女儿嫁给了一些富有的、年纪很大的男人。做完这些，她现在便投入到法国小说、法国烹饪和她可以获得的那点法国“精神”的乐趣中。

道林尤其受到她的钟爱，她总是跟他说，她非常庆幸没有在年轻时遇到他。“我知道，亲爱的，我肯定会疯狂地爱上你，为了你把帽子扔到风车上[1]。”她常说，“那时候还不曾想到过你，真是幸运。事实上，我们那时候的帽子这么难看，风车又总忙着随风转个不停，我甚至没有和任何人调过情。但是，那都是纳布罗的错。他近视得厉害，欺骗一个什么都看不见的丈夫根本没意思。”

她当天晚上的客人相当无趣。事实是，她躲在一把非常破旧的扇子后面向道林解释，她一个已婚的女儿突然跑来和她一起住，而且，更糟糕的是，居然把她丈夫也带来了。“我认为她这样做太不厚道，亲爱的。”她低声说，“当然，每年夏天我从霍姆伯格回来后都会去和他们待一阵，但像我这样的老妇人有时得要点新鲜空气。而且，我真的会吵醒他们。你不知道他们在那里过着什么样的生活，那是纯粹的、没有杂质的乡村生活。他们起得很早，因为有很多事情要做；睡得很早，因为没有什么事情要想。从伊丽莎白女王时代以来那个片区就没有发生过任何丑闻，因此他们吃完晚饭就全都睡着了。你可不能坐到他们俩谁的旁边，你得坐在我身边，逗我开心。”

道林咕哝了一句好听的恭维话，然后环视了一下房间。是的，这确实是一个乏味的聚会。有两个人他以前从未见过，其他的人包括欧内斯特·哈罗登，是伦敦俱乐部里常见的那种中年庸人，普通到没有敌人，但又被朋友们彻底讨厌；鲁克斯顿夫人，一个四十七岁、衣着过于华丽的长着鹰钩鼻的女人，她总是试图玷污自己的名声，但她平凡得如此突出，以至于——令她非常失望地——没有人会相信任何对她不利的事；厄琳夫人，一个活泼

---

① 从《堂吉诃德》引申出的一句俗语“throw one’s bonnet over the windmill”，意指离经叛道，挑战世俗。

的小人物，有点搞笑的大舌头，长着暗红色的头发；爱丽丝·查普曼夫人是女主人的女儿，一个土气沉闷的女孩，长着英国人特有的脸孔，叫人即便见过也很快抛在脑后；还有她的丈夫，一个红脸膛、白胡子的家伙，和他那个阶层的许多人一样，以为过度的活泼就可以弥补头脑空空的缺陷。

他很后悔自己的到来，直到纳布罗夫人看着那座以俗气的曲线匍匐在盖着淡紫色衬布的壁炉台上的镀金大钟，惊叹道："亨利·沃登迟到这么久，真是太过分了！我今天早上派人去找他碰碰运气，他信誓旦旦地答应了不会让我失望的。"

知道哈利要来，多少给了他一些安慰。当门打开，他听到哈利慢悠悠的音乐般的声音给那不太真诚的道歉添上一些魅力时，他不再感到无聊了。

但晚餐时他什么也吃不下，一盘又一盘的菜尝也没尝便端走了。纳布罗夫人不停地责备他，说他"侮辱了可怜的阿道夫，他专门为你设计的菜单"。亨利勋爵不时地望向他，对他的沉默和心不在焉的态度感到奇怪。管家不时地给他的杯子里装上香槟。他急切地喝着，只觉得越来越渴。

"道林，"分发酱汁肉冷盘的时候，亨利勋爵终于说，"你今晚是怎么了？你很不高兴。"

"我相信他是恋爱了。"纳布罗夫人喊着，"他不敢告诉我，怕我吃醋。他做得很对。我肯定会。"

"亲爱的纳布罗夫人，"道林微笑着低语，"我已经整整一个星期没有恋爱了——事实上，自从德·费罗尔夫人离开伦敦后，我就没有恋爱过。"

"你们男人怎么会爱上那个女人！"老太太嚷道，"我真的无法理解。"

"这只是因为她记得你还是个小女孩时的样子，纳布罗夫人。”亨利勋爵说，“她是我们和你的短裙之间唯一的联系。”

“她根本就不记得我的短裙了，亨利勋爵。但我非常清楚地记得她三十年前在维也纳的情景，以及她当时袒胸露乳的样子。”

“她现在也还是袒胸露乳。”他一边回答，一边用修长的手指拿起一颗橄榄，“当她穿上一套非常漂亮的礼服时，看起来就像一本精装版的差劲的法国小说。她真的很出色，而且充满了惊喜。她展现家庭亲情的能力可真是不一般，当她的第三任丈夫去世时，她的头发因为悲伤都变得格外金黄。”

“你怎么能这样说，哈利！”道林叫道。

“这是最浪漫的解释。”女主人笑着说，“但她的第三任丈夫，亨利勋爵！你不是说费罗尔是第四任吧？”

“当然，纳布罗夫人。”

“我一个字都不相信。”

“好吧，问问格雷先生。他是她最亲密的朋友之一。”

“这是真的吗，格雷先生？”

“她向我保证是这样的，纳布罗夫人。”道林说，“我问她，是不是像玛格丽特·德·纳瓦拉①那样把他们的心裹上防腐的油膏然后挂在她腰间。她告诉我她没有，因为他们压根就没人有过心。”

“四个丈夫！我得说，这也太放浪了。”

“太大胆了，我要告诉她。”道林说。

“哦！亲爱的，她对任何事情都足够大胆。费罗尔是个什么样的人呢？我不认识他。”

“大美女的丈夫都属于犯罪阶层。”亨利勋爵边品酒边说。

---

① Marguerite de Navarre，文艺复兴时期的法国贵族。17岁时由国王路易十二下诏嫁给当时20岁的阿朗松公爵夏尔四世，夏尔1525年过世，没有子女；玛格丽特继承了他的遗产，不久在弟弟的安排下，再嫁给纳瓦拉国王恩里克二世，因此通称为纳瓦尔的玛格丽特。

纳布罗夫人用扇子打了他一下。“亨利勋爵，世人都说你极其邪恶，我真是一点不奇怪。”

“哪个世界的人这么说？”亨利勋爵抬起眉毛，问道，“只能是死后的世界了。这个世界和我关系好着呢。”

“我认识的每个人都说你非常邪恶。”老太太喊着，大摇其头。

亨利勋爵神情严肃了好一会儿。“这真是太恐怖了，”他最后说，“现在的人这样在一个人背后说他的坏话，而说的都是完全真实的。”

“他是不是无可救药了？”道林坐在椅子里向前倾着身子，喊道。

“我希望是。”女主人笑着说，“不过说真的，如果你们都这么荒唐地崇拜德·费罗尔夫人，我一定得再结一次婚，好赶上潮流。”

“您不会再结婚了，纳布罗夫人。”亨利勋爵插话道，“你之前太幸福了。一个女人再婚是因为她厌恶她的第一个丈夫；一个男人再婚是因为他爱慕他的第一个妻子。女人总想试试运气，男人则拿运气冒险。”

“纳布罗并不完美。”老太太叫道。

“他要是完美，您就不会爱上他了，我亲爱的女士。”亨利勋爵回应道，“女人因为我们的缺陷而爱我们。如果我们有足够的缺陷，她们就会原谅我们的一切，甚至我们的聪明才智。说完这句话，恐怕你再也不会请我吃饭了，纳布罗夫人，但这是千真万确的。”

“自然是真的，亨利勋爵。如果我们女人不因为你们的缺陷而爱你们，你们都怎么办？你们一个都结不了婚，会成为一堆不幸的单身汉。不过，这也不会对你们有什么影响，现在的已婚男人全都像单身汉一样生活，而所有的单身汉都像已婚男人一样。”

“这个世纪完蛋了。”亨利勋爵喃喃自语。

“这个世界完蛋了。”女主人回答。

“我希望是世界完蛋了。”道林叹了口气道，“生活真叫人失望。”

“啊，亲爱的，”纳布罗夫人叫道，戴上手套，“别告诉我你已经穷尽了生活。当一个人这样说的时候，人们就知道是生活把他耗尽了。亨利勋爵很邪恶，我有时希望自己也是这样；但你天生就很好——你看起来这么好看。我必须给你找一个好妻子。亨利勋爵，你不认为格雷先生应该结婚吗？”

“我总是这样跟他说，纳布罗夫人。”亨利勋爵说着鞠了个躬。

“好吧，我们必须给他找一个合适的对象。我今晚要好好过一遍《德布雷特英国贵族年鉴》[①]，列出一份所有合格的年轻女士的名单。”

“带上她们的年龄，纳布罗夫人？”道林问。

“当然会带上她们的年龄，只会稍微加工一下。但任何事情都不能急，我希望是能被《晨报》称为天作之合的结合，我还希望你们俩都能幸福。”

“所谓幸福的婚姻都是瞎扯！”亨利勋爵感叹道，“一个男人和任何女人一起都能幸福，只要他不爱她。”

“啊！你真是个愤世嫉俗的家伙！”老夫人叫道，往后一推椅子，向鲁克斯顿夫人点了点头。“你一定要不久再来和我一起吃饭。你真是一剂振奋精神的补药，比安德鲁爵士给我开的补药

① 这是一部在世界范围内广泛传播的礼仪方面的权威读物。它的诞生正是迎合了社会公众对于这种优雅态度和高贵精神的需求。

好多了。不过，你得告诉我你想见的有哪些人。我希望那是一个愉快的聚会。”

“我喜欢有未来的男人和有过去的女人。”他答道，“还是说您认为这样就成了衬裙聚会[①]？”

“恐怕是这样。”她说着笑了，一边站起身。“万分抱歉，我亲爱的鲁克斯顿夫人，”她补充说，“我没注意您还没抽完烟。”

“不要紧，纳布罗夫人。我抽得太多了。我打算克制自己，为了将来计议。”

“千万别，鲁克斯顿夫人。”亨利勋爵说，“节制是要命的东西。‘足够’就像吃饭一样糟糕，‘过分’就像盛宴一样美好。”

鲁克斯顿夫人好奇地瞥了他一眼。“您一定要在某个下午来给我解释一下，亨利勋爵。这听起来是个迷人的理论。”她含糊地说着，一面快速走出了房间。

“好了，提醒你们，可别在你们那些政治和丑闻上耽搁太久。”纳布罗夫人站在门边喊道，“不然的话，我们肯定要在楼上吵架。”

男人们都笑了，查普曼先生郑重地从桌边站起来，走到上首。道林·格雷换了座位，走到亨利勋爵身边坐下。查普曼先生开始高声谈论下议院的情况，大肆嘲笑他的对手们。“教条主义者”这个词——一个叫英国人倍感恐惧的词——不时出现在他激情四射的话语中，犹如一个头韵的前缀，装点着他的演说。他在思想的顶峰上升起英国的联合十字旗，这个种族遗传的愚蠢——他高兴地称之为“可靠的英国常识”——显然成了社会坚实的防护墙。

亨利勋爵嘴角勾起一丝微笑。他转过身，看着道林。

“你好些了吗，我亲爱的伙计？”他问，“你晚餐时似乎很

① 指女人的聚会。

不高兴。”

“我很好，哈利。我累了，仅此而已。”

“你昨晚很有魅力。小公爵夫人对你相当倾心。她告诉我她要去塞尔比。”

“她答应20号过来。”

“蒙茅斯也会去吗？”

“哦，是的，哈利。”

“他让我厌烦得要命，简直赶得上他让她厌烦的程度。她很聪明，对一个女人来说太聪明了。她缺乏那种说不清的柔弱的魅力。正是泥土的脚使黄金的部分显得珍贵。她的脚非常漂亮，却不是泥做的。要说的话，是白瓷的脚，经历了火的洗礼，而没有被火摧毁的东西都会被火变得更坚硬。她有过经验。”

“她结婚多久了？”道林问。

“永久，她跟我说的。按照圈子里的说法，我相信是十年了，但和蒙茅斯在一起的十年一定就像是永久，那种时间全扔进去了的感觉。还有谁要来？”

“哦，威洛比一家，拉格比勋爵和他太太，我们的女主人乔弗里·克劳斯顿，就这老班子。我还问过戈洛特里安勋爵。”

“我喜欢他。”亨利勋爵说，“很多人都不喜欢，但我觉得他很有魅力。他偶尔打扮过于花哨，但是他用一贯的过于博学做了补偿。他是十分现代的那一类。”

“我不知道他能不能来，哈利。他可能得和他父亲去蒙特卡洛。”

“啊！人们的亲人是多么讨厌啊！尽量让他来吧。对了，道林，你昨天晚上溜得很早，十一点不到就走了。你后来干吗了？直接回家了吗？”

道林迅速瞟了他一眼，皱起了眉头。

“不，哈利。”他最后说，“我将近三点才到家。”

“你去俱乐部了？”

“是的。”他答道，接着咬了咬嘴唇，“不，我不是那个意思。我没有去俱乐部，我到处走了走，我忘了我做了什么……你是多么好奇啊，哈利！你总想知道一个人在做什么，我总想忘记我在做什么。如果你想知道确切时间的话，我是两点半到家的。我把钥匙忘在家里了，不得不叫我的仆人放我进去。如果你想就此事获得任何确凿的证据，可以去问他。”

亨利勋爵耸了耸肩。“我亲爱的伙计，说得像我多关心似的！我们到客厅里去吧。不用雪利酒，谢谢你，查普曼先生。你出事了，道林，告诉我是什么，你今晚很反常。”

“别管我了，哈利。我很烦躁，想发脾气。我明天或后天会再来找你。帮我跟纳布罗夫人找点借口，我不上楼了。我要回家，我必须回家。”

“好吧，道林。我敢说我会在明天下午茶的时候见到你。公爵夫人要来。”

“我尽量去，哈利。”他说着，离开了房间。当他坐车回到自己的房子时，他意识到他以为自己已经扼杀的恐惧感又回到了他身上。亨利勋爵随意的询问让他一时失去了冷静，而他还想保持冷静。危险的东西必须被摧毁。他瑟缩了一下，即使只是要触碰它们的这个想法都叫他讨厌。

但这是必须要做的。他认识到这一点，于是锁上藏书室的门，打开那个塞着巴兹尔·霍沃德外套和包的暗格。炉火正在熊熊燃烧，他又在上面加了一根木头。烧焦的衣服和燃烧的皮革味道真是可怕。他花了四十五分钟才把东西处理干净。最后，他感到晕眩和恶心，于是在一个镂空的铜炉中点了一些阿尔及利亚的香片，把双手和额头沐浴在清冽的麝香味的醋气中。

他突然一惊，眼睛骤然明亮，并且紧张地咬着自己的下唇。在两扇窗户之间有一个佛罗伦萨式的大柜子，由乌木制成，嵌着象牙和蓝色的青金石。他看着它，仿佛它是一个能让人着迷也令人害怕的东西，仿佛里面装着什么他渴望但又几乎是厌恶的东西。他的呼吸急促起来，一种疯狂的渴望笼罩了他。他点了一支烟，又把它扔掉。他的眼帘垂下来，直到长长的浓密睫毛几乎碰到了脸颊。但他仍然看着柜子。终于，他从躺着的沙发里站起来，走到柜子前，打开锁，摸到了某个隐藏的弹簧。一个三角形的抽屉缓缓伸出来。他的手指本能地移向它，探进去，然后握住了某个东西。那是一个黑漆戗金的中式小盒子，做工精细，四周装饰着弯曲的波纹，用丝线挂着圆形的水晶，缀着金属丝编成的流苏。他打开它。里面是一种绿色的糊状物，透着蜡质的光泽，有一种独特的厚重而持久的气味。

他犹豫了一会儿，脸上带着奇怪的凝固的微笑。尽管房间里空气热得要命，他还是发着抖。他提起精神，瞥了一眼钟，离十二点还有二十分钟。他把盒子放回原处，关上柜门，然后走进卧室。

当午夜在昏暗的空气中敲响铜钟时，道林·格雷穿上寻常的衣服，脖子上裹着围巾，悄悄地溜出房子。在邦德街，他发现一辆好马拉的马车。他叫了车，低声告诉车夫一个地址。

那人摇了摇头。“对我来说太远了。”他咕哝道。

“我给你一索维林[1]。”道林说，“如果你走快点，就能再拿一个。”

“好嘞，先生。”那人答道，“您一个小时就能到。”等乘客上了车，他便调转马头，快速向河边驶去。

---

① sovereign，旧时英国货币，面值一英镑。

第十六章

开始下起了冷雨，模糊的街灯在湿漉漉的雾气中格外刺眼。营业场所都正要关门，男男女女昏暗的身影在门外三五成群地围在一起，一些酒吧里传来可怕的笑声。另一些酒吧里醉汉们在厮打尖叫。

道林·格雷躺在马车里，帽子拉过来盖在额头上，无精打采地看着这座大都市的肮脏和羞耻，时不时对自己重复第一次见到亨利勋爵时他说的话：“通过感官治愈灵魂，通过灵魂治愈感官。”是的，秘诀就是如此。他常常做这样的尝试，现在也要再次尝试。有一些鸦片烟馆可以让人们买到遗忘，在这些恐怖的巢穴里，对旧的罪恶的记忆可以被新的罪恶的疯狂摧毁。

月亮像一个黄色的骷髅一样低垂在天空中，不时有一朵巨大的扭曲的云伸出长长的手臂把它遮住。煤气灯越来越少，街道愈加狭窄幽暗。有一次车夫迷了路，不得不往回跑了半英里。随着马蹄在水坑里溅起水花，马身上腾起一股蒸汽，马车侧面的窗户被灰蒙蒙的雾气糊住了。

“通过感官治愈灵魂，通过灵魂治愈感官！”这句话在他耳边不住回荡！他的灵魂肯定已经病入膏肓，感官真的能治愈它吗？无辜的鲜血已经洒下，还有什么可以赎罪？啊！没有什么可以为此赎罪；但是，尽管宽恕是不可能的，忘记还是可能的，他决心忘记，把这件事踩出记忆，像碾碎蜇了人的毒蛇一样碾碎它。真的，巴兹尔有什么权利那样跟他说话？谁让他充当别人的法官了？他说的那些东西都是可怕的，恐怖的，不该忍受的。

马车艰难地前进着，他觉得似乎每一步都越走越慢。他推开活板窗①，叫那人快些。对鸦片的丑恶渴望开始啃噬他，他的喉咙发着烧，精致的双手紧张地攥在一起。他用手杖疯狂地敲打着马。车夫笑了笑，甩起鞭子。他回以笑声，那人却沉默了。

这条路似乎永无止境，街道就像不断蔓延的黑色蜘蛛网。单调的感觉变得难以忍受，随着雾气愈浓，他害怕起来。

然后他们经过了孤独的砖场。这里的雾比较淡，他可以看到奇怪的、瓶子状的窑洞还有里面扇形的橙色火舌。他们经过时，一只狗吠叫起来，远处的黑暗中，一些巡游的海鸥发出尖叫。马在车辙里踉跄了一下，然后转向一边，猛地疾跑起来。

过了一会儿，他们离开土路，再次在粗糙的石板街道上辚辚而行。大多数窗户都暗着，但不时有一些亮着灯光的百叶窗上照出迷人的剪影。他好奇地观察着，它们像诡异的提线木偶一样活动着，活物似的做出各种姿态。他讨厌它们。他的心里有一股沉闷的怒火。当他们转过一个街角时，一个女人从一扇敞开的门里对他们喊了句什么，还有两个男人追着马车跑了大约一百码。车夫用鞭子打了他们。

据说激情会使人的思维绕圈子。道连·格雷紧咬的嘴唇无疑是在用可怕的重复一次次做出口型，默诵那几句涉及灵魂和感官的妙语，直到他找到了自己此刻心情的完整表达，并且通过智

① 道林坐的是名叫“hansom”的双轮马车，乘客的车厢接在马身后，位置较低；车夫坐在车厢后面，位置较高，隔着车厢指挥马匹。车厢后方靠近顶部有一个小活板窗供乘客给车夫指令。

性的认可，确立了这些澎湃情绪的正当性。但即使没有这样的确立，这些情绪也同样会支配他的心性。这仅存的一个想法从他大脑中一个细胞爬到另一个细胞；狂热的求生欲望——人类所有渴望中最可怕的一种——使他每一根颤抖的神经和纤维都爆发出力量。丑陋曾经叫他厌恶，因为丑陋让事物有了实感，现在却出于同样的原因让他感到亲切。丑陋是唯一的真实。粗暴的斯打，令人嫌恶的酒馆，混乱的生活中粗野的暴力，小偷和流氓的卑劣，都以其场景的强烈、实在，变得比所有艺术的优美形象、所有歌谣的梦幻倩影更加生动。这些都是他为了忘却所需要的。三天后，他将获得自由。

突然间，车夫在一条黑暗的小路尽头一个急停。房屋低矮的屋顶，参差不齐的烟囱好像竖立的黑色船桅，白色的一圈圈烟雾像紧贴着船坞的幽灵船帆。

“是在这附近吧，先生？”车夫隔着活板窗沙哑地问。

道林一惊，看看四周，回答：“这里就好。”他匆匆下车，给了车夫之前答应的额外车费，然后快步走向码头的方向。一些巨大的商船船尾不时亮着几个灯笼，灯光在水坑里摇晃着，碎在粼粼的波光里。一道红色的强光从一艘正在加煤、即将出海的汽船上射出来，泥泞的人行道看起来就像一件湿答答的雨衣。

他匆忙朝左边走去，不时回头看是否有人跟踪他。七八分钟后，他走到了一间破旧的小房子前。房子挤在两个破败的工厂之间，顶楼的一个窗户上挂着一盏灯。他停下脚步，在门上敲出一声特殊的响声。

不一会儿，他听到通道里传来脚步声和链条解开的声音。门无声地打开，他走了进去，没有对在他经过时隐没到阴影里的佝偻扭曲的人影说一个字。大厅的尽头挂着一块破旧的绿色窗帘，被他从街上带进来的风带动得晃了起来。他拉开帘子，走进一个长长的低矮的房间，看起来以前像是一个三流舞厅。墙壁上环绕着一圈煤气喷灯，正燃烧着嘶嘶作响，灯光落到它们对面脏兮兮的镜子里，变得暗淡而扭曲。油腻的铁皮灯罩撑在后面，形成一个个颤动的光的圆盘。地板上落满了赭色的锯末，踩得像到处是泥巴，还残留着无数酒渍形成的黑圈。一些马来人蹲在一个小炭火炉旁，玩着骨牌，聊天的时候露出一口白牙。角落里，一个水手把头埋在胳膊里，趴在桌子上。一个涂得很俗艳的吧台横跨整整一面墙，吧台旁站着两个憔悴的女人，正在嘲笑一个表情嫌恶地掸着大衣袖子的老人。“他还以为身上有红蚂蚁呢。”道林经过时，听到其中一个笑着说。那个人惊恐地看看她，不满地嘟哝起来。

房间的尽头有一个小楼梯，通向一个黑暗的密室。当道林匆匆走上三个摇摇欲坠的台阶时，浓重的鸦片气味扑面而来。他深深地吸了一口气，鼻孔愉悦地颤动起来。他进去时，一个发丝光滑的黄发年轻人正弯腰在灯上点一根细长的烟斗，这时抬头看了看他，犹豫地点了点头。

“你在这儿，亚德里安？”道林含糊地说。

“我还能在哪儿？”他无精打采地回答，“现在没有一个家伙愿意跟我说话。”

“我以为你已经离开英国了。”

“达林顿什么也不肯做。最后我哥哥付了账。乔治也不跟我说话了……我不在乎。”他叹了一口气接着说，“一个人只要还有这东西，就不想要朋友。我想我以前是朋友太多了。”

道林瑟缩了一下。他环顾四周，一个个奇怪的人形千姿百态地躺在破烂的床垫上。扭曲的四肢，张开的嘴巴，瞪着的毫无光彩的眼睛，都让他着迷。他知道他们正在什么样奇怪的天堂里受苦，又是什么样沉闷的地狱在教他们某种新的快乐的秘密。他们的情况比他好。他被囚禁在思想中。记忆，就像一种可怕的病，正在吞噬他的灵魂。他似乎时不时看到巴兹尔·霍沃德的眼睛在看着他，但他觉得自己不能待在这里，亚德里安·辛格顿的存在让他不安。他想去一个没有人知道他是谁的地方。他想逃离他自己。

“我要去另外一边。”停顿一会儿后，他说。

“码头上？”

“是的。”

“那只疯猫肯定会在那里。他们现在不让她到这个地方来了。”

道林耸了耸肩。“我已经受够了那些爱人的女人，恨人的女人要有趣得多。再说，那儿的东西也更好。”

“差不多。”

“我更喜欢那种。来吧，喝点东西。我必须喝点什么。”

“我什么都不想要。”年轻人喃喃地说。

“没事的。”

亚德里安·辛格顿疲惫地站起来，跟着道林来到酒吧。一个戴着破头巾、穿着旧大衣的混血儿，把一瓶白兰地和两个酒杯推到他们面前，咧嘴露出一个难看的笑容，算是打招呼。女人们贴过来，开始喋喋不休。道林转身背对她们，放低声音对亚德里安·辛格顿说着什么。

一个歪斜的笑容，就像马来短剑[①]一样，爬上其中一个女人的脸。“我们今晚非常荣幸。”她冷笑道。

“看在上帝的分上，不要和我说话。”道林喊道，在地上跺了跺脚，“你想要什么？钱吗？给你。别再跟我说话了。”

女人浮肿的眼睛里闪过两道红色的亮光，转瞬即逝，留下黯淡呆滞。她甩了甩头，用贪婪的手指把硬币在柜台上排开。她的

① Malay crease，即印尼克里斯剑，是一种刀刃如波浪般弯曲的短剑。

同伴羡慕地看着她。

“没用的。”亚德里安·辛格顿叹了口气，“我不想回去了。有什么要紧呢？我在这里很快乐。”

“想要什么你会给我写信的，对吗？”停顿了一下，道林说。

“也许吧。”

“那么，晚安。”

“晚安。”年轻人答着，走上台阶，用手帕擦了擦干渴的嘴巴。

道林走到门口，脸上露出痛苦的表情。当他拉开窗帘时，从那个拿了他钱的女人涂得鲜红的嘴唇里发出了狰狞的笑声。“和魔鬼做交易的家伙走了！”她用粗嘎的声音打着嗝说。

“混蛋！”他回道，“不要这样叫我。”

她打了个响指。“你喜欢别人叫你白马王子，是不是？”她在他身后大喊。

她说话的时候，那个昏昏欲睡的水手跳了起来，狂乱地四处张望。大厅门关上的声音落到他耳朵里，他冲了出去，好像在追什么。

道林·格雷在细雨中沿着码头匆匆往前走。他与亚德里安·辛格顿的会面奇怪地触动了他，他不知道这个年轻生命的毁灭是否真要算到他头上，就像巴兹尔·霍沃德用那种侮辱的口气说他的那样。他咬了咬嘴唇，有几秒钟，他的眼神变得很悲伤。可是说到底，这对他来说又有什么要紧呢？人一辈子太短暂了，不能把别人的错误背负到自己肩上。每个人都度过了自己的人生，并为这种人生付出了自己的代价。唯一遗憾的是，人不得不经常为一个单一的错误付代价。实际上，人不得不一次又一次地付出代价。跟人打交道的时候，命运从不会结账销户。

心理学家告诉我们，有些时候，对罪恶——或者说世人所谓的罪恶——的热情，强烈地支配着人的天性，以至于身体的每一根纤维、大脑的每一个细胞，似乎都本能地具备可怕的冲动。人们会在这种时刻失去自由意志，像自动装置一样走向可怕的结局。他们不再有选择，良知要么被杀死，要么，如果它还活着，也只是为了给叛逆带来吸引，给逆反赋予魅力。正如神学家们不厌其烦地提醒我们的，所有的罪恶都是逆反之罪。当那个崇高的精灵，那颗邪恶的晨星，从天空坠落时，他是作为一个叛逆者坠落的。

冷漠、专注于邪恶、怀着污浊的头脑和渴望叛逆的灵魂，道林·格雷匆忙地赶着路，边走边加快脚步。他闪进一个昏暗的拱道，这是他常走的一条近道，通往那个声名狼藉的地方。就在这时，他感到自己突然被人从背后抓住。他还没来得及自卫，就被人推到墙上，一只凶悍的手掐住了他的喉咙。

他疯狂地挣扎求生，费了死力将紧扣的手指扳开。一秒以后，他听到左轮手枪咔嗒一声响，看到一个擦得锃亮的枪管闪了闪光。枪管直指着他的头，一个壮实的矮个男子昏暗的身影面对着他。

“你想要什么？”他喘着气说。

“保持安静。”那人说，“动一下我就打死你。”

“你疯了。我哪里得罪了你？”

“你毁了茜比尔·薇恩的一生。”得到的是这样的回答，“而茜比尔·薇恩是我姐姐。她自杀了。我知道是这样。她的死都是你害的。我发誓要杀了你报仇。多年来我一直在寻找你。我没有线索，没有痕迹。可以描述你样貌的两个人都死了。我对你一无所知，只知道她过去对你的爱称。今天晚上我偶然听到了这个名字。向上帝忏悔吧，因为今晚你就要死了。”

道林·格雷恐惧得直犯恶心。“我根本不认识她。”他结结巴巴地说，“我从未听说过她。你疯了。”

“你最好坦白你的罪行，因为你一定会死，正如我是詹姆斯·薇恩一样毫无疑问。”有那么一个可怕的时刻，道林不知道该说什么，做什么。“跪下！”那人咆哮道，“我给你一分钟的时间忏悔——不能再多。我今晚要上船去印度，我必须先完成我的工作。一分钟，仅此而已。”

道林的双臂在身侧垂了下来。恐惧令他瘫痪了，不知道该怎么做。突然间，一个疯狂的希望闪过他的大脑。“停下！”他喊道，“你姐姐死了多久了？快，告诉我！”

“十八年了。”那人说，“你问这个干什么？多少年有什么关系？”

“十八年。”道林·格雷笑了，声音中透出一丝胜利，“十八年！你把我拉到灯下，看看我的脸！”

詹姆斯·薇恩犹豫了一会儿，不明白是什么意思。然后他抓着道林·格雷，把他从拱道里拖了出来。

风中的光线昏暗而飘忽，却足以让他看清自己陷入的可怕错误，因为他打算杀死的这个人脸上有着所有少年的朝气，所有青春未受污染的纯洁。他看起来只是个二十出头的少年，几乎不比多年前分开时他姐姐的年龄大，说不定还要小。很明显，这不是那个毁了她一生的人。

他松开手，往后退。“我的上帝！我的上帝！”他喊道，“我差点杀了你！”

道林·格雷吸了一口长气。“你差点就犯下了可怕的罪行，哥们儿。”他说着，严厉地看着他，“让这成为对你的一个警告，别再用你的这双手去复仇。”

“请原谅我，先生。”詹姆斯·薇恩喃喃说道，“我被骗了。我在那个该死的酒馆里碰巧听到一个词儿，让我走上了错误的道路。”

“你最好回家把手枪收起来，要不然你可能会闯祸。”道林说着，转身沿着街道慢慢走开了。

詹姆斯·薇恩恐惧地站在人行道上，从头到脚都在颤抖。过了一会儿，一个一直沿着湿漉漉的墙壁潜行的黑影移到了光下，蹑手蹑脚地靠近他。他感觉到一只手拉住他的胳膊，吃惊地回头一看。是之前在酒吧里喝酒的一个女人。

“你为什么不杀了他？”她咬牙切齿地说，一张干瘪的脸紧紧地贴过来，“你从达利酒吧冲出来的时候，我就知道你在追他。你这个傻瓜！你应该杀了他。你应该杀了他。他有很多钱，而且他是大大的坏。”

“他不是我要找的人，”他回答，“我要的也不是一个人的钱，我要的是一个人的命。我想要他命的人现在肯定快四十了，这个人才刚刚成年。感谢上帝，我没有让他的血沾到我手上。”

那个女人发出了一阵苦笑。“刚刚成年！”她冷笑道，“天啊，兄弟，自从白马王子把我变成这样，已经将近十八年了。”

“你撒谎！”詹姆斯·薇恩吼道。

她冲天空举起手，喊道：“以上帝的名义，我说的是实话。”

“上帝？”

“如果不是，就我打成哑巴。他是来这儿的人里最坏的一个。他们说他为了一张漂亮的脸蛋把自己卖给了魔鬼。我认识他已经将近十八年了，他一直就没多大变化。”她令人恶心地挤挤眼，补充道，“我却变了。”

“你发誓？”

“我发誓。”她扁扁的嘴巴嘶哑地重复道，“但别跟他透露是我说的。”她哀求道：“我怕他。给我点钱让我付晚上的住宿费吧。”

他骂了一句，挣脱她的手，冲向街角，但道林·格雷已经消失了。当他回头看时，那个女人也消失了。

第十七章

一周后，道林·格雷坐在塞尔比华府的温室里，和漂亮的蒙茅斯公爵夫人说着话。她和她的丈夫，一个看起来非常疲惫的六十岁男人，都是他的客人。正是下午茶时间，桌上那盏巨大的、罩着蕾丝的台灯柔和的光线照亮了精美的瓷器和纯银器皿，公爵夫人正主持着这些器具组成的仪式。她白皙的双手在杯子间优雅地穿梭着，饱满的红唇对道林的耳语露出微笑。亨利勋爵正躺在一张铺着丝绸的藤椅上，看着他们。一张桃红色的沙发上坐着纳布罗夫人，假装在听公爵描述他最新纳入收藏的一只巴西甲虫。三个身着精致吸烟服的年轻人在给一些女士递茶饼。这场家庭聚会由十二个人组成，预计第二天会来更多人。

“你们俩在聊什么？”亨利勋爵说着，踱步走到桌子旁，放下杯子。“我希望道林跟你说了我要为一切事物重新命名的计划，格蕾迪丝。这是个令人愉快的想法。”

“但我不想被重新命名，哈利。”公爵夫人回应道，美丽的眼睛看着他，“我对自己的名字很满意，我相信格雷先生对他的名字应该也很满意。”

“我亲爱的格蕾迪丝，这两个名字我一个也不会变。它们都很完美。我主要想的是花。昨天我剪了一朵兰花，打算放在扣眼里，花上面有一些奇妙的斑点，就像七宗罪一样迷人。我随意地问了一下园丁它叫什么名字，他告诉我这是一朵上好的罗宾逊纳还是啥的可怕玩意儿。这是一个可悲的事实，但我们已经失去了给事物赋予动听的名字的能力。名字就是一切。我从不与行动争执，我只会和语言较劲。正因为这样我才讨厌文学中庸俗的现实主义。一个能把铲子称为铲子的人就该叫他去拿铲子，他就只适合干这个。”

“那我们应该叫你什么，哈利？”她问。

“他的名字叫机锋王子。”道林说。

“那可真是人如其名。”公爵夫人感叹道。

“这话我可不听。”亨利勋爵笑着说，坐到一张椅子上，“贴上标签就无处可逃了！我拒绝这个头衔。”

“王室成员不得退位。”漂亮的嘴唇发出警告。

“那你是想让我捍卫我的王位喽？”

“是的。”

“我揭示了明天的真理。”

“我更喜欢今天的错误。”她回答。

“你让我缴械投降了，格蕾迪丝。”他捕捉到她倔强的态度，喊道。

“缴下了你的盾牌，哈利，而不是你的矛。”

“我从不与美为敌。”他挥挥手道。

“那是你的错误，哈利，相信我。你太过重视美了。”

“你怎么能这么说？我承认，我认为美丽比善良要好。但另一方面，没有人比我更愿意承认，善良比丑陋要好。”

“那丑陋是七宗罪之一了？”公爵夫人喊道，“那你关于兰花的比喻怎么办？”

“丑陋是七宗致命的美德之一，格蕾迪丝。你，作为一个善良的保守党，可千万不能低估它。啤酒、圣经和七宗致命的美德造就了我们今日的英格兰。”

“那你不喜欢你的国家喽？”她问。

“我生活在其中。”

“让你可以更好地指责它。”

“你想让我接受欧洲给它的判词吗？”他问。

“他们说我们什么？”

“说答尔丢夫[①]移民到了英国，开了个铺子。”

“是你的，哈利？”

“我把它送给你。”

“我用不着，它太真实了。”

“你不必害怕。咱们的同胞从不承认对他们的描述。”

“他们很实际。”

“比起实际，他们更多是狡猾。整理账目时，他们总是用财富平衡愚蠢，用虚伪平衡罪恶。”

“可我们完成了伟大的事情。”

“是伟大的事情被推给了我们，格蕾迪丝。”

“我们担起了它们的重担。”

“不过就是证券交易所。”

她摇了摇头。“我相信这个民族。”她叫道。

“它代表了奋者生存。”

“它有发展。”

“腐烂更让我着迷。”

“那艺术呢？”她问。

“这是一种病。”

---

① 指莫里哀喜剧《伪君子》中的主人公。

“爱？”

“一种幻觉。”

“宗教？”

“信仰的时髦替代品。”

“你是个怀疑论者。”

“非也！怀疑是信仰的开始。”

“那你是什么？”

“定义就是限制。”

“给我点线索。”

“线会断。你会在迷宫里迷失方向。”

“你让我头脑混乱。我们聊聊别人吧。”

“我们的主人是个令人愉快的话题。多年以前，有人称他为白马王子。”

“啊！别跟我提那个。”道林·格雷叫道。

“我们的主人今天晚上相当过分。”公爵夫人面露愠色，“我相信他认为蒙茅斯娶我是基于纯粹的科学原则，是把我当作他能找到的现代蝴蝶的一个最佳样本。”

“嗯，我希望他不会往你身上扎针，公爵夫人。”道林笑道。

“哦！我的女仆已经在这样做了，格雷先生，当她对我恼火的时候。”

“那她是为了什么对你恼火，公爵夫人？”

“都是些最微不足道的事情，格雷先生，我向你保证。通常是因为我九点差十分跑去跟她说我必须在八点半之前穿好衣服。”

“她也太不讲理了！你应该给她警告。”

“我可不敢，格雷先生。哎，她为我设计帽子。你还记得我在希尔斯通夫人家花园聚会上戴的那顶吗？你不记得了，但你还贴心地假装记得。总之，她凭空变出了那顶帽子。所有好帽子都是凭空变出来的。”

“就像所有好名声一样，格蕾迪丝。”亨利勋爵打断道，“一个人每造成一种效果就都给他带来一个敌人。想受欢迎就必须平庸。”

“女人不是这样。”公爵夫人说着，摇了摇头，“而女人统治着世界。我向你保证，我们不能忍受平庸。我们女人，就像有人说的，是用耳朵去爱，就像你们男人是用眼睛去爱，如果你们真的爱过的话。”

“在我看来，我们就从没做过别的。”道林喃喃地说。

“啊！那么你从来没有真正爱过，格雷先生。”公爵夫人摆出悲哀的架势，回答道。

“我亲爱的格蕾迪丝！”亨利勋爵叫道，“你怎么能这样说呢？爱情靠重复而鲜活，而重复把欲望转化成艺术。此外，人每一次恋爱都是唯一一次。对象的不同并不能改变激情的唯一性，而只是加强了它。我们一生中最多只能有一次伟大的体验，而生活的秘诀就是尽可能多地再现这种体验。”

“即使一个人已经受了它的伤害，哈利？”公爵夫人停了一会儿后问道。

“特别是当一个人受了它的伤害。”亨利勋爵回答。

公爵夫人转过身来，看着道林·格雷，眼睛里带着好奇的神色。“你怎么说，格雷先生？”她问道。

道林犹豫了一会儿。然后他往后甩甩脑袋，笑了起来：“我总是同意哈利的观点，公爵夫人。”

“即使他是错的？”

“哈利从来不会错，公爵夫人。”

“那他的理念是否让你感到幸福？”

“我从来没有追寻过幸福。谁想要幸福？我追寻的是快乐。”

“找到了吗，格雷先生？”

“经常。太经常了。”

公爵夫人叹了口气。“我追寻的是平静。”她说，“我要是再不去更衣，今天晚上我就没衣服穿了。”

“让我给你拿些兰花，公爵夫人。”道林喊着，站起来，走到温室深处。

“你和他调情的样子太不体面。”亨利勋爵对他的表妹说，“你最好小心点。他很叫人着迷。”

“他若不是这样，就没有挑战了。”

“那算是希腊人碰上希腊人，棋逢对手喽？”

“我站特洛伊人一边，他们是为一个女人而战[①]。”

“他们被打败了。”

“有比被俘虏更糟糕的事。”她回答。

“你的缰绳太松，驰骋太快。”

“生命在于运动。”她反驳道。

“我今晚要把它写到我的日记里。”

“什么？”

“烧伤过的孩子喜欢火。”

“我一点火星都没挨到。我的翅膀毫发无损。”

“你用这双翅膀什么都干，除了飞行。”

“勇气已经从男人传给了女人，这对我们来说是一种新的体验。”

---

① 指因争夺世上最漂亮的女人海伦导致的特洛伊战争。

"你有一个对手。"

"谁？"

他笑了起来。"纳布罗夫人。"他低声说，"她狂热地崇拜他。"

"你给我灌输了恐惧。借古讽今对我们浪漫主义者来说是致命的。"

"浪漫主义者！你们有各种科学方法。"

"男人教育了我们。"

"但没有弄懂你们。"

"只是把我们作为一种性别来描述。"她挑战道。

"没有秘密的斯芬克斯。"

她看着他，微微一笑。"格雷先生去了好久！"她说，"我们去帮帮他。我还没有告诉他我连衣裙的颜色。"

"啊！你得让你的连衣裙去配他的花，格蕾迪丝。"

"那样是过早的投降。"

"浪漫艺术都是从高潮开始的。"

"我必须保留一个撤退的机会。"

"像帕提亚人[①]那样？"

"他们偏安沙漠，我可不能这样。"

"女人并不总被允许选择。"他回答说，但他几乎刚说完这句话，就从温室那头传来一声含糊的呻吟，接着是重重摔倒的一声闷响。所有人都站了起来，公爵夫人惊恐地站着一动不动，亨利勋爵眼里含着恐惧，冲过一片片翻动的叶子，发现道林·格雷正脸朝下躺在瓷砖地板上，陷入了死亡般的昏迷。

---

① 古代中东的游牧民族，曾在和罗马的对抗中一再撤退，把大片国土丢给敌人，谋求以机动部队袭扰敌人。

他立刻被抬进蓝色的客厅里，放到一张沙发上。过了一会儿，他清醒过来，带着茫然的表情环顾四周。

“发生了什么事？”他问，“哦！我想起来了。我在这儿安全吗，哈利？”他开始发抖。

“我亲爱的道林，”亨利勋爵回答，“你只是晕倒了。仅此而已。你一定是把自己弄得太累了。你最好不要下来吃饭了。我会代替你的。”

“不，我会下来的。”他说，挣扎着站起来，“我宁愿下来。我绝不能一个人待着。”

他回到自己的房间，更衣收拾。当他坐在餐桌前，神色间有一种放纵的欢快，但当他时不时想起，他看到詹姆斯·薇恩的脸像块白色手帕一样贴在温室窗户上盯着他时，一阵恐怖的战栗便穿过他的身体。

第十八章

第二天他没有出门，实际上，他大部分时间都待在自己房间里，被死亡的恐惧所折磨，却又对生命本身漠不关心。那种被追踪、被诱捕、被猎杀的感觉已经开始支配他。挂毯在风中一个颤动，他就会发抖。被吹到铅玻璃窗上的枯叶，在他眼中就像是自己那些废弃的决心和疯狂的遗憾。当他闭上眼睛，他又看到那张水手的脸，正透过雾蒙蒙的玻璃窥伺着，恐怖便又一次攫住了他的心脏。

但也许这只是他的幻觉，它从黑夜中召来复仇女神，把狰狞的惩罚具象地摆到他面前。真正的生活是混乱的，但想象中却存在可怕的逻辑。是想象让悔恨紧随罪恶的脚步，是想象使每一项罪行产下变形的影像。在通常的现实世界里，邪恶的人不会受到惩罚，善良的人也不会得到奖励。成功会授予强者，失败被塞给弱者。仅此而已。再说，如果有任何陌生人在房子周围徘徊，仆人或看守肯定会看到。如果花坛上发现任何脚印，也会听到园丁们报告。是的，那不过是幻觉。茜比尔·薇恩的弟弟没有回来杀他，他已经乘船离开，沉没在某片隆冬的海里。不管怎么说，他伤害不到他。嗯，那人不知道他是谁，也不可能知道他是谁。青春的面具拯救了他。

但如果这仅仅是一种幻觉，那么，想一想良心能够唤起如此可怕的幻影，赋予它们可见的形式，让它们能在人眼前行动，这多可怕！如果日日夜夜，他的罪行的影子都在沉默的角落里窥视他，在隐秘的地方嘲弄他，当他坐在宴席上时在他耳边低语，在他睡着时用冰冷的手指把他唤醒，那他的生活会成什么样子？这个想法在他的大脑中滋长，恐惧使他面无血色，空气似乎突然冷了下去。哦！是在怎样一个疯狂的时刻，他居然杀死了自己的朋友！仅仅是回忆那一幕就无比恐怖！他又看到了那一切。每一个丑陋的细节都带着加倍的恐怖回到他的脑海。从时间那可怕的、泛着血红的黑色深洞里，浮现出他罪恶的图景。亨利勋爵六点钟进来时，发现他哭得就像一个心要碎掉的人。

直到第三天，他才冒险出门。冬日早晨清澈的、带着松香的空气中，似乎有什么东西使他恢复了快乐和对生活的热情。但造成这种变化的不仅仅是周围的物理环境。当过度的痛苦试图破坏他精神的平静完美，他自身的天性便开始反抗。细腻精致的脾性总是如此，它们迸发出的强烈激情要么弄得人鼻青脸肿，要么就此偃旗息鼓，要么把人杀死，要么它们自己死去。那些盛大的爱和悲伤都会被它们自身的丰富所摧毁。再者，他已经说服自己，是被恐惧支配的想象力让他成了受害者。现在回过头来看他的恐惧，他有几分同情，还有不小的轻蔑。

早餐后，他和公爵夫人在花园里走了一个小时，然后乘车穿过公园去参加狩猎会。细脆的霜花像盐一样铺在草地上。天空是一个倒置的蓝色金属杯。平坦的长满芦苇的湖面边缘结了一层薄薄的冰。

在松树林的拐角处，他看到公爵夫人的弟弟乔弗里·克劳斯顿爵士正从他的枪里弹出两颗废弃的弹壳。他跳下马车，让马夫把母马牵回家，然后穿过枯萎的蕨草和乱糟糟的灌木丛向他的客人走去。

“今天顺利吗，乔弗里？”他问。

“不大行，道林。我想鸟儿大多都跑到空旷的地方去了。我敢说午饭后等我们换个地方会好点。”

道林跟在他身边慢慢散步。清冽芬芳的空气，树木间闪烁的棕色和红色的光线，驱赶猎物的助手们不时发出的粗犷呐喊，以及随后响起的刺耳枪声，都让他着迷，让他充满了一种愉快的自由感。他被无忧无虑的快乐所占据，被事不关己的愉悦所主宰。

突然，从他们前面大约二十码处一团厚厚的衰草中，一只野兔竖着黑色的尖耳朵，甩起长长的后腿冲了出来，向一丛赤杨急奔过去。乔弗里爵士把枪架上肩膀，但动物优雅的动作莫名迷住了道林·格雷。他喊道：“别射它，乔弗里。让它活着。”

“说什么呢，道林！”他的同伴笑道。在野兔跃进树丛时，他开了枪。传来两声叫喊，一声是野兔痛苦的叫声，这很可怕；一声是人疼痛难当的呼声，这更糟糕。

“天哪！我打中了一个赶猎人！”乔弗里爵士惊叫道，“那人真是个蠢货，竟然跑到枪前面去了！那边快别开枪了！”他扯着嗓子喊道：“有人受伤了。”

林场看守的首领手里拿着一根棍子跑了过来。

“在哪里，先生？他在哪里？”他喊道。同时，这条线上的枪声停下了。

“这儿。”乔弗里爵士愤怒地回答，匆匆向树丛走去。“你究竟是为什么不把你的人留在后面？我今天的打猎都给毁了。”

道林看着他们钻进赤杨丛里，边走边拨开摇晃的树枝。不一会儿他们出来了，把一具尸体拖到阳光下。他恐惧地转过身去。他觉得似乎自己无论走到哪里，都有不幸的事情跟来。他听到乔弗里爵士问那人是否真的死了，然后是守林人肯定的回答。他觉得树林里似乎突然冒出了众多的人脸，还有无数的脚步声和嗡嗡的低语。一只黄铜色胸脯的野鸡从头顶的树枝上扑棱飞过。

过了一会儿——在不安的状态下，他觉得那像是无穷无尽的痛苦时光——他感到一只手拍了拍他的肩。他吃惊地回头一看。

“道林，”亨利勋爵说，“我最好跟他们说，今天的打猎到此为止。再继续下去就不好看了。”

“我希望它永远终止，哈利。”他痛苦地回答，“这整个事情都很丑陋很残忍。那个人是不是……”

他没能说完这句话。

“恐怕是的。”亨利勋爵回应道，“他的胸口结结实实挨了一枪。他几乎一瞬间就死了。走吧，我们回家。”

他们并肩朝大道的方向走了近五十码，没有说话。然后道林看着亨利勋爵，重重地叹了口气说：“这是个坏兆头，哈利，非常坏的兆头。”

“什么？”亨利勋爵问，“哦！是说这个意外吧。我亲爱的伙计，没办法，这是那人自己的错。他为什么要走到枪口前？再说，这跟我们没关系。当然，这对乔弗里来说很尴尬。打中赶猎者是不行的，会让人认为你是个没准头的射手。而乔弗里不是；他的枪法很准。但说这些没什么用。”

道林摇摇头：“这是个坏兆头，哈利。我觉得好像有什么可怕的事情要发生在我们中的某些人身上。或许是我自己。”他补充道，一边用手捂住眼睛，样子很痛苦。

较年长的人笑了起来。“这世上唯一可怕的事情是无聊，道林。这是唯一无法宽恕的罪恶。但是除非这些家伙在晚餐时继续唠叨这件事，不然我们不太可能遭受这种痛苦。我必须告诉他们，这个话题是禁忌。至于预兆，根本没有预兆这回事。命运不会给我们派来预示。她太聪明，或者是太残酷，不会这么做。再说，你能发生什么事，道林？你拥有世界上一个男人所能想要的一切。要是能和你换，没有人会不乐意。”

“没有一个人我不愿意换的，哈利。不要这样笑，我跟你说的是真话。那个刚刚死去的可怜的村夫都比我的情况好。我对死亡没有恐惧，让我恐惧的是死亡来临的过程。它那可怕的翅膀似乎搅动着我周围凝重的空气。老天爷！你难道没看到有一个人在那边的树后面移动，在看着我，等着我？”

亨利勋爵看向颤抖的戴着手套的手指向的方向。“是的。”他微笑着说，“我看到园丁在等你。我想他是想问你今晚想在桌上摆什么花。你紧张得多荒唐啊，我亲爱的朋友！等我们回到城里，你一定要来看看我的医生。”

看到园丁走过来，道林大大地松了口气。园丁摸了摸帽子，犹豫地瞧了瞧亨利勋爵，然后拿出一封信，递给他的主人。“公爵夫人让我等待答复。”他喃喃道。

道林把信放进口袋。“告诉她我会去。”他冷冷地说。那人转过身，迅速向房子的方向走去。

“女人是多么喜欢做危险的事情啊！”亨利勋爵笑道，“这是她们身上我最欣赏的品质之一。只要旁边有人在看，女人会和世界上任何一个人调情。”

“你是多么喜欢说危险的事情啊，哈利！就现在这事而言，你完全跑偏了。我非常喜欢公爵夫人，但我并不爱她。”

“而公爵夫人非常爱你，但她没那么喜欢你，所以你们是非常般配的。”

“你说的是丑闻，哈利，而丑闻从来没有任何依据。”

“每一个丑闻的依据都是不道德的确定性。”亨利勋爵说着，点了一支烟。

“哈利，为了一句警句，你愿意牺牲任何人。”

“世界是自愿走上祭坛的。”亨利勋爵如此答道。

“我希望我能爱。”道林·格雷喊道，声音里有种深深的悲怆，“但我似乎已经失去了激情，忘记了欲望。我太专注于自己了。我自身的个性已经成了我的负担。我想逃，想躲开，想忘记。我到这里来可真傻。我想我应该给哈维发个电报，让他把游艇准备好。在游艇上是安全的。”

“安全什么，道林？你遇到麻烦了。为什么不告诉我怎么回事？你知道我会帮助你的。”

“我不能告诉你，哈利。”他悲伤地答道，“而且我敢说这只是我的一个幻觉。这次不幸的事故使我心烦意乱。我有一种可怕的预感，感到这一类的事情可能发生在我身上。”

“真是无稽之谈！”

“我希望是这样，但我忍不住这样认为。啊！公爵夫人来了，看起来就像穿着定制礼服的阿尔忒弥斯[①]。”

“你看，我们已经回来了，公爵夫人。”

“我都听说了，格雷先生。”她回答，“可怜的乔弗里非常难过。而且似乎你跟他说过不要射那只兔子。真奇怪！”

“是的，很奇怪。我不知道为什么会这么说，我想是一时的冲动吧。它看起来是最可爱的小生命。但我很抱歉他们跟你说了那个人的事。这是个可怕的话题。”

“这是个烦人的话题。”亨利勋爵插口道，“它根本没有任何心理学价值。我说，如果乔弗里是故意这么做的，那他多么有趣啊！我真想认识一下真正犯下过谋杀的人。”

“你太可怕了，哈利！”公爵夫人叫道，“是不是，格雷先生？哈利，格雷先生又病了。他要晕倒了。”

---

① Artemis，古希腊神话中的狩猎女神。

道林努力打起精神，笑了笑。“没什么，公爵夫人。”他喃喃道，“我的神经乱得厉害，仅此而已。恐怕我今天早上走得太远了。我没听到哈利说了什么，是很过分的话吗？你改天一定要告诉我。我想我必须去躺一躺。你会原谅我的，对吗？”

他们已经走到了从温室通向阳台的大台阶上。等玻璃门在道林身后关上，亨利勋爵转过来，用他那懒洋洋的眼神看着公爵夫人。“你很爱他吗？”他问。

她有一会儿没有回答，而是站在那里盯着风景。“我希望我能弄明白。”她最后说。

他摇摇头。“明白最要命，正是不确定才使人着迷。迷雾使事情变得美妙。”

“可能会迷路。”

“所有的路都通往同一个地点，我亲爱的格蕾迪丝。”

“是什么？”

“幻灭。”

“这早就是我的人生初体验。”她叹了口气。

“它是戴着王冠来到你面前的。”

“我已经厌倦了草莓叶子[①]。”

“它们已经成了你的一部分。”

“只是在公开场合。”

“你会想念它们的。”亨利勋爵说。

“我不会抛下花瓣的。”

“蒙茅斯有耳朵。”

“老了听力不佳。”

“他从没吃过醋吗？”

---

① 贵族的王冠上会装饰草莓叶子，所以草莓叶象征贵族身份。

“我希望他有过。”

他四处张望，似乎在寻找什么。“你在找什么？”她问。

“你花剑上的剑头[①]。”他回答，“你已经掉了。”

她笑了。“我的面具还在。”

“它使你的眼睛更可爱。”他回答说。

她又笑了。她的牙齿露出来，像鲜红的果实里白色的种子。

楼上，在他自己的房间里，道林·格雷躺在沙发上，身体的每根纤维都因恐惧而刺痛。生活突然变成了一个过于丑恶的负担，让他无法承受。那个像野兽一样被射杀在树丛里的倒霉的赶猎人，在他看来，那可怕的死亡似乎正预示着自己的死亡。听到亨利勋爵玩世不恭的打趣之语，他几乎晕倒。

五点钟，他按铃叫来了仆人，说他要坐夜班车进城，命令仆人收拾东西，并在八点半之前把马车开到门口。他下定决心再也不在塞尔比华府过夜。这是个不祥的地方。死神在青天白日里就能降临，森林里的草已经染上了鲜血。

然后，他给亨利勋爵写了个字条，告诉他自己要去城里找他的医生看看，并请他帮忙招待客人。当他把纸条装进信封时，有人敲门，接着男仆告诉他，林场看守的首领想见他。他皱起眉头，咬了咬嘴唇。“让他进来吧。”犹豫了一会儿后，他喃喃地说。

那人一进来，道林就从抽屉里拿出支票簿，在面前摊开。

“我想你是为了今天早上那个不幸的事故来的，桑顿？”他说着，拿起一支笔。

“是的，先生。”林场看守回答。

---

① 花剑，又称作轻剑，是击剑的一个项目，仅能做击刺动作，不能劈砍，古代贵族以花剑做防身练习。剑头会用胶带缠住，是钝的。

“那个可怜的家伙结婚了吗？有谁要靠他养活吗？”道林问道，看起来不耐烦，“如果是这样，我不希望他们陷入困顿，愿意给他们一笔钱，你看需要多少都行。”

“我们不知道他是谁，先生。这就是我冒昧来找您的原因。”

“不知道他是谁？”道林无精打采地说，“什么意思？他不是你的人吗？”

“不是，先生。我从没见过他。好像是个水手，先生。”

笔从道林·格雷手中掉了下来，他觉得自己的心脏好像突然停止了跳动。“水手？”他喊道，“你是说一个水手吗？”

“是的，先生。他看起来好像是个水手，两只胳膊上都有文身之类的东西。”

“在他身上发现什么了吗？”道林说着，身体前倾，用惊愕的目光看着眼前的人，“有什么带有他名字的东西吗？”

“一些钱，先生——不多，还有一把六连发手枪。没有任何名字。他看起来倒是个正经人，先生，但像个粗人。我们认为是个水手。”

道林站起来。一个可怕的希望掠过他心间。他疯狂地抓住了它。“尸体在哪里？”他喊道，“快！我必须马上见到它。”

“在家庭农场的一个空马厩里，先生。人们不喜欢把那种东西放在屋里。他们说尸体会带来厄运。”

“家庭农场！马上去那里和我碰头。叫马夫把我的马牵过来。不，不用了。我自己去马厩。这样省时间。”

不到一刻钟，道林·格雷已经在长长的大道上拼命疾驰。树木像一列幽灵一样从他身边闪过，各种奇形怪状的影子一个个扑到他经过的路上。有一次，母马在一个白色的门柱前转了个急弯，差点把他甩了出去。他用鞭子抽打它的脖子，它像箭一样劈开了昏暗的空气，蹄下飞出一个个石子。

终于，他赶到了家庭农场。有两个人正在院子里徘徊。他从马鞍上跳下来，把缰绳扔给其中一人。最远的马厩里闪着一束光，似乎有什么东西告诉他，尸体就在那里。他赶紧跑到那扇门边，把手放到门闩上。

他在那里停了一会儿，觉得自己即将面对一个生死攸关的发现。接着他推开门，走了进去。

在远处角落里的一堆麻袋上，躺着一具男人的尸体，穿着粗布衬衫、一条蓝色裤子，脸上盖着一块污迹斑斑的手帕。一根粗大的蜡烛插在瓶子里，在尸体旁跳动着。

道林·格雷打了个寒战。他觉得没法用自己的手拿开手帕，于是叫一个农场的下人到他这里来。

“把那东西从脸上拿下来。我想看看。”他说着，紧紧抓住门柱作支撑。

农场的下人照做之后，他走上前去。他的嘴里发出一声欢呼。树丛里被射杀的人是詹姆斯·薇恩。

他在那里站了几分钟，看着尸体。当他骑马回家时，他的眼里充满了泪水，因为他知道自己安全了。

第十九章

“你说你要做个好人，这是没用的。”亨利勋爵喊着，把他白皙的手指浸到装玫瑰水的红铜碗里，“你已经很完美了，千万不要改变。”

道林·格雷摇了摇头。“不，哈利，我这辈子做了太多可怕的事。我再也不会了。我从昨天开始行善积德了。”

“你昨天在哪里？”

“在乡下，哈利。我自己一个人待在一家小旅馆里。”

“我亲爱的小伙子，”亨利勋爵微笑着说，“任何人在乡下都能做好人，那里没有任何诱惑。这就是为什么不住城里的人就完全不开化。文明开化绝不是能轻易获得的东西。有两种方法可以让人获得文明，一种是通过文化，另一种是通过堕落。乡下人两种机会都没有，所以他们陷入停滞。”

“文化和堕落，”道林重复道，“我对两者都有所了解。以我现在看来，这两样东西凑到一起就麻烦了。因为我有了一个新的理想，哈利。我打算改变。我想我已经改变了。”

“你还没有告诉我你怎么行善积德了，还是说你做了不止一件事？”他的同伴一边问，一边把一堆深红色的带籽草莓倒进盘子里，然后用一个贝壳形的漏勺把白糖洒在草莓上。

“我可以告诉你，哈利。这事我对其他任何人都没法说。我放过了某个人。这听起来太自以为是，但你明白我的意思。她相当漂亮，简直就像茜比尔·薇恩一样。我想正是这一点最初吸引了我。你还记得茜比尔，对吗？感觉像多久以前的事了啊！当然，赫蒂不是我们这个阶层的，只是一个村里的姑娘。但我真的爱她。我很确定我爱她。在我们一起度过的整个美好的五月里，我每周都会跑去看她两三次。昨天她和我在一个小果园里见面。苹果花不断落到她的头发上，她在笑。我们本来要在今早黎明时一起远走高飞，突然我决定就让她继续保持我当初见到她时那花一样的美好。”

“我想这种情绪的新奇一定给你带来了真正的快感，道林。”亨利勋爵打断了他的话，“但我可以帮你把这田园诗写完。你给了她一些忠告，却粉碎了她的心。那就是你洗心革面的开始。”

“哈利，你真可恶！不许你说这种可怕的事情。赫蒂的心并没有碎。当然，她是哭了之类的，但她没有因此蒙羞。她可以像珀迪塔①一样，生活在她薄荷和金盏花的花园里。”

“为一个背信的弗洛里扎尔②哭泣。”亨利勋爵在椅子上往后一靠，笑着说，“我亲爱的道林，你有最奇怪的孩子气的情绪。你认为这个姑娘还能真正满足于和任何一个与她同一阶级的人在一起吗？我想她有一天会嫁给一个粗野的马车夫或一个只会傻笑的庄稼汉，而遇到你、爱过你的这个事实会让她鄙视她的丈夫，她会很悲惨。从道德的角度来看，我不能说我很赞赏你这次伟大的放手。即使作为一个开始，它也不怎么样。再说，你怎么知道赫蒂此刻不是正漂在某个星光点点的磨坊池塘里，旁边围绕

① Perdita，莎士比亚剧作《冬天的故事》中的女主角。

② Florizel，珀迪塔的恋人，波西米亚王子。

着可爱的睡莲，就像奥菲利亚一样？”

“我受不了了，哈利！你嘲笑一切，然后暗示最严重的悲剧。我现在后悔告诉你了。我不在乎你怎么说，我知道我这样做是对的。可怜的赫蒂！今天早上我骑马经过农场时，看到她白皙的脸庞映在窗前，像一枝茉莉花。我们不要再谈这个问题，也不要试图说服我，我多年来做的第一个善举，我这辈子体会到的第一回小小的自我牺牲，其实是一种罪恶。我想变好，我会变好。跟我说说你自己的情况。城里最近怎么样？我已经好些天没去俱乐部了。”

“人们还在讨论可怜的巴兹尔失踪的事。”

“我还以为他们到这会儿已经厌倦了呢。”道林说着，给自己倒了点酒，微微皱起眉头。

“我亲爱的孩子，他们这才谈了六个星期，而英国公众实在无法承受每三个月有不止一个话题的精神压力。不过，他们最近很幸运。他们已经有了我本人的离婚案和艾伦·坎贝尔的自杀案，现在他们又有了一个艺术家的神秘失踪案。苏格兰场仍然坚持认为，十一月九日那个穿着灰色大衣乘坐午夜火车前往巴黎的人就是可怜的巴兹尔，法国警方则声明巴兹尔压根没到过巴黎。我想，大概再过两个星期，我们就会听说有人在旧金山看到他了。奇怪得很，但据说每个消失的人都会被人看到在旧金山。那一定是一个令人愉快的城市，拥有天国彼岸的所有吸引力。”

“你认为巴兹尔出了什么事？”道林问道，一边对着灯光举起勃艮第酒，不明白自己怎么能如此平静地讨论这个问题。

“我一点头绪也没有。如果巴兹尔选择躲起来，这不关我的事。如果他死了，我也不想去想他。死亡是唯一让我感到恐惧的事情。我讨厌它。”

“为什么？”年轻的男子厌倦地说。

“因为，”亨利勋爵说着，把一个敞开的鎏金嗅瓶在鼻孔下晃了晃，“现如今，一个人能挺过任何事情，只有死亡不行。死亡和庸俗是十九世纪仅有的两个无法靠语言开脱的事实。我们到音乐室去喝咖啡吧，道林。你一定得为我演奏肖邦。拐走我妻子的那个男人肖邦弹得很好。可怜的维多利亚！我很喜欢她。这屋子没了她冷清清的。当然，婚姻生活只是一个习惯，一个坏习惯。但话说回来，一个人即使失去了最坏的习惯也会感到遗憾，说不定还是最遗憾的。它们是一个人人格的核心部分。”

道林什么也没说，从桌子边站起来，走到隔壁房间，坐到钢琴前，让手指在黑白相间的象牙琴键上游走。咖啡送来后，他停了下来，看着亨利勋爵，说：“哈利，你有没有想过巴兹尔是被谋杀了？”

亨利勋爵打了个哈欠。“巴兹尔很受欢迎，还总是戴着一块沃特伯里的表。怎么会被人谋杀呢？他不够聪明，不会有敌人。当然，他有着绝妙的绘画天才。但一个人可以画得像委拉斯凯兹[①]一样却无趣透顶。巴兹尔确实很无趣。他只有一次引起过我的兴趣，就是他多年前告诉我，他对你有一种狂热的崇拜，你是他艺术的主导动机。”

“我很喜欢巴兹尔。”道林说，声音里透着一丝悲哀，“但大家不都说他被人杀了吗？”

“哦，有些报纸是这么说。在我看来这根本不可能。我知道巴黎有一些可怕的地方，但巴兹尔不是会去那种地方的人。他没有好奇心，这是他的主要缺陷。”

“哈利，如果我告诉你我杀了巴兹尔，你会说什么？”年轻的男子说。说完后他仔细地观察着他。

“我会说，我亲爱的伙计，你在假扮一个不适合你的角色。

① Velasquez（1599—1660），十七世纪巴洛克时期的西班牙画家。

所有的犯罪都是庸俗的，就像所有的庸俗都是犯罪一样。道林，你不是谋杀的料。如果我这样说伤害了你的虚荣心，我很抱歉，但我向你保证这是真的。犯罪只属于下层阶级。我丝毫不怪他们。我想，犯罪对他们来说就像艺术对我们一样，只是一种获得非凡的感官体验的方法。”

“一种获得感官体验的方法？那么，你认为，一个犯过谋杀罪的人有可能再犯同样的罪行吗？可别这么跟我说。”

“噢！任何事情如果做得太频繁就会变成一种乐趣。”亨利勋爵大声说着，笑了，“这是人生最重要的诀窍之一。但是，我以为谋杀始终是一个错误。任何不能做饭后谈资的事情都不应该做。不过，我们就从可怜的巴兹尔说起。但愿我能相信他有一个你说的那种浪漫结局，但我不能。我敢说，他是从一辆公共汽车上掉进了塞纳河，然后售票员掩盖了这个丑闻。是的，我以为这就是他的结局。我看到他现在正仰面躺在那暗绿色的水面下，沉重的驳船从他身上漂过，长长的水草缠住他的头发。你知道吗，我认为他活着也不会再有多少好作品了。过去十年，他的绘画已经大不如从前了。”

道林重重地叹了一口气，亨利勋爵慢步穿过房间，抚摸起一只奇特的爪哇鹦鹉的头。这是一只灰色羽毛的大鸟，有着粉红色的冠子和尾巴，正立在一个竹子做的栖架上。当他修长的手指碰到它时，它在玻璃般的黑眼珠上落下皱巴巴的白色眼帘，接着前后摇摆起来。

“没错，”他继续说着，转过身，从口袋里拿出手帕，“他的画已经不行了。在我看来，似乎失去了什么东西。失去了一个理想。你和他不再是好朋友，他就不再是一个伟大的艺术家。你们为什么分开了？我想是他让你觉得厌烦。如果是这样，那他一直没有原谅你。这是无趣者的一个习惯。顺便问一下，他为你画的那幅精彩的肖像现在怎么样了？我想自从他画完以后我就再也没见过它了。哦！我记得你好些年前跟我说你把它送到塞尔比去了，结果路上弄丢了还是被偷走了。你再没找回来过？真可惜！它真的是一件杰作。我记得我想买下它，现在真希望我买下来了。它属于巴兹尔的巅峰时期。从那以后，他的作品就成糟糕的绘画和良好的意图混合而成的怪胎，就是这样的东西才让人有资格被称为英国的代表艺术家。你登广告找了吗？你该登的。”

“我忘了。”道林说，“我想我有登。但我从来没真正喜欢过那幅画。我很后悔给它当了模特，一想起这事我就讨厌。你干吗说起它？它总让我想起某部戏里那些奇怪的台词——我想是哈姆雷特——怎么说来着？——

> 就像一幅悲伤的画。
> 一张没有心的脸。[①]

是的，就是这样。”

亨利勋爵笑了。“如果一个人艺术地对待生活，那么他的大脑就是他的心。”他答道，坐进一张扶手椅里。

道林·格雷摇了摇头，在钢琴上按了几个柔和的和弦。“就像一幅悲伤的画，”他重复着，“一张没有心的脸。”

年长的男子向后躺着，半闭着眼睛看着他。“对了，道林，”他停顿了一下说，“‘人若赚得全世界，却丧了——’那句话怎么说来着？——‘自己的灵魂，能得着什么益处呢？’[②]”

---

① 语出《哈姆雷特》第四幕第七场，“Like the painting of a sorrow, a face without a heart.”。

② 语出《圣经·马可福音》。

音乐一乱，道林·格雷一惊，盯着他的朋友。“你为什么要问我这个，哈利？”

“我亲爱的伙计，”亨利勋爵惊讶地扬起眉毛，说，“我问你是因为我认为你或许能给我一个答案，仅此而已。上个星期天我穿过公园的时候，大理石拱门附近站着一小群模样寒酸的人，正在听一些俗套的街头布道。我经过时，听到那个人正对他的听众喊出那个问题。这让我觉得很有戏剧性。伦敦总不乏这种奇异的效果。一个湿漉漉的星期天，一个穿着雨衣的粗野的基督徒，滴水的雨伞残破的屋檐下一圈病态苍白的脸，一个动人的短句被声嘶力竭地抛到空气中——真是很有一种独特的好处，暗含深意。我想做一回先知，告诉那个人艺术是有灵魂的，而他没有。但我恐怕他不会明白我的意思。”

“别这样，哈利。灵魂是真实存在的，这很糟糕，它可以被购买，被出售，被交易。它可以被毒害，也可以变得完美。我们每个人都有一个灵魂。我知道这一点。”

“你对此很有把握吗，道林？”

“很有把握。”

“啊！那么它一定是个幻觉。一个人觉得十分有把握的事情从来都不是真的。这就是信仰破灭的宿命，也是爱情的教训。你好深沉啊！别这么严肃。我们这个时代的迷信与你我何干？不，我们早就不相信灵魂了。给我弹点什么吧。给我弹一首夜曲，道林，一边弹一边告诉我，要用低低的声音说，你是如何保持了青春的。你一定有什么秘诀。我只比你大十岁，却已经满脸皱纹，沧桑蜡黄。你真的很美，道林，你从来没有像今晚这样迷人。让我想起了我第一次见到你的那天。你当时很顽皮，非常害羞，而且极为出众。当然，你变了，但外表没变。我希望你能告诉我你的秘诀。为了重获青春，我愿意做任何事，除了锻炼、早起或做正派人。青春！没有什么比得上它。说青春无知是荒谬的。我现在唯一能怀着尊重听取其意见的人就是比我年轻得多的人。他们似乎比我有见识，生活向他们展示了她最新的奇迹。至于老人，我总是和老人唱反调。我这样做是出于原则。如果你问他们对昨天发生的事情有什么看法，他们会郑重其事地告诉你一八二〇年流行的观念，一个人们穿高筒袜，什么都相信却什么都不知道的年代。你弹的这曲子多可爱啊！我想知道，这是肖邦在马略卡岛写的吗，伴着别墅旁哀哭的大海和窗玻璃上敲打的浪花？真是磅礴的浪漫。多么幸运啊，还有这么一种模仿之外的艺术留给了我们。不要停下来。今晚我想要音乐。就好像你是年轻的阿波罗，而我是聆听你的马西亚斯[①]。我有我自己的悲伤，道林，就连你也一无所知的悲伤。年老的悲剧不在于人老了，而在于人还年轻。有时我都对自己的真诚感到惊讶。啊，道林，你是多么幸福啊！你有过多么美好的生活！你已经深深体味过一切，在你口中咬碎过一个个甘美的葡萄。没有什么你不曾见识过的，而这一切对你来说都不过是音乐的声音，并没有毁掉你，你仍然是老样子。”

“我不一样了，哈利。”

“不，你是一样的。我想知道你接下来的人生会是什么样子。不要用放手来破坏它。现在的你是完美的，不要让自己变得不完整。你现在是完美无缺的。你不用摇头：你知道你是。再说，道林，不要自欺欺人。生活不是由意志或意图统治的。生命是由神经、纤维以及慢慢积累的细胞构成的一个问题，思想隐藏在其中，激情在里面诞育梦想。你可能想象自己很安全，认为自

① Marsyas，古希腊神话人物，他主动向阿波罗挑战音乐，输掉比赛后被绑在树上活剥了皮。他被视为自大的象征。

己很强大，但是道林，我告诉你，我们的生命之所系不过是房间里或早晨的天空中一道偶然的色彩，是你曾经喜欢过的、带来微妙回忆的一种独特的香水，是你已经遗忘而又再次碰到的一首诗里的一句话，是你已经不再演奏的一首乐曲中的一个节拍。勃朗宁曾在某处写到过这一点；但我们的感官会替我们想象出这些。有时候我的身旁突然飘过一阵白丁香的气味，我就不得不重新经历我生命中最奇特的那个月。我希望我可以和你换，道林。世界对我们俩都曾发出过怒吼，但它一直崇拜着你，它还将一直崇拜你。你是这个时代正在寻找的那一类，也是它害怕已经找到的那一类。我很高兴你从来没有做过任何事，没有雕过雕像，没有画过画，没有产出过任何你自己以外的东西！生活就是你的艺术。你把自己谱成了音乐，你的岁月就是你的十四行诗。”

道林从钢琴旁站起来，用手捋了捋头发。“是的，生活一直很美好。”他喃喃道，“但我不会再过同样的生活，哈利。而且，不许你对我这样夸大其词。你并不了解我的一切。我想，你要是知道了，甚至连你也会疏远我。你笑了，不要笑。”

“你怎么不弹了，道林？再给我弹一遍那首夜曲。看看那个挂在幽暗的天空中的蜜色大月亮，她正等着你去使她倾倒，你弹起来她就会往地球靠近。你不愿意吗？那我们去俱乐部吧。这是个迷人的夜晚，我们必须迷人地结束它。怀特俱乐部有个人特别想认识你——年轻的普尔勋爵，伯恩茅斯的长子。他已经照搬了你的领带，并求我把他介绍给你。他相当讨人喜欢，总让我联想到你。”

“但愿不是这样。”道林说，眼睛里有一种悲伤的神情，“但我今晚累了，哈利。我不去俱乐部了。快十一点了，我想早点睡觉。”

“别走。你从来没有像今晚弹得这么好。你的按键中有种美妙的感觉，比我以前听到的更有表现力。”

“那是因为我要做好人了。”他微笑着回答，“我已经有一点改变了。”

“你对我不能变，道林。”亨利勋爵说，“你和我要永远是朋友。”

“但你曾经用一本书毒害了我，我不会原谅这一点。哈利，答应我，你永远不会再把那本书借给任何人。它是有害的。”

“我亲爱的孩子，你真的开始讲道德了。你很快就会像皈依的人还有搞宗教复兴的人一样，警告人们不要犯那些你已经腻味的罪恶。你这么讨人喜欢，可不能变成这样。再说，这也没有用。你和我就是这样的，以后也会是这样。至于说被一本书毒害，没有那样的事。艺术对行动没有影响，它会消灭行动的欲望，因此最是无用。世人所谓的不道德的书不过是向世界展示了其自身的耻辱。仅此而已。但我们不要讨论文学。明天过来吧。我会十一点坐车去。我们可以一起去，之后我带你去跟布兰科萨姆夫人吃午饭。她是个迷人的女人，她要买一些挂毯，想问问你的意见。请你一定要来。要么和我们的小公爵夫人一起吃午饭？她说她现在总见不到你。或许你已经厌倦了格蕾迪丝？我早就想你会的。她的伶牙俐齿叫人心烦。好吧，无论如何，十一点到这儿来。”

“我真的非去不可吗，哈利？”

“当然。公园现在十分可爱。从我遇见你的那年起，就没有过这样的丁香花了。”

“好吧。我十一点到这儿。”道林说，“晚安，哈利。”他走到门口时，犹豫了一会儿，似乎还有话要说。接着他叹了口气，走了出去。

第二十章

这是一个可爱的夜晚，温暖得让他只是把大衣搭在胳膊上，脖子上甚至没有围丝巾。当他抽着烟漫步走回家的时候，两个穿着晚礼服的年轻人从他身边经过。他听到其中一个人对另一个人低声说："那是道林·格雷。"他记得以前被人指出来或盯着看或被人谈论时，他是多么高兴。现在他已经厌倦了听到自己的名字。他最近频繁造访的那个小村庄，一半的魅力就在于没有人知道他是谁。他经常告诉那个被他引诱而爱上他的女孩他很穷，而她也相信。有一次他告诉她他是坏人，她笑话他，并回答说坏人总是很老、很丑。她笑起来多好听！——就像画眉在唱歌。她穿着棉裙子戴着大帽子多漂亮！她什么都不懂，但她拥有他已经失去的一切。

他到家时发现仆人正在等他。他让仆人去睡觉，然后自己倒在藏书室的沙发上，开始思考亨利勋爵对他说过的那些话。

人真的无法改变吗？他感觉在疯狂渴望自己纯洁无瑕的少年时代——就像亨利勋爵说的，白玫瑰般的少年时代。他知道他已经玷污了自己，让自己的思维充满了腐败，给自己的幻想注入了恐怖；知道他对别人产生了邪恶的影响，并从中体验到可怕的快乐；知道在与之交汇的那些生命中，他把耻辱带给了最美丽、最有希望的那部分。但这一切是不可挽回的吗？他没有希望了吗？

啊！是在怎样一个被骄傲和激情占据的疯狂时刻，他祈祷让那幅画像承担他岁月的重担，而让他保持永恒的青春无瑕的光辉！他所有的失败都是由此而起。若是他生命中的每一项罪过都带来了明确迅速的惩罚反倒更好。在惩罚中自有净化。对一个最公正的上帝，人应该祈祷的不是“赦免我们的罪”，而是“为我们的罪孽重责我们”。

亨利勋爵多年前送给他的那面别致的雕花镜子正立在桌子上，四肢雪白的丘比特们如往常一般围着镜子欢笑。如同那个恐怖的夜晚，他第一次注意到那要命的画像上的变化时一样，他拿起镜子，用狂热的、模糊的泪眼看向光亮的镜面。有一次，某个爱他心切的人给他写了一封疯狂的信，信的结尾写着这样的狂热崇拜之词：“世界被改变了，因为你是象牙和黄金做的。你唇边的曲线改写了历史。”这话又回到他的记忆中，他一遍遍地对自己重复着。接着他厌恶起自己的美貌，把镜子扔在地上，用脚跟把它踩成银色的碎片。是他的美貌毁了他，他的美貌和他祈祷的青春。若不是因为这两样东西，他的生命或许就不会有污点。他的美貌对他来说只是一个面具，他的青春只是一个讽刺。年轻充其量是什么？一段青涩，一个未成熟的时期，一阵充满浅薄情绪和病态思想的时光。他为什么要穿上它的服饰？青春把他毁了。

最好不要去想过去的事情，那无法改变。他要考虑的是他自己，还有他自己的未来。詹姆斯·薇恩被塞进了塞尔比教堂墓地一个无名坟墓里。艾伦·坎贝尔有天晚上在他的实验室里开枪自杀了，但没有透露那个他被迫得知的秘密。对巴兹尔·霍沃德失踪的热议很快就会过去，向来是这样，现在就已经渐渐平息了。他是绝对安全的。事实上，他心头最重的一块石头也不是巴兹尔·霍尔沃德的死，困扰他的是自己那生不如死的灵魂。巴兹尔画的那幅画毁掉了他的生活，他无法原谅。一切都是这幅画造成的。巴兹尔对他说了无法忍受的话，但他还是忍耐了下来。谋杀只是一时的疯狂。至于艾伦·坎贝尔，自杀是他自己的决定。坎贝尔选择了这样做，跟他没关系。

一个新的生活！这就是他想要的，是他在等待的。他无疑已经开始了。至少他已经放过了一个纯真的生命。他再也不会诱惑纯真。他会变好。

想到赫蒂·默顿，他开始好奇房间里锁着的画像是否有了改变。它肯定不会还像以前那样可怕了吧？或许等他过上纯洁的生活，他就能把邪恶和激情的所有痕迹从那张脸上赶走。或许邪恶的痕迹已经消失了，他要去看看。

他拿起桌上的灯，蹑手蹑脚地上楼。当他打开门时，一个喜悦的笑容掠过他那张年轻得有些奇怪的脸，在唇边停留了一会儿。是的，他会变好，他藏起来的那个可怕的东西将不再令他恐惧。他觉得自己好像已经卸下了重担。

他悄悄地走进去，习惯性地锁上身后的门，然后拉开挂在画像上的紫色帘幕。他发出了一声痛苦和愤怒的呐喊。他看不出有什么变化，除了眼睛里一种狡猾的神色和嘴巴上虚伪的褶皱线条。这东西还是那么可憎——说不定比以前还要可憎——而且沾在手上的鲜红液滴似乎更亮了，益发像刚溅上去的鲜血。接着他颤抖起来。难道仅仅是虚荣心使他做了这么一件好事？还是像亨利勋爵嘲笑着暗示的那样，是对新感觉的渴望？或者，是那种想要扮演一个角色的激情，有时让我们做出了超越自己的事情？或者，也许这些因素都有？还有，为什么那块红色的污渍比原来更大了？就像是一种可怕的疾病爬上了皴皱的手指。画的脚上有血迹，就好像没有拿刀的那只手上也在滴血。认罪？这是否意味着他必须认罪？要去自首，然后被处死刑。他笑了。他觉得这个想法太恐怖。再说，即使他真的认罪，谁会相信他？被杀的人已经了无痕迹，属于他的一切都已被销毁，楼下的东西也由他亲自烧掉了。世人只会说他疯了。要是他坚持他的说法，他们会把他关起来……然而，他有责任认罪，承受公开的污名并进行公开的赎罪。曾有一位上帝命人们把他们的罪孽告诉天国也告诉人间。要洗清自己，他必须先说出自己的罪。他的罪？他耸了耸肩。巴兹尔·霍沃德的死对他仿佛不值一提，他这时想的是赫蒂·默顿。他眼前这面他灵魂的镜子，是一面不公正的镜子。虚荣？好奇？虚伪？难道他的放弃中就没有别的东西了吗？是有别的东西的，至少他这么认为。但谁又能说得清呢？……不，没有别的了。出于虚荣他放过了她，因为虚伪他戴上了善良的面具，由于好奇他试图否决自己的欲望。现在，他认识到了这一点。

但是这起谋杀——这是否会纠缠他的一生？他要永远背负着过去吗？他真的要认罪吗？绝不。现在剩下的只有一点对他不利的证据，这幅画本身——这就是证据。他要销毁它。他怎么会把它保留了这么久？曾经一度，看着它变化、衰老让他有种快感，最近他已经感觉不到这种快感了。它让他夜不能寐，让他一不在家便充满了恐惧，生怕别人的眼睛看到它。它让他的激情蒙上了忧郁，一想起它，就破坏了许多快乐的时刻。它好像成了他的良心。是的，它是良心。他要销毁它。

他环顾四周，看到那把刺死巴兹尔·霍沃德的刀。这把刀他清洗了很多次，直到没有留下一点痕迹。它很亮，闪着寒光。正如它杀死了画家一样，它也会杀死画家的作品以及它所代表的一切。它会杀死过去，等过去死后他就将获得自由。它会杀死这个怪物般的灵魂生命，没了它可怕的警告，他将得到安宁。他抓起那东西，刺向那幅画。

只听见一声尖叫，然后是一声撞击。这充满痛苦的叫声是如此恐怖，把仆人们都吓醒了，纷纷从房间里出来。正从下面广场上经过的两位先生停下脚步，抬头看了看这座大房子，然后继续往前走，直到遇到一个警察，把他带了过来。警察按了几次门铃，但没人回答。除了顶搂的一个窗户有灯光外，房子里一片漆黑。过了一会儿，他走开一些，站到紧邻的一个门廊里观望。

“那是谁的房子，警官？”两位先生中的一位问道。

“是道林·格雷先生的，先生。”警察回答。

两位绅士看了看彼此，冷笑着走开了。其中一位是亨利·阿什顿爵士的叔叔。

屋内，在仆人们住的区域，衣衫不整的下人们正窃窃私语。丽芙老太太正搓着手大哭。弗朗西斯面如死灰。

大约过了一刻钟，警察叫上车夫和一个男仆，爬上了楼。他们敲了敲门，但没有回应。他们大声高呼。四周静悄悄的。最后，在试图强行开门却徒劳无功后，他们上了屋顶然后跳到阳台上。窗户很容易就打开了——窗闩已经老旧了。

他们进去的时候，发现墙上挂着一幅他们主人的华丽画像，一如他们最后一次见到他时的模样，焕发着令人惊叹的青春和美。地上躺着的是一个死人，穿着晚礼服，心脏上插着一把刀。他干瘪、皱缩、面目可憎。直到检查了手上的戒指，他们才认出这是谁。